Ai miei genitori

1

Barrow si svegliò al violento scossone provocato da un treno che correva nella direzione opposta, e intravide la sagoma dell'ultima carrozza arancione che gli sfrecciava accanto. Fuori, il sole tedesco irradiava luce in ogni direzione, riflettendosi sulle rotaie e rendendo nitidi i contorni delle nubi. Era in giornate come quelle che si lucidava l'acciaio.

Di fronte al posto accanto al suo, nello scompartimento, sedeva una donna anziana: capelli grigi, impermeabile nero e occhi di un azzurro mozzafiato. «Bel sole» disse lui in tedesco. *Schöne Sonne.*

«*Ja*».

Gli occhi della donna continuarono a fissare il poggiatesta vuoto alla sinistra di Barrow.

Questi cercò di abbandonarsi al rumore dei pali della ferrovia che scorrevano, alla loro rima imperfetta. Ma gli intervalli non erano regolari, e questo non faceva che accrescere la sua ansia.

Rivolse di nuovo lo sguardo all'anziana signora. «In questo viaggio si vede il Reno?» le chiese, sempre in tedesco.

«Dove è diretto?»

«A Karlsruhe».

«No».

La donna tornò a guardare fuori dal finestrino. Barrow notò la severità con cui i suoi capelli erano stati raccolti in uno chignon, il particolare tono di grigio della sua gonna. Poteva essere una suora. Studiò il suo profilo; se la immaginò bambina, e poi più grande, all'epoca della sua decisione – del suo voto, o come diamine lo chiamavano – mentre era in piedi davanti all'altare, a capo di una lunga fila di ragazze come lei, con gli occhi azzurri abbassati per non far colpo sul prete.

Ondeggiava tra la veglia e il torpore, quel genere di torpore indotto dai treni. Oltre il finestrino si susseguivano campi coltivati, alcuni già mietuti che lasciavano dietro di sé scie di fumo; perpendicolari alla ferrovia correvano file di fuochi protette da argini: aveva letto da qualche parte che la cenere faceva bene al suolo.

A pochi centimetri dalla sua guancia, il vetro di sicurezza era scaldato dal sole. Quando il conduttore annunciò la stazione di Karlsruhe, si era mezzo assopito.

Un'altra scintilla dall'altoparlante: *Nächste Station Karlsruhe Hauptbahnhoff.*

Si alzò e tirò giù i bagagli. «Buona permanenza» mormorò la suora, sorprendendolo. Le bofonchiò qualcosa in risposta. In stazione valutò la possibilità di mettere qualcosa sotto i denti, ma il suo stomaco rigettò l'idea. Trovò un armadietto per il più grande dei due bagagli, acquistò un quotidiano in lingua inglese e una piantina della città, e studiò un tragitto per andare al Festplatz a piedi.

Un grande viale chiamato Ettlinger Strasse portava dritto al cuore della città; si avviò a grandi passi lungo il marciapiede fiancheggiato da alberi lavorando di polpacci per scaricare l'adrenalina in eccesso. Le rotaie del tram fendevano l'ampia carreggiata, e Barrow cercò un motivo di distrazione nella geometria dei fili elettrici sospesi nell'aria e nel placido ronzio delle vetture che passavano. Poi il Festplatz si stagliò davanti a lui. Guardò l'orologio e camminò per altri tre isolati, quindi tornò sui propri passi e si lasciò cadere su una panchina accanto a una fontana rotonda contornata da fiori luccicanti come limoni. Esaminò la pavimentazione in mattoni, seguì con gli occhi il lento avanzare di una famiglia con due bambini, abbigliata per una visita allo zoo cittadino.

Per un maledetto dono di natura, sapeva che il suo ritmo cardiaco era appena sopra i centosedici battiti al minuto. Fissò la fontana e chiuse gli occhi cercando di perdersi nello scroscio regolare dell'acqua che cadeva sull'acqua – la consolazione del rumore puro – ma non funzionò.

Era troppo presto, ma si alzò ugualmente, si sistemò lo zaino sulle spalle e puntò verso il massiccio edificio di pietra calcarea che si ergeva all'angolo opposto della piazza. Il Konzerthaus. Distrutto durante la guerra e ora di nuovo in piedi, dopo più di quarant'anni. Una veranda d'alberi nascondeva la parte posteriore dell'edificio, dove Barrow avrebbe trovato una porta aperta. Così almeno gli avevano assicurato nel corso di una breve telefonata quelli del conservatorio, la Badische Hochschule für Musik. Era una cosa insolita, gli avevano detto, ma al maestro piaceva fare le audizioni ai propri allievi nell'auditorium.

Dentro, un custode gli indicò una porta dalla quale si accedeva al palcoscenico. Di fronte c'era la toilette degli uomini, e Barrow vi si rifugiò per scaldarsi le braccia al riparo da occhi estranei. Guardandosi allo specchio, si pentì di non essersi cambiato i jeans. Aveva in mente di radersi sul treno: altra dimenticanza. Il suo viso appariva più pallido del solito, più vecchio dei suoi trent'anni; le sopracciglia erano troppo scure, gli zigomi e la fronte troppo sporgenti. Colpa del jetlag, pensò. Aveva con sé una cravatta e se la mise, poi si infilò con cura nei pantaloni la camicia Oxford bianca. Con le dita bagnate si pettinò i capelli all'indietro.

La porta indicatagli dal custode si apriva sulla quinta di sinistra di un ampio palcoscenico predisposto per un'orchestra al completo. Il suo sguardo corse subito al podio del direttore, alla ringhiera di sicurezza nera che riluceva nella luce fioca. La fissò.

Fuori di qui, cazzo, pensò. Filatela.

Si controllò il nodo della cravatta.

Due lampade su rotelle delimitavano il bordo del palcoscenico. Sedili borgogna, fila dopo fila, si dissolvevano nel fondo della sala in una leggera foschia fluorescente. La parete posteriore dell'edificio era invisibile. Avvicinandosi al podio, Barrow urtò con lo zaino due leggii metallici che sbatterono tra di loro. Il fragile eco era indizio della vastità del luogo.

La fronte gli scottava. Vi era una crescente confusione tra i recessi esteriori della sala e i recessi interni della sua testa. Il suono accumulatosi sopra le passerelle s'appressava e s'allontanava. Avanzi di mille concerti: un accordo pieno di Beethoven, l'esordio esile e spoglio della Prima Sinfonia di Mahler. Non riuscì a reprimere la tentazione di lasciar fluttuare la mano destra in avanti, di saggiare lo spesso strato d'aria frapposto tra la carne morbida del suo palmo e la parete di fondo del palcoscenico, acusticamente disciplinata.

Dalle poltrone in fondo giunse una breve raffica di parole, sparata a mo' di comando.

«*Nehmen Sie es!*»

La prenda!

Barrow arrossì e salì sul podio. Una tavola gli scricchiolò sotto il piede sinistro: un sostegno fissato in modo imperfetto nella sottostruttura.

«*Kein Stab?*» Una perfetta voce di baritono a quaranta o forse cinquanta metri da lui, tesa ai limiti superiori della sua estensione.

Barrow si tolse lo zaino dalle spalle e si chinò per aprire la chiusura lampo della tasca in cui teneva la sua bacchetta, lo *Stab*: doveva abituarsi a quella parola. Quando si rialzò, gli andò il sangue alla testa e il palcoscenico prese a girargli rapidamente dinanzi agli occhi. Si aggrappò al podio; lampade di sicurezza lo fiancheggiavano da entrambi i lati: utili per orientarsi. La punta della bacchetta poggiava sul banco inclinato di fronte a lui.

Di nuovo quella voce, in tedesco: «Prima sinfonia, quarto movimento».

La Prima di Beethoven: era destino. La coincidenza lo colpì. Anche l'ultima volta che si era trovato davanti a un'orchestra aveva diretto la Prima di Beethoven.

I polsi gli tremavano. La sala era un vuoto cavernoso, nient'altro che un luogo per respirare. Sollevò le braccia, il palmo sinistro in su, la bacchetta dritta in avanti. Orchestra, appari...

«Lei sta tremando!»

Grazie, pensò. Era per questo che aveva attraversato un oceano.

Le sue braccia si aprirono per avvolgere il massiccio tronco dell'inizio del quarto movimento, *fortissimo*, e con un semplice guizzo del polso indicò una battuta in levare, liberando la sonorità iniziale. Il denso accordo gli si propagò nella testa. Orchestra al completo. *Tutti.* Lo trattenne, allargò appena un po' l'abbraccio e repentinamente l'interruppe.

«*Halt, halt, halt! Wie gross ist das Orchester?*»

Lui non avrebbe pensato di chiedere...

«Quant'è grande l'orchestra?» chiese il maestro, questa volta in inglese.

«Capisco» gridò Barrow in tedesco, non senza notare lo stridore della propria voce. «Orchestra moderna. Diciotto primi violini, sedici secondi violini, dodici viole...»

«*Aufstellung*».
In inglese, in inglese...
«*Aufstellung?!*»
Disposizione.
«Tradizionale. I primi violini qui, i secondi lì, i violoncelli...» Barrow indicò la collocazione dei violini alla sua sinistra, quella dei violoncelli alla sua destra...
«Continui» urlò il maestro in tedesco... di qui in poi avrebbe parlato sempre in tedesco. Esclusivamente in tedesco.
Le sei battute d'apertura richiesero trenta minuti di vessazioni. La corretta lunghezza dell'ottava nota. Le gradazioni di *piano*, *più piano*, *pianissimo*, la loro precisa indicazione con le mani. Un buon direttore non avrebbe mai provato in questo modo con un'orchestra al completo. Quel continuo fermarsi e ricominciare: gli orchestrali si sarebbero ammutinati. Un buon direttore avrebbe gridato loro dei consigli, blandendoli *en passant*, e solo in un secondo tempo sarebbe tornato indietro a recuperare le mancanze.
Barrow cominciò il nuovo tempo, l'*Allegro molto e vivace...*
«Troppo forte, troppo forte!»
Cazzo, ma se non c'è l'orchestra!
Combatté l'impulso di voltarsi e fronteggiare il suo accusatore. Non doveva farlo. Il maestro era avanzato fino al bordo del palcoscenico; fu allora che Barrow vide Karlheinz Ziegler per la prima volta. Le spalle leggermente curve e la testa grande lo facevano sembrare ancor più alto. I capelli bianchi e radi erano troppo lunghi, arruffati e come impazziti ai lati, forse volutamente.
«Suoni per me la parte di violoncello, per favore» disse il vecchio a voce più bassa. «Cominci dalla misura ventitré».
Barrow tirò indietro la bacchetta e la spinse oltre l'avambraccio sinistro mentre Ziegler cantava sottovoce, tenendo gli occhi fissi sulle mani di Barrow. La pelle del vecchio, per l'agitazione, aveva assunto in quella luce fioca un colorito rosa intenso. Gli occhi grigio-azzurri non incrociavano mai quelli dell'americano; incassati sotto un'alta fronte, ondeggiavano tra la gioia e la cattiveria.
«E ora un movimento lento da uno dei concerti, un movimento lento qualsiasi». Barrow esitò: doveva fare la scelta giusta.
«Lei si ferma a pensare. Non lo faccia».

«Terzo concerto per pianoforte, secondo movimento».

«Cominci». Barrow lo guardò in cerca di un responso, di un cenno d'approvazione per la sua scelta. «Cominci» disse il maestro.

S'immaginò un pianoforte alla sua sinistra, un pianoforte a coda aperto, e un nuovo paio d'occhi, quelli del pianista, a pochi metri da lui. Ziegler era una macchia indistinta sullo sfondo, nella medesima direzione. Il movimento cominciava con un lungo assolo di pianoforte, e poiché non era compito suo dirigere il solista, saltò avanti e iniziò a battere un'intera misura prima dell'ingresso dell'orchestra. Fece un cenno al 'pianista' e batté lievemente durante le due misure finali del solista per trasferire il tempo agli orchestrali.

«E questo cos'è?»

«Sto cominciando dove...»

«Scolpirebbe una Madonna senza testa?»

«No, ma...»

«E allora cominci dove comincia Beethoven».

Barrow rimase immobile, a capo chino. I suoi occhi vagarono sul palcoscenico deserto, sulle sedie disposte per i musicisti, e infine si posarono sul pianista. Abbassò il mento in quello che voleva essere un leggero cenno per indicare l'inizio del movimento. Lui e Ziegler condivisero un minuto e venti secondi di silenzio, e presumibilmente nelle loro teste fluiva la stessa melodia. Barrow sollevò il braccio per preparare i musicisti, diede una semplice battuta *in levare*.

«Chi è il suo solista, Liberace?» lo interruppe Ziegler. «È troppo veloce».

«Mi spiace».

«Scelga qualcun altro».

Scelse se stesso.

Rochester, New York. Undici anni prima – 1978 – e una notte intera trascorsa da solo in una sala prove. Aveva suonato al pianoforte in continuazione le misure iniziali del secondo movimento, senza pensare a nulla. Con grande autocompiacimento, certo. Ma quelle non erano forse le sedici battute più tristi mai composte? *Un disperato anelito di redenzione*, aveva detto una volta un suo insegnante.

Commise l'errore di incrociare gli occhi di Ziegler.

«Dove crede di essere?»

«Prego?»

«Questa non è una chiesa».

Per due ore, Ziegler chiamò movimenti e sezioni di movimenti, osservò Barrow dalla sala e da ogni punto del palcoscenico. Lo interrompeva, oppure lo lasciava continuare, non c'era uno schema fisso. Ma che lo correggesse o lo scrutasse, l'effetto era lo stesso: privare Barrow di quelle poche certezze che ancora potevano essergli rimaste dopo otto anni di assenza dal podio. Ziegler gli chiedeva di continuo di scegliere un pezzo. E ogni volta Barrow si precipitava a fare la scelta meno ovvia: il primo movimento dell'Ottava di Beethoven, o il secondo della Seconda. Ma alla fine non aveva importanza: osservando i subdoli trucchetti premeditati del vecchio, Barrow aveva cominciato ad afferrare il suo messaggio. Il più antico incantesimo che un mago lanciava sul proprio apprendista: *Tanto meno sai, tanto più ti potrò insegnare.*

Due musicisti sbucarono dalle quinte, forse studenti. Barrow quasi non vi fece caso. Aveva i vestiti zuppi di sudore e l'animo sorretto dalla consapevolezza di avere una chance: più Ziegler lo metteva sotto torchio, infatti, più doveva reputarsi fortunato. Era questa la seconda parte del messaggio che il vecchio intendeva trasmettergli: *Come sei fortunato, come sei fortunato che io dedichi il mio tempo prezioso a te.*

Si udì un leggero schiocco da dietro le quinte, e il palcoscenico s'inondò di luce. Ziegler gli era accanto, sul podio. «Ti darò lezione» disse, e fece scivolare nelle mani di Barrow un biglietto con il suo indirizzo.

«Grazie» disse Barrow.

«Per il primo mese ci vedremo tutti i giorni».

«Anche nel fine settimana?»

«Tutti i giorni» ripeté il vecchio. Barrow annuì, trattenendo l'euforia. «È necessario, per portarla al livello minimo. Il minimo indispensabile».

«Sì, maestro».

Pochi minuti dopo, Barrow era fermo sotto gli alberi dietro il Konzerthaus per abituare gli occhi alla luce prima di incamminarsi sotto il sole cocente.

Così, pensò, si sente un fantasma nel giorno del suo ritorno tra i vivi.

2

Affittò una mansarda a Ettlingen, un minuscolo sobborgo di Karlsruhe. Per tre settimane la sua unica compagnia furono un tavolino preso a prestito e le sue partiture. Passava giorni e notti a dirigere musicassette in cima a uno sgabello, cibandosi di minestre in scatola e di *Käsebrötchen*, gli irresistibili panini con la crosta di formaggio che acquistava freschi.

Le lezioni furono una rivelazione. Ziegler era uno scultore che osservava e plasmava incessantemente il suo allievo. In apparenza non seguiva un programma prestabilito, un piano di studi meccanico, ma sceglieva brani a caso dall'intero repertorio sinfonico. I collegamenti che faceva erano inattesi, ingegnosi, la sua conoscenza sterminata, e Barrow riempiva i margini delle sue partiture con le perle di saggezza del maestro.

Di tanto in tanto vi erano punti di contatto extramusicali, una singola domanda posta in tono secco. «Le piace camminare?» «Sì». Avanti con la lezione.

Oppure – il vecchio una volta aveva diretto a Chicago, anni prima – «Ha mai nuotato nel lago Michigan?»

«Sono cresciuto a Cleveland».

«Ah».

In quei momenti, il morale di Barrow saliva vertiginosamente. Tale era il suo ridicolo stato di isolamento.

Alle prove dell'orchestra del conservatorio conobbe gli altri diplomati in direzione d'orchestra e due o tre dei musicisti, ma schivò i loro approcci amichevoli, e quelli impararono presto a tenere le distanze.

Era ossessionato dal bisogno di recuperare il tempo perduto. L'unica cosa che desiderava era una concentrazione assoluta.

* * *

All'inizio della quarta settimana, un sottile squarcio si aprì nella sua routine.

Appollaiato sul suo sgabello da un'ora, o forse due, percepì una presenza nella mansarda. Si voltò e vide il bambino del piano di sotto – uno dei figli del padrone di casa – in piedi sul gradino più alto che imitava i suoi movimenti. «*Bin dein Schatten*» disse il bambino volteggiando le mani al sole che penetrava dal lucernario. Doveva avere quattro o cinque anni, un biondo cherubino dalle guance un po' troppo rosate. «Sì, sì, bravo» disse Barrow, incerto sul significato della parola *Schatten*. Il bambino sorrise e sgattaiolò giù per le scale. Da due piani più sotto giunse l'eco di un sommesso rimprovero materno: *Johannes!*

Barrow guardò il punto sotto il lucernario, così pieno di vita fino a pochi attimi prima. Tirò fuori il suo dizionario. *Sono la tua ombra*, aveva detto il bambino.

Infilò le scarpe da ginnastica e scese le scale. Tutto era silenzioso... la cameretta dei due figli al primo piano, il soggiorno con la riproduzione di una foto di Ansel Adams sopra il divano. La madre e il bambino dovevano essere usciti un attimo.

In tre settimane non era mai entrato nella cucina del padrone di casa: non ci aveva nemmeno messo piede da quando aveva preso in affitto quella mansarda. La prima settimana l'avevano invitato due volte a cenare con la famiglia, e per due volte lui aveva declinato. Poi avevano desistito.

Il compressore del frigorifero si mise in moto. Un breve sussulto e poi un ronzio prolungato.

«Sei un monaco» sussurrò, e per una volta quel suono non gli piacque.

* * *

Due giorni dopo attraversava il Festplatz, diretto al Konzerthaus, un'ora prima della prova, con il bavero alzato per ripararsi dal vento umido. Stava ripassando mentalmente una partitura, e così la vide solo all'ultimo momento. La giovane donna era ferma sotto gli alberi, una ventina di metri prima dell'ingresso del personale.

Barrow rallentò il passo.

La donna aveva una sciarpa gialla in testa, un tocco di colore nel mattino grigio, e stringeva qualcosa al petto, forse la custodia di un clarinetto. Gli sembrava di averla già vista: doveva far parte della sezione fiati.

Valutò l'ipotesi di una celere ritirata nel bar sull'altro lato della strada, dove aveva sorseggiato caffè durante l'ultima mezz'ora. Ma aveva la necessità di rimanere solo sul palcoscenico per qualche minuto, non foss'altro che per placare la paura. Ziegler gli aveva consegnato una partitura la sera prima, facendogli capire chiaramente che il mattino successivo gli avrebbe chiesto di dirigerla: il suo debutto di fronte all'orchestra. Ma prima aveva bisogno di un po' di tempo per sé, ed era deciso a prenderselo.

Descrisse un'ampia curva fermandosi a una certa distanza dalla clarinettista, e indugiò sotto gli alberi. Probabilmente l'ingresso del personale era ancora chiuso a chiave, altrimenti la donna sarebbe già entrata. Notò che alcune ciocche di capelli scuri erano sfuggite alla sciarpa abbandonandosi alle correnti d'aria sopra la sua testa. La donna guardò l'orologio, un gesto che fece preoccupare Barrow, ma poi tirò fuori un libro tascabile e ripose la custodia del clarinetto tra i piedi. A sua volta lui tirò fuori la partitura di *Tristan und Isolde*.

Nel giro di un minuto, la porta si aprì.

Immersa nel suo libro, la clarinettista non colse l'attimo, senza accorgersi che Barrow stava aspettando a sua volta. Barrow la aggirò, varcò l'ingresso e, senza attirare l'attenzione su di sé, o almeno così sperava, si era già inoltrato nell'edificio prima che lei arrivasse alla porta. Il *Guten Tag*, sussurrato dalla donna al custode, lo inseguì in fondo al corridoio. Notò la particolare cadenza melodiosa della sua voce, ma non si guardò indietro. Due curve, un altro corridoio percorso velocemente, e giunse alla porta che dava accesso al palcoscenico.

Stranamente, dietro le quinte erano stati piazzati due ventilatori di grandezza industriale che buttavano aria verso il palcoscenico. Barrow depositò il cappotto e la borsa e si diresse verso il podio. Le luci per la prova erano accese. Davanti a lui si spalancava la sala deserta. Osservò lo schieramento dei leggii; ci voleva del carburante, quella comprensione che poteva essere trovata solo standosene lì sull'orlo del palcoscenico dando le spalle alla sala. Chiuse gli occhi, e nel basso rumore bianco dei ventilatori dietro le quinte sentì le note iniziali della più grande ballata d'amore di tutti i tempi, *Tristan und Isolde*. Era stato in piedi tutta la notte a studiarla.

Quando riaprì gli occhi, vide la clarinettista in piedi in mezzo ai leggii, i capelli infilati con noncuranza dietro le stanghette degli occhiali. Doveva essere entrata silenziosamente, coperta dal rumore dei ventilatori. Appese il soprabito alla sedia del primo oboe. Sotto indossava un maglione marrone scuro a coste verticali.

Appoggiò sul leggio un contenitore di plastica pieno d'ance – ance per oboe – e alla scoperta che non si trattava di una clarinettista, Barrow si sentì vagamente spiazzato. «*Morgen*» disse – o meglio, sentì se stesso dire – 'buongiorno' in tedesco, ma anche 'mattino' e 'domani'.

Lei alzò gli occhi di colpo e si aggiustò gli occhiali. «*Morgen*». Vedendo che Barrow non diceva nulla, continuò in tedesco: «Sembra che tutte le mattine facciano aerare l'ambiente».

Barrow esitò.

«Già, i ventilatori» disse, iniettando un po' di teatralità nel suo tono e sentendosi immediatamente uno sciocco.

La donna aveva dei begli occhi castani, che per un attimo si soffermarono sui suoi, come per valutarlo. Forse aveva usato la parola tedesca sbagliata per 'ventilatori'. Lei sorrise – alzando solo gli angoli della bocca –, poi abbassò lo sguardo e prese a montare l'oboe. Barrow si chiese che cosa le avesse già rivelato di sé, lì sul podio, con una mano leggermente appoggiata al banco del direttore e l'altra infilata in tasca con noncuranza. Se solo avesse avuto il suo violino, sarebbe stato molto più facile scaldarsi con qualche scala, seduto da qualche parte nella sezione dei violini.

«Speravo di rimanere solo per qualche minuto» disse.

Lei alzò gli occhi. «Me ne vado».

«No, io...»

«Pensavo che stessi...»

«No».

Aveva già tolto l'ancia. Era rossa per l'imbarazzo.

«Resta pure» disse. «Non importa».

La donna afferrò in fretta e furia lo strumento e la sua roba, facendo traballare rumorosamente il leggio. L'improvvisa trasformazione da donna-a-suo-agio a donna-in-fuga lo colse di sorpresa. I suoi numeri da equilibrista con la custodia, gli spartiti e l'oboe ancora montato; i capelli in disordine sulle spalle. Le guance arrossate.

«Mi spiace» sussurrò Barrow. Ma ormai lei se n'era già andata. Era svanita dietro le quinte lasciando il soprabito a penzoloni sulla sedia come ricordo.

* * *

Non appena vide i ventilatori, Ziegler pronunciò un paio di comandi secchi. Gli apparecchi vennero disattivati e, qualora non fosse bastato, addirittura rimossi. La temperatura salì vertiginosamente per effetto delle luci mentre Ziegler guidava l'orchestra in una lettura attenta della Seconda Sinfonia di Brahms, primo movimento. Barrow si arrotolò le maniche sopra i gomiti e seguì la partitura piegato in avanti sulla sedia per mantenere asciutta la camicia.

Esattamente quindici minuti prima della fine della prova, Ziegler chiuse lo spartito e lanciò uno sguardo a Barrow, come previsto. Questi si girò verso i due direttori diplomati accanto a lui. E loro annuirono.

Raggiunse il podio e lasciò cadere la sua partitura sul banco del direttore. Gli studenti erano irrequieti. «*Tristan und Isolde*» annunciò senza alzare gli occhi. Quando in seguito li sollevò – giacché prima o poi doveva pur farlo – il suo sguardo andò in primo luogo a Ziegler, che se ne stava in piedi dietro i percussionisti dando le spalle all'orchestra.

«*Tristan*» ripeté Barrow a voce più alta, «primo movimento», il che naturalmente era una fesseria – anzi, peggio che una fesseria – dal momento che il brano era in un solo movimento e dunque non si poteva nemmeno parlare di movimenti, in realtà. Aveva in mente di dire *Preludio*, ma ormai era troppo tardi per correggersi, e colse l'ondata di risatine soffocate che percorse l'orchestra. Accennò un sorriso, cercando di stare al gioco.

Così andò il suo ritorno al podio. Un passaggio brusco, dopotutto: dall'eremitaggio alla scena pubblica.

Alzò lo sguardo per la seconda volta, guardando dritto negli occhi il primo oboe; aveva la mente in subbuglio. Sangue freddo, pensò sollevando il braccio. Se lo sussurrò: «Sangue freddo». Nient'altro a cui aggrapparsi. Il primo suono – un secco unisono dei violoncelli, leggermente stonato – lo sconvolse come già era accaduto anni prima, la prima volta che si era trovato davanti a un'orchestra. Nascose il suo stupore.

Durante la notte aveva costruito un edificio, e adesso vi stava entrando. Un'architettura di scoperte, tutte su *Tristan – ecco come la sua mente sapeva funzionare, se solo lui lo voleva* –, la raffinata unità del pezzo, il rapporto di tutte le sue parti con l'insieme... Qui, in cima al podio, Barrow osservava le pareti protese verso l'alto, il soffitto arcuato, la navata che si estendeva davanti a lui, ogni cosa al suo posto. Si smarrì in quel progetto.

Il suo primo vero errore.

Un suono estraneo, non presente nella partitura, non di Wagner, attraversò l'orchestra. «*Danke, danke*».

Era Ziegler.

La musica tacque, l'edificio svanì. Barrow gettò un'occhiata ai due direttori diplomati seduti dietro l'orchestra, stranieri come lui. Tutt'e due cercavano di schermirsi. Di lì c'erano passati tutti.

La voce di Ziegler squarciò il silenzio imbarazzato che era sceso sull'orchestra con un tono fermo e sicuro. Professionale.

«Herr Barrow. La facoltà d'ingegneria è all'altro capo della città».

Barrow lottò per conservare una certa dignità. «Mi scusi, maestro».

«Vogliamo più *viscere*, Herr Barrow».

Alcuni dei musicisti guardavano altrove. Altri osservavano la scena per vedere la reazione dell'americano. Barrow inclinò la testa come se volesse convincere i suoi compagni di studio che accettava le critiche leali.

«La prova è finita» disse Ziegler, e da ogni angolo della sala si levò un sommesso mormorio.

Barrow non riusciva a lasciare il podio, una sommità tanto gloriosa. I suoi cinque minuti di permanenza lì, andati. Chiuse la partitura. Aveva le mani e i polsi intorpiditi. Lanciò un rapido sguardo all'oboista che non aveva ancora iniziato a smontare lo strumento. Era piegata in avanti, il mento appoggiato alle nocche. Il suo sorriso furtivo pareva indirizzato a lui. Inaspettatamente eccitato, Barrow distolse lo sguardo.

3

L'umiliazione subita per il *Tristan* ebbe lo stesso effetto di un'iniziazione crudele. Prima dell'incidente gli studenti di rado lo degnavano di uno sguardo; ora i più estroversi gli accennavano un sorriso e lo salutavano, spesso gettando lì una battuta sulle difficoltà intestinali. Il timpanista, un alto afroamericano di Boston, lo fermò nella sala. «Ehi, maestro» disse, «quando ci farai sentire il secondo movimento?»

Allo stesso tempo, la ferrea disciplina che Barrow imponeva a se stesso cominciò a incrinarsi. Restava a letto fino alle sette passate ripensando all'incontro con l'oboista. Nel frattempo aveva appreso il suo nome: Petra Vogel. Durante le prove prestava un'attenzione particolare al suo modo di suonare. Il La che dava all'orchestra per l'accordatura si librava su una foresta di legno laccato, ebano e ottone, e atterrava come la prima anatra in uno stagno alla luce della sera. Era brava: il suo suono era un miracolo di agilità.

Barrow si decise ad accettare l'invito degli altri due direttori diplomati a prendere un caffè con loro. Pareva avessero scambiato il suo comportamento distaccato per timidezza, un gradito malinteso da parte loro. Alla prima occasione, infilò nel discorso il nome della Vogel e scoprì che la donna era una transfuga dalla Germania Est, o meglio dalla DDR, come tutti qui sembravano chiamare il Paese. Era scappata da Berlino Est l'anno prima. «È il colmo, no?» disse Antonio, che era di Milano. «Oggi le basterebbe prendere un treno per Praga e *zac*, sarebbe già fuori».

Barrow gli chiese se sapesse altro su di lei.

«Personalmente, le starei alla larga» disse Berndt, un belga alto dagli occhi grigio chiaro.

«Personalmente, sei sposato» ribatté l'italiano.

«Ma *lui* no» disse Berndt, e tutt'e due guardarono Barrow.

«Non è per questo che ve lo chiedo» si schermì Barrow.

Quel giorno, alla prova, Ziegler lo spedì a verificare una discrepanza nella parte del secondo corno della partitura mozartiana che stavano leggendo a prima vista. Mentre tornava al suo posto facendosi strada tra i leggii, gettò un'occhiata a Petra. Stava suonando, e aveva il viso rosso per lo sforzo. Quando già l'aveva dietro le spalle, Barrow si voltò e arrischiò un secondo sguardo. Alla terza occhiata – dopo che si fu seduto – si accorse che anche lei lo stava guardando.

Dopo la prova, nella sua azione più azzardata degli ultimi tempi – ancor più azzardata dell'audizione con Ziegler – le si avvicinò. Petra stava smontando l'oboe e non lo vide arrivare. Barrow esitò alle spalle della donna. «Dopo la lettera C...» le disse con il cuore che gli batteva forte.

«*Ja?*»

«Mi chiedevo come mai hai scelto di prendere un respiro lì».

Non aveva importanza che la sua esecuzione fosse stata impeccabile.

«Per forza!»

«Qui, intendo» disse indicando una specifica battuta dello spartito. Ebbe l'impressione di essere stato un po' troppo brusco: tale rudezza era la maschera più a portata di mano.

Lei si tolse gli occhiali e si limitò a dire, in buon inglese: «Venerdì vado a farmi una nuotata». Una sola frase era bastata a smontarlo. «A Bad Herrenalb» aggiunse, «in piscina». Barrow non trovava le parole per farle una domanda, per esempio 'A che ora?', così lei gli venne in aiuto: «Dalle sei alle sette». Ricollocò gli occhiali sul setto nasale, vicino alla punta. «Allora, che cosa volevi dirmi di quel fraseggio?»

Lui fu colto dal panico. Come aveva potuto essere così impertinente?

Il venerdì si svegliò presto e rimase per più di un'ora a fissare il lucernario sopra il suo letto con lo sguardo assente. Nevicava da prima dell'alba, una vera rarità alla fine di ottobre, e Barrow contemplava i fiocchi che scendevano, costernato dalla propria mancanza di volontà e da come questa sua inerzia gli stesse sottraendo tempo di studio prezioso. Ricordò una perla di saggezza dispensatagli da un vecchio compagno di stanza: «Non sei l'unico ad aver passato la pubertà chiuso in una stanza a studiare. Alza quella dannata cornetta!»

Elaborò un piano.

Dopo la colazione di mezzogiorno, ficcò un costume da bagno nello zaino insieme con una partitura e un maglione in più, e si diresse verso le colline dietro Ettlingen, le propaggini più settentrionali della Foresta Nera. Aveva da percorrere venti chilometri entro le sei, e benché il tram impiegasse meno di mezz'ora per coprire la stessa distanza, preferiva camminare. La sua idea era quella di guadagnarsi un'udienza con la Vogel pagando in anticipo.

Man mano che saliva, la temperatura scendeva. Attraversò la strada lastricata per Busenbach, luccicante di neve sciolta: un territorio che conosceva bene. Era già stato una dozzina di volte in quel posto, attratto dall'immenso groviglio di sentieri, dai bivi della strada risalenti all'Età del Bronzo. E attratto anche, pensò, dalla sensazione di essere conosciuto, e persino capito: la stessa sensazione che provava studiando una partitura di Beethoven o di Mahler.

Ma questa volta tutto era diverso. Il suo mondo era stato invaso dall'oboista e la sua mente tornava di continuo a lei. Come sarebbe riuscito a trovarla, una volta in piscina? Petra sarebbe stata davvero lì? Se la figurò a bordo di un tram color senape che solcava la foresta, molto più sotto. Era sola? Non gliel'aveva detto. Forse aveva un ragazzo.

Scrisse e riscrisse la sceneggiatura del suo ultimo, balbettante approccio: un esercizio inutile.

Si distrasse ripassando mentalmente la partitura della Seconda Sinfonia di Brahms. Era l'antidoto perfetto, e il suo cervello si mise all'opera. Mentre avanzava faticosamente nella neve, il terzo occhio scorreva le pagine descrivendo marcate onde sinusoidali, inseguendo note, assorbendo suoni. A volte si bloccava – incapace di immaginare certe voci, solitamente quelle delle viole e dei secondi violini – e allora tornava indietro e ricominciava in corsa. Una volta gli accadde con un breve passaggio delle viole: ascoltò, canticchiò le parti. Eppure niente. Cercò di adottare degli stratagemmi, concentrandosi sui legni, nella speranza che le viole filtrassero nel sottofondo. Niente. Provò a figurarsi i suonatori, gli archetti che si muovevano avanti e indietro alla sua destra, appena sotto il podio. Niente.

Aveva la partitura nello zaino e la tirò fuori; si tolse i guanti e la sfogliò fino ad arrivare al punto che gli dava problemi. Verificò alcuni altri passaggi prima di rendersi conto d'aver smesso di camminare.

Il cielo sopra gli alberi era sereno, e la neve brillava azzurra come una fiamma sul gas, sotto la luna. Aveva dimenticato a casa l'orologio: altra mossa geniale. Quanto tempo era passato?

Ripose la partitura nello zaino, afferrò i guanti e si mise a correre ad andatura moderata nell'incerta fessura in cui si era trasformato il sentiero, finché non inciampò in una radice, perse l'equilibrio e cadde a terra. I guanti gli erano volati via dalle mani. Sdraiato sul fianco, respirava affannosamente urlando la sua frustrazione alla foresta deserta.

Il bosco tacque, mentre le sue grida penose tornarono da lui. Aveva trovato un'eco.

Si mise in ginocchio. «La prova è finita!» urlò, e le sue parole gli furono rigettate indietro. «Questa cazzo di prova è finita!», e di nuovo risuonò l'eco delle sue parole, squarciando il silenzio per chilometri intorno a lui. Cantò un arpeggio di settima maggiore, e gli tornò indietro un accordo. «La-la-la-la» cantò di nuovo, stupito dalla rabbia presente nella sua voce. Si rialzò. Urlò e cantò fino a irritarsi la gola.

Aveva le dita intorpidite e se le infilò sotto la camicia, su fino alle ascelle. Sopra di lui, in lontananza, cresceva il vento, facendo frusciare le foglie più alte degli alberi. Barrow si avvolse bene la sciarpa asciugandosi il viso con un'estremità, e recuperò i guanti dalla neve.

Era stato uno sciocco a non prendere il tram.

* * *

Alla biglietteria, una donna gli chiese se avesse bisogno di una cosa chiamata *Badekappe*. L'orologio a muro sopra di lei faceva le sette e due minuti. La donna gli mostrò una sorta di camera d'aria di gomma azzurra. Una cuffia. Ma certo. Che stupido! Fece scivolare le monete oltre lo sportello e contò il resto in inglese.

Trovò lo spogliatoio degli uomini, si cambiò ed entrò nella *Schwimmbad*, un luogo simile a una grotta con finestre appannate, piante tropicali e almeno due piscine separate. Il posto pullulava di gente che alla fine della settimana lavorativa veniva a respirare la stessa aria umida e opprimente.

Qualcuno gli diede un colpetto sulla spalla. «Ehi, maestro!»
Era Stefan, uno studente di violoncello austriaco, uno dei musicisti divenuti più calorosi con lui dopo la débâcle del *Tristan*.

«Non sei ancora entrato in acqua?» disse Stefan in inglese.

«No».

«Quella è molto calda». I capelli del violoncellista erano schiacciati e grondanti d'acqua. «È meglio che ti bagni prima in questa e poi nell'altra. Credo che sia una buona idea».

«Okay».

«Io me ne sto andando, qui è un casino».

«Un casino».

Stefan attraversò un bordo di piastrelle e infilò i piedi in un paio di sandali di plastica ordinatamente allineati a una dozzina di calzature simili. Si voltò, fece un largo sorriso e urlò a Barrow in inglese: «A proposito, c'è qui anche l'oboista. Petra Vogel».

Barrow lo salutò con un cenno, tenendo la mano all'altezza dell'anca: il tipo di gesto che avrebbe dovuto usare per far suonare più piano le viole. *Lo sa?*

Si spostò presso una breve rampa di gradini fiancheggiata da due frondose piante ornamentali. Normalmente, a questo punto si sarebbe tirato indietro, lasciando che il fato o qualche altro grande principio facessero il loro corso. I momenti più importanti della sua vita, gli avanzamenti fondamentali, non si erano forse insinuati nella sua esistenza in questo modo? Da dietro? Un colpetto sulle spalle? Marty Weissberger, il suo primo insegnante di direzione d'orchestra a Rochester: «Hai mai pensato di diventare direttore?»

Nella piscina tiepida non c'era traccia di Petra, così scese con la scaletta in quella più calda e si allontanò dal bordo. L'acqua, che non era poi così bollente, gli compresse i muscoli dell'addome, rilassandoli. Teste prive di corpo scivolavano sulla superficie, occhi azzurri e incrollabile solitudine. Sfiorò tre ragazze chiuse nello stretto cerchio del proprio mondo. L'oboista non era tra loro. Sul lato opposto della piscina, attraverso una serie di ribalte di gomma nera si accedeva a un'ala della vasca all'aria aperta. S'infilò a nuoto nel passaggio spingendo le ribalte rigide contro il cielo notturno: vapore dappertutto che saliva e fluttuava sull'acqua. Un anziano tedesco era seduto sul bordo della vasca, contornato da un mucchio di neve in liquefazione, con le gambe accavallate e la pelle vecchia luccicante e tesa in mezzo al vapore che si perdeva nella notte. «*Abend*» disse l'uomo.

«*Abend*» rispose Barrow con un tono di voce più basso del normale di almeno un quinto.

Dapprincipio non la vide. Dandosi una spinta coi piedi, raggiunse il centro della piscinetta, che riluceva per effetto di un singolo faro subacqueo. L'aria gelida gli mordeva le narici.

Udì un lieve tonfo alla sua sinistra, seguito dal suono della voce di Petra.

«*Guten Abend, Herr direttore*».

Cielo, aveva dimenticato il suo timbro basso.

Si girò. Una ciocca di capelli le era sfuggita dalla *Badekappe* incurvandosi sulla fronte. Il viso di Petra era rotondo e comprendeva in sé ogni sfumatura dal bianco al rosso porpora. Barrow inspirò tutto d'un fiato, e l'aria gli penetrò nei polmoni mista al ghiaccio, costringendolo a tossire. Prima che lo sguardo gli tornasse a fuoco, lei si era spostata dall'altra parte e gli aveva fatto scivolare un braccio intorno al petto, trascinandolo verso il bordo. E quando poi mollò la presa, lasciando che lo sostenesse l'acqua, Barrow sentiva ancora l'impronta bruciante della spallina del suo costume, la scossa provocata dal passaggio delle dita di lei sulle proprie costole.

«Va tutto bene» disse Petra in inglese. «Hai respirato la foschia troppo in fretta e... be', hai presente...»

«La foschia» ripeté lui, che in quell'istante avrebbe voluto colare a picco e rimanere sul fondo per un secolo...

«Forza» disse lei. Si sollevò sul bordo della piscina, e lui la imitò. Petra si tolse la *Badekappe* e la gettò nella neve. Barrow lanciò uno sguardo dall'altra parte dell'acqua, preoccupato da quell'infrazione al regolamento, ma il vecchio se n'era andato. «Non è affar loro» disse lei. I capelli arruffati le splendevano alla luce rifratta della piscina.

Barrow si tolse la cuffia e uscì dall'acqua.

Lei si distese e si rotolò nella neve mugolando per il dolore. Quel suono sciolse le ginocchia di Barrow. Le s'inginocchiò accanto, raccolse un mucchio di quella poltiglia e se la portò al petto: era come carbone ardente. Petra lo fece sdraiare sulla schiena, e Barrow rimase fermo in quella posizione, turbato dai propri gemiti. Lei rideva e rideva, e lui vedeva le stelle attraverso il vapore. «Forza» disse lei. «Non resisto». Si sollevò in piedi sul bordo della piscina, e Barrow la guardava, o meglio guardava la *composizione* scintillante e illuminata da tergo che lei costituiva: il modo in cui il costume le aderiva al seno, il profilo nitido dei capezzoli; l'acqua che le colava sulle braccia e sulle gambe snelle e muscolose. Dimenticò il freddo, la spossatezza, la sua rauca sfuriata nella foresta.

«Forza» gridò lei; Barrow si sollevò con entrambe le braccia, aiutandosi con un piede, e si ritrovò in piedi al suo fianco. Lei lo prese per mano e lo guardò negli occhi, a pochi centimetri da lui; in tutta risposta i polmoni di Barrow si gonfiarono profondamente e i due fecero un salto. Un salto giù dal bordo della vasca, nel vapore, sopra l'acqua, urlando a squarciagola finché tutto non esplose in uno splendente sollievo.

* * *

«Dimmi del maestro Ziegler» disse lei. Erano seduti *vis-à-vis* in un caffè, e stavano parlando in tedesco.

«Che cosa dovrei dirti?»

«Così... piccole cose».

Barrow sollevò il gomito dal tavolo di legno laccato, che dondolò visibilmente verso destra.

«Per esempio, parla inglese con te durante le lezioni?»

«Solo quando è convinto di conoscere un'espressione idiomatica inglese. Stamattina stavamo esaminando uno scherzo, e io gli ho chiesto se lo batteva in uno o in tre. Lui ha detto: 'In tre? Si *sboccheranno* dalle risate'. Petra sembrava non capire. «Si *sganasceranno* dalle risate. È questo il nostro modo di dire. Hai presente?»*

«*A-ha*. E capita che sorrida, ogni tanto?»

«Mai. Ha sorriso una volta sola».

«Ha sorriso? Non mi dire!»

Barrow fu attraversato dal pensiero fugace che tutto questo – la piscina, l'intera serata – fosse teso solo a ricavare pettegolezzi su Ziegler. Petra si era offerta volontaria per distrarre l'a-

* La confusione, in lingua inglese, è tra *laugh one's shoulders off* e *laugh one's head off*.

mericano con una chiacchierata serale: una missione a scopo informativo. Avrebbe raccolto i dati e poi si sarebbe di nuovo dissolta nella sezione fiati entro la metà della settimana successiva.

Barrow si mise a piegare un tovagliolo per infilarlo sotto una delle gambe del tavolo. «Il suo gatto ha teso un agguato alla punta della mia bacchetta. Mi è servito da lezione».

«Il suo gatto...»

Lui la guardò. «L'hai visto?»

«Ovviamente no. Ha un gatto?»

«Sì. È stato lì che ha sorriso».

Petra sembrava lieta della notizia. «Il maestro Ziegler ha un gatto?»

«È grigio. Un normale gatto grigio».

Lei lo fissò per vedere se lui cogliesse il lato comico della faccenda. Barrow ebbe un attimo di esitazione. Petra fece un leggero miagolio, ed entrambi risero anche se non era poi così divertente; ridevano tanto per ridere.

Barrow si chinò sotto il tavolo e ficcò il tovagliolo a mo' di cuneo tra una grata del riscaldamento e la gamba traballante del tavolo. Gettò un'occhiata ai piedi di Petra: i jeans infilati in spesse calze di lana, gli scarponi grigi con decorazioni di pelle scamosciata verde chiara, le stringhe arancioni.

D'un tratto apparve il viso di lei. «Qual è il problema?» chiese, e lui reagì dando una zuccata sul tavolo che fece tintinnare le posate. Petra emise un gemito di compassione; stava per allungare la mano verso di lui, ma una voce la interruppe, fendendo il caldo baccano del caffè. «*Zwei Gulaschsuppen?*»

Quando si raddrizzarono, trovarono sul tavolo due grosse scodelle che diffondevano l'odore dolce della carne stufata. Barrow la guardò, e i due immersero contemporaneamente il cucchiaio nella zuppa. Lui pescò un delicato cubetto di manzo e nello stesso istante fuoriuscì un getto di aria calda dalla grata ai loro piedi. C'era una frase musicale adatta a quel momento ma non riusciva a ricordarsela.

«C'era in ballo una questione di un certo rilievo, per così dire» attaccò Petra in inglese. «Ci chiedevamo chi ti avrebbe visto ridere per primo».

«Eh?» Aveva sempre pensato di essere incapace di suscitare questioni di rilievo.

«Sì. Chiaramente io ero convinta che fosse perlomeno *possibile*».

«*Natürlich*».

«Alexandra non era d'accordo».

«Alexandra?»

«La mia coinquilina. Quando abbiamo suonato Brahms, lei era la prima viola...»

Barrow si ricordava di Alexandra: alta, con due code di capelli biondi che ondeggiavano in perfetta sincronia mentre suonava.

«Abitiamo a Südstadt. È il quartiere vicino al conservatorio, hai presente?» Barrow annuì. «Ti fermi qui un anno?»

«A meno che non mi chiamino per un'opera, o roba del genere».

«Ti chiameranno, vedrai».

Barrow cercò di leggerle in volto, studiando il modo in cui si portava alla bocca il cucchiaio e poi afferrava il tovagliolo per asciugarsi delle gocce sul mento. Una donna con un loden verde che sedeva al tavolo accanto alzò un bicchiere di vino di colore rosso e intenso. La vita racchiusa in un bicchiere, pensò lui. Gli venne voglia di ordinarne una bottiglia.

Petra aveva seguito il suo sguardo. «Sì» disse.

«Cosa?»

«Penso che un po' di vino ci farebbe bene».

Barrow esitò, fece un paio di calcoli. Aveva perso il deposito per la *Badekappe*, dal momento che l'aveva lasciata nella neve.

Petra gli toccò la caviglia con la punta della scarpa. «Il vino lo offro io. Anch'io ho una borsa di studio». Sorrise di nuovo e fu un bel sorriso di troppo. Si voltò verso il cameriere, e Barrow osservò la delicatezza del muscolo che si fletteva sotto l'orecchio scomparendo nel collo logoro del maglione. Sentiva un calore eccessivo al volto.

«Scusami» le disse. «Devo... devo...» Si alzò in piedi.

Petra lo guardò negli occhi. «Va bene» disse.

Il ristorante era una chiazza indistinta di lume di candela e riflessi d'ottone. C'era un bar colmo di acquaviti di ogni genere, e accanto al bancone, una rientranza con un telefono e due porte prominenti con chiavistelli di ferro battuto. Spinse quella con la scritta *Herren* ed entrò. Il chiavistello si abbassò dietro di lui. Una sola toilette. Vi si infilò e chiuse la porta, si aggrappò al cassone con le mani e appoggiò la fronte sul freddo metallo. Neanche così riusciva a riempire i polmoni. Si passò una mano sul volto premendosi le palpebre col pollice e l'indice. Una parte di lui, la parte che osservava la scena, rammentò il suo primo incontro con il secondo movimento della Settima di Beethoven e pensò come fosse ridicolo ricordarsi di quell'episodio in una toilette nella Foresta Nera. All'epoca aveva dodici anni. Un'incisione di Otto Klemperer. Per effetto della musica si dimenò e si contorse finendo incastrato nello spazio impossibile tra il letto e la parete della sua camera.

Mentre prendeva lunghe boccate d'aria, udì il chiavistello alzarsi e qualcun altro entrare e aprire il rubinetto del lavandino. Tirò lo sciacquone e abbassò rumorosamente il sedile del WC. Fece un mucchietto di fogli di carta igienica e vi si soffiò il naso, quindi attese che l'altro se ne andasse, uscì e si piazzò davanti al lavandino. Allo specchio vide che aveva gli occhi rossi e i capelli scuri arruffati sulle tempie. Si spruzzò acqua sugli occhi, si asciugò la faccia e si pettinò indietro i capelli con le dita. Poi si guardò e accennò un sorriso. È passato troppo tempo, pensò. Mi sto lasciando morire di fame.

Aveva gli occhi rossi. Lei avrebbe capito qualcosa. E sia.

Quando tornò al loro tavolo, Petra inclinò il viso verso di lui sorridendo. Voci basse turbinavano negli angoli del ristorante. Dalla sua parte del tavolo c'era un'alta bottiglia verde stappata, con due bicchieri.

«È un pezzo che non bevo vino» disse Barrow.

Un uomo di trent'anni che non aveva mai versato vino a una donna in vita sua. Glielo versò e lei sollevò il bicchiere tenendo l'altra mano sul bordo del tavolo. I capelli le scendevano lisci e naturali, e le guance erano ancora rosa per il freddo. Un sorriso particolare che Barrow già cominciava a riconoscere. Un sorriso che interessava solo gli angoli della bocca.

«*Prost*» disse, incapace di inventarsi altro.

«*Prost*» ripeté lei.

Bevvero e lui fu sorpreso dal fiotto acido del liquido che gli scendeva in gola.

«Non male» disse in inglese, senza averne la minima idea.

«*Ja*, non male» disse lei, e il suono di quel *non male* proveniente dalla sua bocca, la sua pronuncia secca, lo emozionò.

Petra bevve un altro sorso e rivolse lo sguardo verso la parte opposta della sala seguendo, in apparenza, un suo pensiero intimo. Una pausa che si protrasse fino a trasformarsi in silenzio. Barrow voleva che lei parlasse per poterla guardare – per poterle osservare le mani, gli occhi scuri – e non pensare. Da dietro il bar giunse un frastuono di posate e uno scoppio di risa, il cinguettio di una donna e diversi bassi maschili. Poi tutto si placò.

«È vero» chiese con la voce che gli tremava pericolosamente «che sei fuggita dalla Germania Est?»

Lei lo guardò con un'espressione impossibile da decifrare.

«Raccontami» si azzardò Barrow. D'impulso – un buon impulso – le rabboccò il bicchiere, e il liquido purpureo traboccò dall'orlo e colò lungo il calice formando una piccola pozza intorno alla base. Lei ridacchiò e abbassò le labbra sull'orlo del bicchiere tenendo fermo lo stelo bagnato con le dita. «Come un gatto» disse Barrow. «Bevi come un gatto», e lei sbuffò spruzzando altro vino in giro. Quando sollevò il viso, con le labbra aperte, aveva la punta del naso sporca di vino. Se la pulì col dito e poi si leccò via il liquido dalla nocca.

Barrow asciugò il tavolo col suo tovagliolo e poi lo mise sotto il bicchiere di Petra. «Ti prego, raccontami» insisté. Si chinò in avanti appoggiando il mento sul palmo della mano.

«È successo un anno fa» disse lei. «Nel settembre del 1988, al Concours Internationale de Paris. Io ho avuto la fortuna di ottenere un visto di viaggio speciale per partecipare al concorso. Ero con altri giovani musicisti della Germania Est e, dopo che siamo andati a depositare alcune cose nelle nostre stanze, mi sono allontanata da loro». Inarcò le spalle in avanti e le lasciò cadere.

«Tutto qui?»

«Oltre al fatto che mi sono tenuta alla larga da un certo amico, un fagottista. Ero sicura che fosse l'informatore della Stasi del gruppo».

«L'informatore della Stasi?»

«La polizia segreta, hai presente? Il miglior amico dello Stato. Quando si va all'estero, ce n'è sempre almeno uno, se non di più, perfino in un gruppo piccolo come il nostro. Serve per tenere d'occhio la gente. Per prendere nota di quello che fai, delle persone che incontri». Lo guardò. Barrow avrebbe detto che stava cercando di capire fino a che punto fosse interessato. «Anche a casa» continuò Petra, «in ogni gruppo c'è un informatore, una talpa. Ho sentito dire che in inglese viene chiamato *plant*, 'pianta'».

«Già».

«Hai sentito parlare della Stasi?»

«Non sapevo bene a cosa credere e a cosa no».

«Credi a tutto».

Petra bevve un altro sorso. Ora sembrava un filo meno riluttante, pensò Barrow. «L'avrai già raccontato un milione di volte» disse.

«Quando sono arrivata, sì».

«Non smettere».

Lei sorrise e attese un po' prima di parlare.

«Cercando di raggiungere l'ambasciata della Germania Ovest, mi sono persa tre volte. Il mio francese è terribile. Quando sono arrivata, non c'erano sedie libere e così mi sono seduta per terra nell'atrio. Tremavo tutta e avevo con me solo la custodia dell'oboe. Ero decisa a non muovermi di lì finché non mi avessero assicurato l'asilo politico. E ovviamente me l'hanno concesso. Sono obbligati a concederlo per legge. Questo è quanto».

«Quindi non hai potuto partecipare al concorso».

Scosse la testa. «Ho vinto il quarto premio. Avrei potuto fare di meglio se non fossi stata sempre così nervosa. Quando l'ho detto al mio maestro, che era nella giuria del concorso, mi ha urlato dietro di fronte a tutti nell'atrio della Comédie Française. 'In Occidente non ti ascolteranno nemmeno' mi ha detto».

«Ma tu sei molto brava».

«Può darsi».

Le sue dita giravano intorno al fondo del bicchiere. Erano dita maschili: squadrate, non affusolate, un po' screpolate per via del continuo contatto con lo strumento. Sulla punta di un dito c'era un taglietto rosso, rimarginatosi da poco. Forse si era ferita col coltello mentre spuntava un'ancia.

«Tu dici che sono brava, e se lo sono è perché ho studiato molto. Anzi, moltissimo. Ma non perché avessi una passione particolare per la musica. L'ho fatto solo per scappare dall'Est».

«E adesso capita tutto questo...»

«Vuoi dire che la mia fuga è stata una perdita di tempo? Che adesso di punto in bianco si può passare senza problemi dall'Ungheria?»

«Anche da Praga».

«Anche da Praga, certo». Gettò uno sguardo su qualcosa situato dalla parte opposta del ristorante. «Non ha importanza» disse, e aggiunse in inglese: «Ho ucciso una cosa che quella gente non avrà mai più l'occasione di uccidere».

«Scappando, vuoi dire?»

Petra allungò la mano verso il bicchiere. «Sì».

Pareva essere un argomento difficile per lei, e Barrow decise di non insistere.

Fu lei a interrompere il silenzio che seguì. «Hai fatto la Juilliard?» gli chiese, infondendo una patina di meraviglia alle sue parole. La Juilliard School. L'El Dorado della musica.

«Otto o nove anni fa. Ma non l'ho finita».

«Perché?»

Adesso toccava a lui fare spallucce. «Diciamo che è stata una specie di fuga» rispose, pentendosi immediatamente delle sue parole. La sua scelta di rifugiarsi a monte del fiume Hudson, le battaglie private che un tempo gli parevano sconvolgenti... Cos'erano in confronto a una fuga per motivi politici?

«E adesso sei venuto a Karlsruhe».

«Il mio vecchio maestro mi ha messo in contatto con Ziegler».

«Ma Ziegler è così speciale? Al punto che vale la pena di venire fin qui dall'America?»

«Forse».

«E sei venuto per un 'forse'?»

«Non avevo scelta» disse Barrow.

«Non capisco. Non potevi scegliere?»

«Sì, potevo. Volevo dire che...» Non sapeva che cosa volesse dire. «Prima di venire qui, insegnavo. In una cittadina fuori New York. Non era un granché».

«Insegnavi?»

«Sì, davo lezioni di violino. Un tempo lo suonavo». La sua resistenza scemava per effetto della semplice presenza di Petra. «Suonavo in una piccola orchestra. O meglio, un gruppo. Ai matrimoni, o ai Bar Mitzvah».

«Ti prego, raccontami» lo esortò lei, citando le parole che lui aveva pronunciato prima.

«Sono successe delle cose» disse Barrow. Qualcosa nel locale, nella risata stridula proveniente dal bar e nel tintinnio delle stoviglie, lo riportò indietro nel tempo. Un grande matrimonio a Poughkeepsie, correva il mese d'aprile: un rinnovamento delle promesse e un'espressione particolarmente preoccupata da parte del maestro di cerimonie – uno sguardo impaziente a Barrow, il suo primo violino – che voleva più impegno o qualcosa del genere, più *gomito*, era questa la parola che usava, la luce intensa che si rifletteva sul suo smoking bianco, i capelli rossi tinti che sfioravano il colletto, lo sciatto arrangiamento di *All the Things You Are* che stavano suonando in quel mentre. In quella frazione di secondo, Barrow aveva visto la propria morte. Accanto allo smoking bianco. Aveva finito lo spettacolo e il mattino dopo aveva chiamato Gil Shanahan, il suo vecchio insegnante di direzione d'orchestra a New York.

«Matrimoni e Bar Mitzvah» disse Petra col mento premuto sulla mano stretta a pugno, in qualche modo affascinata e compassionevole al contempo. «Ti capisco benissimo».

* * *

Erano seduti sul tram uno di fronte all'altra, tra di loro l'ampio tappetino di gomma graffiato, cullati dal leggero stridìo delle ruote sui binari. Fuori, le stelle splendevano attraverso gli alberi. Petra gli fece una domanda irrilevante sul suo luogo di nascita in Ohio. Barrow le chiese a sua volta del sobborgo di Berlino Est in cui era cresciuta. Prima che lei potesse rispondere, l'altoparlante annunciò la fermata di Barrow a Ettlingen. Petra serrò le labbra in maniera esagerata, recitando la parte della ragazza ostinata che voleva tenere per sé il suo segreto.

Quel suo gesto gli piacque. Gli piaceva tutto quello che lei faceva. Quando il tram si arrestò con una frenata ben calibrata, neanche lui disse nulla. Attese l'ultimo secondo possibile prima di balzare su dal sedile e sgusciare tra le porte a soffietto. Mentre queste si richiudevano sibilando, veloci e impazienti, gli parve di sentire la risata di Petra. Concluse una frase perfetta senza voltarsi indietro.

4

Rimasto sveglio a rimuginare sui fatti salienti della sua vita, quella notte Barrow si rese conto di non aver mai apprezzato pienamente Gil Shanahan. Lasciare un messaggio a una persona dopo otto anni e ricevere una sua chiamata meno di venti minuti dopo era un evento raro. E altrettanto raro era l'evidente affetto che traspariva dalle prime parole di Shanahan: «Ma che cazzo ti salta in mente?»

Era la fine di agosto quando Barrow lo incontrò di persona. Passò dal suo appartamento nell'Upper West Side in una serata molto calda. Fecero quattro passi nel Central Park, e il suo vecchio mentore prese a elencare i traguardi raggiunti dagli ex compagni di studi: tutti, tranne lui, si erano diplomati e avevano cominciato la loro carriera professionale con grande slancio.

Si erano fermati a osservare due squadre che si affrontavano in una partita di softball, quando il discorso cadde su Karlheinz Ziegler.

«C'è una cosa che mi lascia perplesso» disse Shanahan col naso infilato nella rete metallica della recinzione. «Ziegler ha un curriculum degno della regina d'Inghilterra. Ha lavorato con Klemperer, Weingartner, e probabilmente persino con Furtwängler, anche se non ne ha mai fatto cenno. Ti racconto un aneddoto. Siamo a Salisburgo, ancora negli anni Sessanta. Qualcuno riesce a farlo parlare un po' di sé – una cosa impossibile, a meno che non gli si offrisse una buona birra e lo si facesse bere, perlomeno a quei tempi – e lui comincia a raccontare di Arthur Nikisch, di quando l'aveva visto dirigere ad Amburgo, da bambino, e l'aveva osservato da ogni angolazione; era riuscito a intrufolarsi nel coro delle voci bianche per alcune esecuzioni della Terza di Mahler rimanendo ipnotizzato dal direttore. Disse proprio così: *hypnotisiert*. Lo stesso Richard Strauss si accorge di lui, quando ancora va alla scuola superiore, al

Gymnasium, o come diavolo lo chiamano. 'Tenete d'occhio questo ragazzo' dice, o una stronzata del genere. E poi più nulla. La guerra. Un buco nero».

Shanahan non era cambiato dai giorni in cui Barrow faceva parte della sua cerchia più ristretta di studenti. Gli stessi jeans larghi fine anni Settanta, le stesse camicie azzurro pallido a maniche corte. Aveva cominciato a guadagnarsi da vivere facendo lo scaricatore di porto e, come prova di quel suo passato, teneva la sua vecchia tessera del sindacato in bella vista nella tasca esterna del portafoglio. *Sezione 809, Boston. Pagato.*

«E lì ti viene da pensare: okay, era un nazista. Quel tipo ce l'ha scritto in faccia. Così scompare dalla scena dopo la guerra, nessuno lo scrittura più. Ma che cavolo, guarda Karajan, santiddio: in pratica è riuscito addirittura a trarre vantaggio dal fatto d'essere stato iscritto al partito nazista! 'Non mi occupo di politica' ha detto, 'io lo facevo per la musica, dovevo per forza continuare la mia arte', e tutte quelle stronzate. E così un milione di altri. Anche Karl Böhm era nazista. E Liz Schwarzkopf – Dio benedica la sua voce – era nazista pure lei. La loro carriera ne ha forse sofferto? Mica troppo. Perfino Furtwängler, squinternato com'era, un cretino totale sul piano politico, non si iscrisse mai al partito ma fondamentalmente andò a braccetto con Hitler e Goebbels per tutta la guerra. E ancora la sua scusa è stata che doveva preservare l'anima tedesca, ed è riuscito a stare in pista, giusto? Nel '45 si ricicla, fa Bayreuth, fa Londra... nel '49 gli impediscono di dirigere a Chicago e la cosa fa molto scalpore. Ma gli inglesi lo amavano, c'era un sacco di gente che amava Furtwängler. Quindi, a meno che Karlheinz Ziegler non fosse una guardia a Dachau, o qualcosa del genere, la semplice adesione al partito non poteva essere un motivo sufficiente per bandirlo dalle scene. E allora qual è il problema?»

«Forse era davvero una guardia a Dachau» disse Barrow.

Shanahan sembrò non aver sentito la risposta. «Guarda la partita» disse. «Dovresti ammirarli. Quelli sponsorizzati dalle sigarette hanno afferrato in pieno lo spirito della faccenda. Mettono in campo una squadra composta per metà di ragazze e se ne rimangono impalati sul campo per due ore, mentre quelli della Sony, tutti maschi e quasi tutti prelevati dal carcere di Rikers Island, vincono a man bassa».

«Allora da dove arriva la fama di Ziegler?»

«Hai per caso dei dubbi?»
«No».
«È la tua unica chance».
«Lo so».
«Dieci anni sono tanti in questo mestiere».
«Otto».
«Mi sono sbagliato, lo ammetto».

Shanahan non gli aveva ancora chiesto nulla sul suo abbandono. Sul suo ritiro tutt'altro che garbato dalla Juilliard School. Sulle ragioni che l'avevano spinto a rifugiarsi nell'eremo di Fishkill. Ora pareva essere sul punto di farlo.

«Non l'ha mai visto dirigere?» gli chiese Barrow.

«No, ma dovresti sentire cosa dice Bernstein al riguardo. Cioè, sembra che lo idolatri».

«Bernstein l'ha visto?» insisté Barrow, cercando di deviare la conversazione su quel binario.

«In Europa, da qualche parte. Lo sai com'è fatto, il caro vecchio Lenny. Lui dev'essere sempre innamorato cotto. Me ne ha parlato una volta negli anni Sessanta. 'Gil' mi fa, 'devi assolutamente vedere come quell'uomo dirige Brahms'. Io Ziegler l'ho incontrato a Salisburgo».

«Ma non l'ha mai visto sul podio».

«Non era necessario. L'ho visto analizzare una partitura per i suoi studenti, con le mani che gli fluttuavano nell'aria per metà del tempo. Dannatamente geniale, lo stronzo. Mi aveva fatto venir voglia di mollare tutto. Per colmo di ironia, un paio d'anni prima, mentre ero in Austria, avevo sentito per caso Ziegler sparare a zero su Bernstein, appena fuori dal parco. Non aveva fatto nemmeno il suo nome, ma tutti avevamo capito benissimo a chi si riferiva. 'Mister Broadway' lo chiamava. Gliene ha dette di tutti i colori, al povero Lenny. Esibizionista. Troppo emotivo sul podio. L'ego, i tempi lenti, tutte le solite vecchie critiche. Ziegler è invidioso in modo patologico. Questo è il problema: non ha mai ottenuto un cristo di niente per sé, dopo tutte le aspettative che aveva suscitato prima della guerra. Stavano per offrirgli Pittsburgh, ma poi c'è andato Steinberg. Negli anni Cinquanta ha diretto dappertutto ma non ha mai avuto un'orchestra per sé. Né a Vienna, né a Berlino, Lipsia, Amburgo, Colonia, Hannover, da nessuna parte. Nemmeno un'orchestra radiofonica, che diamine! Vien quasi da pensare che sia stato lui a non volerne sapere».

Si udì il rumore della mazza d'alluminio che colpiva la palla e i due si voltarono per vedere una breve battuta all'interno del diamante finire miracolosamente nel guanto della terza base.

«Il che ci riporta a te, non credi?»

5

La questione del passato di Ziegler non venne mai fuori in sua presenza. Barrow fantasticava di lunghe conversazioni al riguardo – sulla Berlino in tempo di guerra, sulla necessità, sul fallimento personale –, ma queste non divennero mai realtà. L'anziano maestro dominava ogni singolo istante, aveva il pieno controllo su ogni processo, sul podio come giù dal podio.

Vi era per esempio una procedura fissa da seguire per accedere al suo appartamento di Lessingstrasse. Si doveva bussare all'ora precisa concordata, attendere che la porta si schiudesse di pochi centimetri, lasciar passare almeno trenta secondi – ma non più di quarantacinque – e poi entrare. Non erano previsti saluti, un tedio reso superfluo dal rito dell'ingresso. Si prendeva posto sullo sgabello di metallo, e la lezione aveva inizio. Nessuno sapeva quando o dove avesse avuto origine questo protocollo. Veniva chiamato *das Klopfen*, 'il bussare', dai suoi studenti, ed era saggezza comune, trasmessa da studente a studente, forse da decenni.

Il lunedì successivo alla sua escursione a Bad Herrenalb, Barrow effettuò *das Klopfen* con cinque minuti di ritardo. La porta di Ziegler rimase chiusa, anche dopo numerosi tentativi. Barrow attese parecchi minuti sotto la pioggia, bussò di nuovo e poi se ne andò.

Ammesso poi alla lezione successiva – nel frattempo le lezioni settimanali si erano ridotte da sette a due – si sedette sullo sgabello e scodellò la sua scusa. Il tram si era guastato e i passeggeri erano stati fatti scendere alla Hauptbahnhof.

«Non ci sono scusanti per quello che ha fatto» disse Ziegler, «perciò non cerchi di giustificarsi».

«Prego?»

«Deve essere in grado di anticipare ogni imprevisto, ogni disfunzione del tram, del tempo, dell'universo. Era in ritardo appena di sei minuti, perciò c'era senz'altro un modo per arrivare puntuali – prendere un taxi, per esempio – e lei non è riuscito a prevederlo. Ma anche se avesse una scusa valida, scoprirebbe che la cosa non m'interessa».

Pioveva a dirotto, quel lunedì. Non c'erano taxi alla stazione né in alcun altro posteggio lungo i tre chilometri di strada fino a Lessingstrasse. E naturalmente aveva corso: aveva corso per tutto il tragitto.

«Non scommetterei una cicca sul suo futuro» disse Ziegler in inglese. «Ha portato gli *Intermezzi*?»

Barrow sedeva lì ammutolito.

«Cominci».

Gli era stato chiesto di fare un'analisi approfondita di un pezzo per piano di Brahms, immaginandolo come una composizione sinfonica. Mise l'antologia sul leggio, sistemò la lampada e cominciò la sua analisi. Nel giro di un minuto, Ziegler l'aveva già interrotto con la prima domanda, «Come sono collegati i due temi?», seguita poi da una seconda e da una terza, finché, impaziente, il maestro si alzò in piedi e prese a rispondere da sé alle proprie domande, sviscerando la mente del compositore, criticandolo per alcune parti, estraendone le ambiguità, facendo confronti su confronti – con gli spartiti che s'ammucchiavano come spazzatura sulla sua scrivania –, immaginando una strumentazione del pezzo per orchestra, per quartetto d'archi, per coro. Fece cantare a Barrow cinque o sei passaggi dell'intermezzo.

«*Nein, nein, nein. Sehnsucht, wo ist die Sehnsucht?*»

Dov'è cosa? Barrow non conosceva quella parola.

«Perché – sorpresa! – non esiste un vocabolo inglese corrispondente. *Sehnsucht* è 'desiderio struggente' e 'ossessione' in una sola parola. Quando compone questo intermezzo, Brahms è un vecchio di sessant'anni, ma dentro di sé ne ha appena diciannove. Un diciannovenne che vuole ciò che non ha mai avuto, lo vuole ossessivamente. Conosce la vita?»

Barrow esitò.

«La vita di Brahms. La *vita*».

«Sì».

«Sa che Clara Schumann faceva bere il vino al marito dalla punta delle dita? Quando era in fin di vita, non poteva muoversi, e così sorbiva il vino dalle dita della moglie».

Barrow annuì.

«Dov'era Brahms? Era nella stanza?»

«Non lo so».

«Quando Robert Schumann stava morendo. Quegli ultimi momenti con la moglie, al sanatorio. Brahms era nella stanza?»

«Non credo...»

«No, certo. Ma – faccia attenzione – era all'interno dell'edificio. Sarà stato nella sala d'aspetto. E cosa stava pensando?»

«Non...»

«'È mia', pensava, 'Clara sarà *mia*'. Brahms in quel momento ha ventitré anni. Secondo lei non la desiderava? È questo il desiderio struggente di cui parlo. La *Sehnsucht*. Secondo lei non la desiderava?»

Barrow era troppo sbalordito per rispondere. In una trentina di lezioni, Ziegler di rado aveva divagato dalla musica, dalla partitura, dalla disamina attenta e fredda delle note scritte...

«'Quest'uomo, Robert Schumann' pensava Brahms, 'a cui devo la mia carriera e la mia stessa anima, tutto ciò che sono, colui che mi ha scoperto, che mi ha annunciato al mondo, facendo di me una celebrità... Voglio la *moglie* di quest'uomo. Robert Schumann sta morendo, e io lo amo e voglio sua moglie'».

Ziegler fissò Barrow, come se lo stesse studiando. Prese un volume dallo scaffale alle sue spalle e lo aprì alla sezione centrale con le fotografie. Lo posò sulla scrivania e con una delle sue lunghe dita indicò un'illustrazione. «Guardi qua».

Barrow non l'aveva mai vista. Era uno schizzo veloce di Clara Schumann, la più grande pianista della sua generazione, già in età matura. Quasi certamente un ritratto idealizzato.

«Brahms non avrebbe desiderato una donna del genere?» chiese Ziegler.

Gli occhi di Clara splendevano di sensibilità romantica; gli zigomi erano alti, il mento fine e il collo slanciato. Il seno era voluttuoso, dopo che aveva messo al mondo otto o dieci figli.

La voce di Ziegler divenne un sussurro. «Brahms fuggì da lei».

Clara teneva un diario insieme al marito, simboli segreti per ogni volta che facevano l'amore, e quando Barrow tornò a posare i suoi occhi su quelli della donna poté vedere tutto – il genio e gli amplessi – dal modo in cui le pupille nere lo scrutavano sotto le intense sopracciglia.

«E così...» disse il vecchio.

«Sì?»

«Lei si scopa l'oboista».

Barrow sbarrò gli occhi, incredulo, girò la frase in inglese e poi di nuovo in tedesco. Cercò di cogliere tracce di ironia. Non aveva più visto Petra dopo la sera della piscina e del tram. Non l'aveva nemmeno toccata. E poi Ziegler come poteva saperne qualcosa?

«No» disse.

Ziegler si alzò e salì sulla scala dietro la sua scrivania. Sul secondo scalino fece come per guardare una partitura, tirò fuori una vecchia edizione rilegata in tela e finse di esaminarla.

«Sua madre».

«Mia madre?»

«Mi ha detto che era un'insegnante di pianoforte».

«Mi scusi?»

«Mi ha accennato a sua madre».

Barrow era in stallo, con la mente che gli girava a vuoto. «Sì, maestro».

«Era brava?»

«Sì. Credo di sì. Perché me lo chiede?»

«Non intendo come insegnante».

«Mi scusi?»

«Intendo come pianista» disse Ziegler.

Barrow era distratto da quella messa in scena melodrammatica di cattivo gusto. La partitura nella mano a mo' di oggetto scenico, l'enorme cranio che sfiorava il soffitto.

«Non lo so» disse.

«Non l'ha mai sentita suonare?»

«Ovviamente sì».

«E sapeva farlo? Sapeva suonare?»

«Sì».

«Ma era brava?»

«Sì».

«Ne è sicuro?»

«Mia madre ha studiato con Leon Fleisher».

«E dunque?»

«Doveva essere brava».

«E lei l'ha sentita suonare».

«Sì».

«Qual è la sua opinione?» chiese il maestro. Aveva ancora in mano la partitura rilegata in tela.

Barrow esitava.

Avrebbe potuto raccontargli che a quattro anni si rannicchiava sotto la porta della sua camera con l'orecchio premuto sulla fessura alta poco più di un centimetro per riuscire a sentire la musica a volume più alto; che s'immergeva nelle ballate, nelle polacche e nelle mazurche di Chopin che Ellen – lo avevano abituato a chiamarla Ellen fin dalla tenera età – suonava incessantemente, e in quello Skrjabin che avrebbe scoperto anni dopo, seduto sullo sgabello del piano; che quella musica gli devastava lo stomaco; che nella prima infanzia fu affetto da una straordinaria varietà di disturbi addominali: «Il bambino non ha niente» diceva sempre il pediatra, e il viso di Ellen, passivo, non tradiva mai sentimenti, mai, non di fronte al pediatra, non di fronte al figlio.

«Dunque era una cattiva pianista» disse Ziegler.

«Ha smesso di suonare».

«Era una cattiva pianista».

«Non credo».

A volte Barrow apriva uno spiraglio nella porta e stava a contemplare il frastuono che aveva origine da lei e che trasformava quella donna imperturbabile in un mostro a dieci dita capace di sconvolgenti brutalità, persino di torturare, e tutto ciò scaturiva da una trance prolungata che la rendeva del tutto indisponibile, con le braccia sospese sui tasti per ore, interi pomeriggi, finché non tornava a casa papà e il coperchio del piano si abbassava. Poi, un bel giorno, Ellen smise completamente. Non d'insegnare, ma di suonare. Anni dopo, il figlio le chiese perché l'aveva fatto. Lei scrollò le spalle e si tirò indietro una ciocca sciolta dei suoi capelli lisci e lunghi da hippy, ingrigitisi anzitempo. Lui la incalzò: «Il tuo desiderio non era sempre stato quello di diventare una concertista?» «Mi piace insegnare» disse lei senza convinzione.

«Non è in grado di giudicare, vero? È sua madre, e non sarebbe obiettivo».

«Sinceramente, non so proprio come suonasse».

«No...?»

«O come suoni...»

«Com'è possibile? Lei che ha un orecchio così fine per la musica – così almeno hanno affermato altri sul suo conto – non mi sa dire se sua madre ha talento?»

Barrow scrutò il profilo del vecchio, il maglione grigio che sfregava sulle tasche dei pantaloni. Avrebbe dovuto battere i pugni sulla scrivania del maestro; l'ira avrebbe dovuto indurlo a sbattere la porta e ad andarsene via sotto la pioggia. Aveva ormai afferrato da un pezzo il messaggio che Ziegler gli lanciava: *Occhio agli affetti, familiari o di altro genere. E occhio ai coinvolgimenti sentimentali con le colleghe. O il tuo orecchio non sarà più in grado di distinguere bene.*

Ammesso che il messaggio fosse quello.

Ziegler scese dalla scala, un'altra manovra spudoratamente secondo copione. «Conosce Reger? Il *Symphonischer Prolog*?»

«Sì, l'ho sentito».

«Prenda questo». Barrow fece un passo avanti per afferrare la partitura. «Lo porti a casa e se lo studi stasera». Poi sembrò ripensarci. «Anzi, no, lo guardi subito. Io ho da fare in cucina». Imboccò il breve corridoio e scomparve nel retro.

Barrow diede uno sguardo alla partitura di Reger, scelta chiaramente per via del titolo: *Prologo sinfonico a una tragedia.* La farsa continuava. Già sopra la prima battuta si notavano i caratteristici segni in blu e in rosso di Ziegler. La partitura doveva esserne piena. Ogni pagina in ogni partitura presente in quella casa: centinaia, forse migliaia di partiture – più musica di quanta Ziegler avrebbe mai potuto dirigere – scarabocchiate con segni blu e rossi.

Così, lei si scopa l'oboista.

No, maestro. Prima di farmela chiederò il permesso a lei, si capisce.

Esaminò la partitura, gli illeggibili caratteri gotici. Era tutta una messa in scena. Ziegler evidentemente preparava in anticipo la sceneggiatura di ogni sua lezione. Adesso sarà stato di là in cucina a ridacchiare mentre trafficava con la sua bustina di tè. *Così, lei si scopa l'oboista* era il piatto forte che gli aveva servito senza tanti complimenti. Barrow spostò il peso sulla sedia. In quanto a lui, probabilmente sarebbe dovuto fuggire da quella stanza già da un pezzo.

Da fuori proveniva lo stridore intermittente dei pneumatici che slittavano sull'asfalto bagnato. Diede una scorsa veloce alla partitura di Reger e poi si mise a leggerla lentamente. Ziegler non ricompariva. Non si udivano suoni, forse il vecchio si era addormentato.

Quando terminò la seconda lettura, il maestro non era ancora tornato. Barrow non aveva idea di come proseguisse l'appartamento oltre la porta; sapeva però che il primo locale era la cucina. S'immaginò Ziegler assopito in un'angusta zona pranzo, una tazza di tè ormai raffreddato accanto alla sua grossa testa. Andò nel corridoio e si fermò a studiare la luce sotto la porta. Questa si spalancò di colpo, senza preavviso, e Ziegler incredibilmente comparve in piedi di fronte a lui in un fascio di luce. Aveva in mano qualcosa. «*Hallo*» disse, in apparenza sorpreso quanto Barrow. «Domani mattina vado a Bruxelles».

«Sì».

«Lei proverà Brahms con l'orchestra. Terzo e quarto movimento».

«Maestro». Barrow era sconvolto e non riusciva a trovare le parole giuste. Un semplice *grazie* non gli pareva appropriato.

«Userà la mia partitura, naturalmente». Ziegler gliela porse con entrambe le mani. Barrow sentiva le proprie mani gelide al suo fianco. «La prenda», e poiché Barrow non sollevava le braccia: «La prenda, per l'amor del Cielo. Non è mica il Talmud».

* * *

Mentre era seduto sul tram che lo portava a casa – con il piacevole caldo secco che s'intensificava tra una fermata e l'altra – crebbe in lui la sensazione di essere lanciato in una corsa verso il vuoto. Una sospensione, come quella che compositori quali Mahler o Bach lasciavano aperta all'infinito. L'*appoggiatura* ostinata. Audace, dolorosa e stupenda. Con quel suo comportamento sconcertante, Ziegler gli aveva restituito la sua vita – novanta minuti sul podio con la Seconda Sinfonia di Brahms e un'orchestra eccellente, davvero eccellente – e adesso non riusciva più a ricordare perché mai fosse fuggito, fuggito da New York, fuggito dalla Juilliard School e dalla possibilità, anzi, dalla certezza, di avere successo nell'unica cosa che avesse mai amato.

Arrivò senza fiato fuori dalla sua casa a schiera, a Ettlingen. Il padrone di casa aveva chiuso le imposte per la notte, e Barrow serbò il suo segreto per due rampe di scale buie fino alla mansarda. Una volta di sopra, accese tutte le luci, la lampada al neon sopra il fornello, quella del bagno, quella a fianco del letto, l'applique accanto al tavolo e quindi aprì la partitura di Brahms al terzo movimento.

6

Dodici ore dopo, Barrow era seduto alla scrivania nell'ufficio di Ziegler al Konzerthaus e osservava le cinque Polaroid attaccate alla parete, tutte del gatto di Ziegler: il gatto sul letto, il gatto che saltava giù dal tavolo della cucina, il gatto davanti alla sua ciotola. Scene di vita quotidiana. Ziegler compariva due volte, il torso avvolto nel maglione grigio sullo sfondo, le mani che rinchiudevano il gatto in una gabbia di dita. Intontito dalla carenza di sonno, Barrow contemplava quelle mani massicce. Chi aveva scattato le foto, se non lo stesso Ziegler? Chi poteva avere una tale confidenza con il vecchio?

Inclinò la lampada snodabile, si mise in grembo la partitura della Seconda Sinfonia di Brahms e con una spinta delle gambe si allontanò dalla scrivania. Sul palcoscenico, l'orchestra si stava riscaldando in un caos brahmsiano, un suono che di solito lo riempiva d'eccitazione, ma che ora annunciava una catastrofe.

Era stato gettato in pista.

Vado a Bruxelles. Lei proverà Brahms.

Aveva rabberciato la sinfonia in qualche modo nel cuore della notte, rendendosi conto nello stesso tempo di quanto fosse impreparato anche solo per *provare* la Seconda. Brahms era al di sopra delle sue capacità, e Ziegler lo sapeva. Peggio che affrontare una battaglia a cavallo senza sella e senza spada.

Era stato sedotto dall'idea che il vecchio avesse scoperto in lui una riserva nascosta di talento. Ma la realtà era irrefutabile. Ziegler aveva passato sessant'anni a studiare la Seconda di Brahms, Barrow una settimana e un giorno. Mai affrontare un'orchestra impreparati, era questa la regola, e invece eccolo qui a combattere un deficit di proporzioni monumentali, dopo il disastro del *Tristan*. Avrebbe dovuto protestare subito, senza esitazione, nello studio del vecchio, darsi per malato, darsi per morto.

La porta dell'ufficio si aprì. Barrow non alzò nemmeno lo sguardo: aveva bisogno di ogni attimo rimastogli per studiare. Ma sentendo la porta chiudersi, si ridestò. «Hans!»

Hans, un flautista di buon carattere che faceva anche da bibliotecario dell'orchestra, tornò sui suoi passi. Barrow lo ringraziò e gli consegnò la partitura del direttore.

Grazie agli anni passati nella sezione dei violini, Barrow conosceva le innumerevoli strade che gli orchestrali battevano per avvantaggiarsi sul direttore, specie se si trattava di un giovane direttore. Non parliamo poi di uno *studente*. Si mostrava troppo attaccato alla partitura? Lo si disprezzava. Vantaggio per gli orchestrali.

E se al contrario lasciava intendere di saperne più di te? Veniva odiato. Vantaggio per gli orchestrali (di nuovo).

Barrow si stirò le spalle facendo alcune bracciate, come se nuotasse. Mancava un minuto alle nove quando imboccò a grandi passi il corridoio che portava al palcoscenico, arrivando appena in tempo per sentire la manager dell'orchestra annunciare l'assenza di Ziegler, e il boato di sollievo che seguì. La manager, che aveva in mano il suo corno francese, scrollò le spalle, lanciò uno sguardo a Barrow e si avviò verso la sua sedia. Barrow concesse ai suonatori un minuto per rallegrarsi della notizia e intanto chiacchierò con il timpanista, l'afroamericano di Boston. Gli studenti gli gettavano occhiate da varie direzioni. Il suo ruolo di sostituto non era stato annunciato, ma quel momento di stallo diceva tutto: lo sguardo della manager, la stessa posizione di Barrow, che esitava con le braccia incrociate nella sezione delle percussioni, in disparte dagli altri studenti di direzione d'orchestra.

Il percussionista aveva un modo di fare spigliato che gli aveva fatto guadagnare molti amici. Disse una battuta divertente, e Barrow si sentì in dovere di ridere fragorosamente. Guardò i diplomati in direzione d'orchestra – Berndt e Antonio – e poi i tre o quattro studenti non ancora diplomati che frequentavano regolarmente le prove. Nessuno ricambiò il suo sguardo. Parevano evitarlo.

Strinse la mano al timpanista e si diresse verso il podio, aspettandosi che il volume si attenuasse. Ma così non fu. Lanciò una rapida occhiata a Petra che stava annotando qualcosa sul suo spartito con un'ancia infilata in un angolo della bocca.

Continuò la sua panoramica osservando la sezione dei fiati, gli ottoni. Salì sul podio alto una trentina di centimetri e fece un sorriso al primo violoncello. Alcune facce ora guardavano verso di lui, ma il chiasso era addirittura aumentato. Un secondo violino tra i leggii più lontani si avvitava in una scala cromatica. Sentì uno scoppio di risa nella sezione dei corni e abbassò lo sguardo per controllare la cerniera dei pantaloni. Gli studenti di direzione d'orchestra rifuggivano le sue occhiate, tutti eccetto Berndt, il belga, che ricambiò il suo sorriso.

Barrow abbassò gli occhi sulla partitura di Brahms e la aprì al terzo movimento, come aveva stabilito Ziegler. Il frastuono non accennava a scemare. Ancora dieci secondi così, e avrebbe dovuto battere la bacchetta sul banco per chiedere silenzio, ma era l'ultima cosa che desiderava fare. Il rispetto doveva arrivare per via della sua presenza sul podio. Inoltre, se avesse battuto la bacchetta e quelli l'avessero ignorato, sarebbe stato un disastro.

Alla sua sinistra udì una serie insistente di colpetti. Il primo violino stava battendo l'archetto sul leggio. Quattro colpi esatti e il rumore si smorzò rapidamente. Ora l'intera orchestra era in silenzio e Barrow fu attraversato da un'ondata di gratitudine; resistette all'impulso di fare un gesto esplicito di approvazione al primo violino, limitandosi a un breve cenno del capo. Il primo violino – un ragazzo scuro e massiccio, probabilmente poco più che ventenne – ricambiò il cenno. Era rumeno, aveva sentito dire Barrow, ed era il secondo o il terzo miglior violinista del conservatorio.

Il primo violino inarcò le sopracciglia. «Diamo un altro La, magari?» Il suo inglese era ancor più rassicurante dei colpi con l'archetto.

«*Ja*» disse Barrow, «*natürlich*».

Ascoltò l'orchestra che si accordava: la calda nota marrone chiaro di Petra seguita dal suono sontuoso di sessantaquattro corde di La che sbocciavano in una fioritura di quinte vuote, e tutto questo si spiegava davanti a lui, secoli in evoluzione, un milione di ore di studio alle spalle. Ripiegò gli angoli delle prime pagine del terzo movimento e buttò l'occhio sulle battute iniziali. I suoni dell'accordatura svanirono in sottofondo. Aveva una grande capacità di concentrazione; era stato questo dono a portarlo alla direzione d'orchestra. Il potere di cogliere un momento e di trasformarlo in un diamante. Tornò indietro rapidamente al primo movimento, giusto per dare un'occhiata.

Conosco questa musica.

Udendo gli orchestrali aprire le loro parti, il fruscio familiare delle pagine, sentì la fiducia crescere pian piano dentro di sé.

« Brahms » disse.

La sua voce era ferma. Il delitto – e la possibilità di farla franca – si precipitarono ad accoglierlo.

« Primo movimento » disse.

Era un ladro con un piede oltre la finestra.

Sentì se stesso dire: « Prendiamo la prima conclusione », e a quel punto era troppo tardi per tornare indietro: avrebbe provato quella dannata sinfonia per intero.

A margine notò gli studenti di direzione d'orchestra, il loro atteggiamento d'allarme. Trattenne il sorriso che stava per fare e loro sparirono completamente dalle sue preoccupazioni. I corni stavano già inumidendo i loro stretti bocchini foggiati a imbuto. « Campane a mezz'aria, ricordate ». Quelli sollevarono le larghe campane dei loro strumenti al di sopra del livello dei leggii.

Gli occhi di Barrow spaziarono sul resto dei fiati, la maggior parte dei quali sarebbero entrati quattro battute dopo. Richiamò la loro attenzione.

E poi gli archi. La sua prima casa. Dall'età di sei anni aveva studiato violino alla Eastman School of Music grazie a una borsa di studio. Poi Marty Weissberger l'aveva preso sotto la sua ala protettrice: notti intere trascorse in compagnia di partiture e di bottiglie di birra, il diploma in direzione d'orchestra in anticipo sui tempi e una raccomandazione di ferro per farlo studiare con Gilbert Shanahan a New York.

Violoncelli e contrabbassi aspettavano con gli archetti sollevati. Barrow alzò la mano sinistra a indicare cautela, un attacco morbido e non affrettato. Un semplice movimento in levare con la mano destra, e la musica si sprigionò nell'aria.

Era stato così semplice, tutto quel dannato ingranaggio si era messo in moto. La débâcle del *Tristan* era acqua passata. Dopo due frasi, qualcosa gli si sciolse nel petto, qualcosa che era rimasto sopito per otto anni. Gli archi si chinarono sui loro strumenti. Altri visi, molti altri, erano fissi su di lui: gli stavano venendo dietro. Sorrise due, tre volte in direzione dei violoncelli. Qualcuno ricambiò il sorriso. Barrow manteneva un atteggiamento modesto. Lasciava che fossero i musicisti a venire da lui. Dare il tempo, segnalare le entrate.

Il primo movimento andava diffondendosi nella sala. Barrow lo sentiva dietro di sé. Quando la musica crebbe – strato su strato, corni su ottoni su archi, *tutti* gli archi – Barrow prese le distanze da essa, si fece piccolo. Lui era l'ascoltatore.

L'orchestra aveva già provato quella sinfonia in precedenza. I fagotti non colsero il suo cenno al passaggio di trentaduesimi in levare; poco male, ci sarebbe ritornato su dopo. Stava scoprendo che questo era il suo approccio: sorridere agli errori, tutt'al più inarcando le sopracciglia. O forse era sempre stato così, nemmeno se lo ricordava. Riusciva a sentire la reazione; la bestia si è mossa, pensò, si è rilassata, forse si è distesa un po' più in là.

Arrivarono al riepilogo del primo movimento. Stava andando tutto bene. Non avrebbe commesso errori.

* * *

Al termine della prova cercò di attirare l'attenzione del primo violino per ringraziarlo; arrivò addirittura al punto di prenderlo per la spalla mentre se ne stava andando. Fu un gesto un po' brusco, e quando l'uomo, più basso di lui, si girò, aveva il collo teso. «*Vielen Dank*» disse Barrow, cogliendo un barlume di ostilità nel viso del rumeno, prima che questi gli facesse un sorriso tirato.

«*Ja*. Ci siamo divertiti» disse il primo violino. Poi si voltò e si unì alla calca degli orchestrali che s'infilavano i cappotti e uscivano dalla sala.

«Hai fame?»

Era Berndt. Il belga era alto e macilento, aveva occhi grigio chiaro e una grossa testa. Dei tre direttori d'orchestra diplomati, era quello che, con ogni probabilità, sarebbe somigliato di più a Ziegler tra cinquant'anni. «Andiamo a mangiare qualcosa assieme? Viene anche Antonio...»

Barrow, senza difese e con appena un ora e mezzo di sonno alle spalle, sentì il proprio viso sciogliersi in un sorriso. «D'accordo».

«Sei stato fortunato ad avere questa opportunità».
«Già» disse Barrow.
Setacciò con gli occhi tutta la sala, accorgendosi solo dopo diversi passi che stava cercando Petra, nella speranza di un suo sguardo di saluto.
«Vieni» disse. «Hai bisogno di una birra».

7

La sera successiva, Barrow prese il tram da Karlsruhe a uno dei suoi sobborghi e cenò in una pizzeria di fronte alla fermata del tram. Dietro l'angolo trovò la chiesa di arenaria rossa che stava cercando, una delle poche della regione a non essere stata distrutta durante la guerra. Vi entrò e si sedette su una delle panche in fondo.

Contò più di settanta presenti, e altri arrivavano di minuto in minuto: non male per una serata feriale in estrema periferia. Tutti erano seduti con la schiena dritta e nessuno parlava con un tono più alto del mormorio che precede le funzioni. Un pubblico da concerto di Bach. I suoi occhi si posarono su una donna dai capelli biondi in seconda fila. Alexandra, l'amica di Petra. Accanto a lei, un uomo che aveva l'aria d'essere il suo ragazzo.

Barrow fu colto di sorpresa dal primo lieve suono dell'oboe di Petra. Proveniva da un locale esterno alla sua destra, forse la sagrestia. Quella scala delicata lungo un'ottava centrale gli fece battere il cuore. Aprì il programma del concerto sulle ginocchia.

Petra non sapeva che lui fosse lì. E Barrow difatti considerava un azzardo il fatto stesso d'essere venuto, giacché la sola volta che l'aveva vista, quella settimana, lei era intenta a conversare con qualcun altro e non s'era nemmeno accorta della sua presenza, lì, a pochi metri. Barrow aveva ripercorso mentalmente l'unica serata che avevano passato insieme, a Bad Herrenalb – il contatto fisico con lei in piscina, la bottiglia di vino rosso, la conversazione spigliata –, senza trovare alcuna prova a conferma della sua tacita speranza che Petra potesse provare per lui – *exotisches Amerikaner* – qualcosa di più di un vago senso di curiosità provocato dal vino.

I musicisti stavano accordando gli strumenti fuori scena. Oltre a Petra vi erano diversi archi, un soprano e un baritono alto che riscaldava il palato molle.

Barrow ritrasse le mani nelle maniche della giacca. Le luci della chiesa si spensero a eccezione di un riflettore sull'altare, un blocco di quercia con dei santi mormoranti incisi sul fianco. Il fascio di luce includeva un clavicembalo e otto leggii metallici, ognuno con lo spartito già pronto: eleganti sentinelle, in contrasto con la cupa religiosità del luogo. In seconda fila, l'amica di Petra si era spostata più vicina al suo uomo.

D'un tratto una porta si aprì facendo uscire i musicisti. Questi raggiunsero i loro posti ignorando gli applausi e si tuffarono subito nella musica. Barrow sedeva con la schiena dritta come un fuso. Comprendeva bene la scelta del luogo: quella chiesetta era l'ideale per Bach. Il contrappunto impeccabile del vecchio compositore sembrava anelare a quello spazio, con i suoi muri di mattoni e gli enormi arazzi.

Vennero eseguite alcune arie, il canto sobrio e scrupoloso. Barrow guardava Petra come non aveva mai potuto fare dal podio o imprigionato dietro i tromboni insieme con Berndt e Antonio. Indossava un paio di orecchini, due perle singole che le danzavano sotto i lobi, minuscoli sprazzi d'eleganza. Il vestito nero regolamentare scendeva liscio sotto i morbidi contorni di un golf grigio antracite con le maniche tirate su fino al gomito. I polsi nudi, l'agile architettura del collo: tutto era al servizio dell'oboe. Il suo viso era pensiero puro, con le linee convergenti su un'unica prospettiva, un suono, un certo modo di percorrere una frase musicale. Petra si voltò verso la cantante e il violinista, e Barrow provò una fitta di gelosia, non per lei ma per la religiosità che essi condividevano, lo sforzo verso la perfezione.

Forse avrebbe ricominciato a suonare. Il suo violino giaceva nell'appartamento di Ettlingen, avvolto nella fodera di tela marrone con la cerniera lampo che s'impigliava sempre in un angolo; dentro, il vecchio feltro dall'odore di muffa, mai più toccato dopo la sua partenza da Fishkill, New York.

L'applauso fu caloroso. Petra s'inchinò con gli altri, benché non paresse a suo agio in quel gesto. Si abituerà, pensò Barrow, e in quei pochi secondi – nello spazio del primo applauso – vide scorrere davanti a sé la lunga carriera della donna, il posto stabile in un'orchestra, una copiosa attività cameristica, le incisioni, l'insegnamento, una presenza crescente come solista. A cinquant'anni sarebbe stata ancora bella da guardare e deliziosa da ascoltare. Barrow invece non riusciva a immaginarsi a cinquant'anni, né sul podio né altrove; era in grado di immaginare solo il giorno successivo, la prova d'orchestra successiva, la musica stessa, battuta dopo battuta, che il suo debole cervello gli portava in secchi bucati.

Comparve un altro cantante, un uomo massiccio con la faccia larga e una folta barba bionda. Si piazzò accanto a Petra e le mormorò qualcosa. Lei rise e gli disse a sua volta qualcosa. Il pubblico si placò. Il clavicembalista intonò i primi cinque accordi di un recitativo, e il nuovo entrato attaccò a cantare. Le parole gli rimbombavano nel petto: «*Wachet auf, ruft uns die Stimme...*»

* * *

«Signor Barrow?»

Si voltò sui gradini fuori della chiesa e vide Alexandra che teneva per mano il suo accompagnatore con un filo di barba.

«Sta andando via?» chiese la ragazza.

«*Abend*» disse Barrow.

«*Abend. Hier ist mein Freund, Wolf*».

Wolf era di cinque centimetri buoni più basso di Alexandra. Mi spiace, parlo molto poco l'inglese, tradiva il suo sorriso. Si strinsero la mano.

«È stato un bel *Konzert*» esclamò Wolf, soddisfatto.

«Già».

«Petra si sta cambiando» disse Alexandra. «Poi andiamo a bere qualcosa insieme, un bicchiere di vino... perché non viene con noi?» Lei e il suo ragazzo indossavano ampi maglioni dello stesso colore. Sembrano un paio di calde manopole di lana, pensò Barrow. «Andiamo dentro» disse Alexandra. «Venga, fa freddo. Poi andiamo in macchina».

Barrow tentennò. Il pubblico aveva cominciato a sfollare dalla chiesa. Sarebbero potuti essere pendolari che sbarcavano da un traghetto: un concerto di Bach mirabilmente eseguito era per loro una cosa altrettanto normale. Barrow riconobbe un volto nella folla: il primo violino dell'orchestra dalla Hochschule. Il rumeno finse di non vederlo.

«Volevo solo...»

«La aspettiamo dentro» disse Wolf. «Può raggiungerci tra qualche minuto».

Il rumeno attraversò la strada e scomparve nella prima via laterale. Barrow si diresse verso lo stesso angolo e quasi si scontrò con la sua preda che si era fermata con le mani unite a coppa intorno a un fiammifero acceso e i guanti infilati sotto le ascelle. «*Enschuldigen*» disse Barrow.

Il violinista finì di accendersi la sigaretta, un piccolo gesto a dimostrazione del suo autocontrollo. «*Bitte*» disse, facendo un altro tiro profondo. Poi allungò la sigaretta a Barrow.

«*Nein, danke*». Barrow indicò la chiesa. «*Alexandra und ihr Freund warten auf mich*». I suoi occhi colsero qualcosa che gli fece venir meno le parole. «*Vielleicht...*»

Il violinista teneva la sigaretta tra il terzo e il quarto dito. La mano destra era priva dell'indice.

«Ti piacciono le *Cantate*?» disse il primo violino in inglese. «Ti confesso che la cosa un po' mi sorprende. Io sono venuto solo per sentire *Ein' feste Burg*». Aveva un accento vagamente del Midwest. Si mise la sigaretta in bocca e si rimise i guanti.

«Mi imbarazza un po' non sapere neanche come ti chiami» disse Barrow.

«Mi chiamo Tano. Tano Popescu. Il tuo nome invece lo conosciamo tutti, ovviamente».

«Davvero?»

Sul marciapiede opposto, due donne che avevano assistito al concerto tenevano per mano un bambino facendolo dondolare in mezzo a loro. «*Doch!*» disse il bambino, compiaciuto della potenza della propria voce. Le donne risero.

«Questi *Bundis* sono sempre allegri» disse Tano. «Ci hai fatto caso?»

«*Bundis*?»

«I tedeschi dell'Est chiamano così i tedeschi dell'Ovest».

Barrow lanciò un'altra occhiata al guanto di Tano.

«Immagino che sia per via del Muro e di tutto il resto» disse.

L'indice destro era una protuberanza vuota di spesso cuoio nero. Come diavolo faceva a tenere l'archetto? Come poteva suonare in quelle condizioni?

Tano doveva avergli letto nel pensiero. «Uso questo dito lungo. Il *secondo*» disse prendendo il medio della mano destra tra il pollice e l'indice della mano sinistra. «Diventa fondamentale. Soprattutto per gli *sforzando*».

Barrow alzò gli occhi, imbarazzato. «La Vogel e i suoi amici vanno a bere un bicchiere di vino».

«Io torno a casa». Il fumo della sigaretta di Tano si mescolò al vapore del suo fiato. Le sue labbra si piegarono in un leggero sorriso. «È un'ottima musicista».

«Già».

«Buonanotte».

* * *

«Chagrin Falls». Alexandra ripeté quelle parole – con enfasi, senza rivolgersi a nessuno in particolare, giusto per sperimentarne la pronuncia – mentre era al volante della sua Citroën ultimo modello. L'auto sbandava per i vicoli di Karlsruhe.

«Ma come suonerebbe 'Chagrin Falls' in tedesco?» domandò Petra, le mani aggrappate al poggiatesta davanti a lei. «Ne avete idea?»

«Non lo so» disse Alexandra.

«*'Verdruss Fälle'! Das ist die Name auf Deutsch!*»

Alexandra scoppiò in una risata irrefrenabile. Wolf, seduto accanto al posto di guida, la imitò. Non sembrava poi così divertente; Barrow si meravigliò dell'attenzione riscossa.

«Ci devi scusare» disse Alexandra. «Ma siamo... *entzückt* – come si dice in inglese? – di avere un conduttore d'orchestra americano seduto dietro di noi».

«Entusiasti» disse Wolf, il cui inglese si stava rivelando eccellente.

«*Direttore* d'orchestra» corresse Petra. «Non conduttore».

«Mi scusi, Herr *direttore*».

Wolf lanciò un'occhiata furtiva a Barrow. «Avrei una domanda da farti. Posso?»

«No, no, no» disse Alexandra.

«Circa una piccola disputa che abbiamo in corso».

L'avevano messo al centro dell'attenzione, e Barrow aveva l'impressione di provarci gusto. «Ma certo».

«Qual è la tua opinione su Kurt Masur?»

«È un bravo direttore».

«Certo, certo, ma che ne pensi di quegli altri fatti?»

«Niente politica!» urlò Alexandra. Percorse una rotonda a

velocità sostenuta e poi imboccò una rampa che s'immetteva nell'autostrada. *Direktion Stuttgart.*

Wolf prese a enumerare ogni questione con le dita. «Il fatto che abbia usato la sua reputazione per salvare la rivoluzione in Germania Est. Che abbia evitato un'altra Tien-An-Men. Che lunedì scorso alla dimostrazione di Lipsia ci fosse quasi mezzo milione di persone...»

«Masur dirige solo con le mani» disse Alexandra. «Che cosa ne direbbe il maestro Ziegler?»

«Potrebbe essere il prossimo premier della DDR» disse Wolf.

«Non lo sarà».

«Perché no?»

«È un *musicista*».

«Tanto meglio per la politica». Wolf guardò Barrow con l'apparente speranza di trovare appoggio.

Del tutto incompetente in materia, Barrow guardò a sua volta Petra, che non partecipava alla conversazione.

«Non preoccuparti per lei» disse Alexandra. «È intenta a ripensare con nostalgia alla sua infanzia nella Libera Gioventù Tedesca. Il *kindergarten* comunista, hai presente?»

Petra ignorò la battuta. «È inutile parlarne» disse in tono secco e rapido. «Non ci sarà nessun premier perché fra pochi mesi la DDR, la Germania Est, non esisterà più».

«Può darsi».

Petra si voltò verso il finestrino accanto a lei. Barrow osservò la luce dei fanali giocare sulle sue guance mentre la Citroën infuriava sull'autostrada. Era una transfuga, e quindi ben più saggia di lui. *Ho ucciso una cosa che quella gente non avrà mai più l'occasione di uccidere*, aveva detto, e Barrow era uno di quelli che non avevano mai avuto un'opportunità del genere. Di certo non l'aveva avuta suonando ai matrimoni a Poughkeepsie, né grazie alle sue insicurezze prive di senso. Erano seduti uno accanto all'altra sul sedile posteriore della Citroën, ma lui sentiva che vi era un abisso insuperabile tra di loro.

* * *

Alexandra posteggiò l'auto sul marciapiede di fronte a un'*Apotheke* buia, e Petra condusse il gruppetto attraverso il quartiere a luci rosse di Stoccarda, un'area popolata di un'umanità stravagante e di prostitute sotto vetro. Era una zona prevedibile e piena di luci, destinata in modo esplicito al lato più squallido dell'esistenza, e che tuttavia appariva in qualche modo incapace di abbandonarsi alla propria natura. La *Marcia turca* della Nona di Beethoven meno il colpo di piatti alla seconda e alla quarta battuta. Barrow incrociò lo sguardo di una donna magrissima dalle labbra arancioni brillanti che metteva in mostra la caviglia su una cassa di plastica. Le sorrise, imbarazzandosi quando lei ricambiò il sorriso.

Una stretta discesa li portò in un cortile semichiuso attraversato da ritmi pulsanti; varie musiche si riversavano sul selciato ogni volta che si apriva una delle cinque o sei porte. Una piccola folla aspettava all'esterno di un locale notturno formando una coda ordinata e composta, tipicamente tedesca. Su un'insegna discreta campeggiava la scritta DAS WUTHAUS, che Barrow tradusse come 'La casa della rabbia'.

Petra li piazzò in fondo alla fila e scomparve all'interno. Poco dopo, un uomo dai capelli neri tinti con una giacca da smoking, un pianista impazzito, s'affacciò alla porta facendo cenno ai tre di avanzare, e loro passarono davanti alla coda.

Alexandra entrò per prima. Barrow esitò, e la porta metallica si richiuse. Era butterata di ammaccature grandi come proiettili di fucile ad aria compressa, e verniciata di nero. Dall'altra parte si udiva un suono come di autocarri in sosta col motore acceso.

Barrow si rivolse a Wolf: «Non sono mai stato in un locale come questo».

Wolf, che pareva condannato a sorridere per l'eternità, annuì energicamente e lo spinse attraverso la porta. L'oscurità li avvolse. E poi c'era il rumore: un rumore martellante che Barrow sentì prima nei polmoni e poi in tutto il corpo. Scariche di acuti gli assordavano le orecchie. Si chinò, e quasi perse l'equilibrio.

Udì la voce di qualcuno. Era Petra, che gli fece scivolare in mano un boccale di birra. «*Ich muss ausgehen*» gridò lui.

«*Was?*»

«*Ausgehen...*» e fece segno dietro le proprie spalle, nella presunta direzione della porta.

Petra reagì mettendogli un braccio intorno alla vita e tirandolo a sé: una misura pratica, data la massa di corpi intorno a loro. Gli accostò la bocca all'orecchio e urlò qualcosa in tedesco. Poi urlò di nuovo, questa volta in inglese: «Ti ci abituerai». Barrow sentì le sue labbra che gli sfioravano il collo, soffermandovisi. Sotto l'incantesimo del suo fiato, come sospinto da una volontà esterna, girò il proprio viso verso quello di lei e incontrò le sue labbra, già bagnate di birra. Si baciarono in uno spruzzo di schiuma. La bocca di Petra era morbida, più morbida di quanto immaginasse; lei l'aprì completamente spingendo la mascella contro la sua come per sperimentare qualcosa. Con la mano destra che reggeva il boccale di birra pieno, Barrow la strinse a sé cercando di aiutarla. La pressione delle costole sulle costole in quel momento era tutto, e ogni suono, ogni altra sensazione rimasero confinati altrove, in un altro emisfero, finché le labbra di lei non scivolarono via. Il corpo di Petra si rilassò in tutta la sua lunghezza, sprofondando nel suo, e un soffice sopracciglio gli si posò sulla bocca. Sentiva il petto di lei riempirsi e svuotarsi rapidamente.

«Vieni» disse Petra, e lui annuì. Ma nessuno dei due si mosse.

«Vieni» ripeté lei.

«Ho rovesciato un po' di...»

Ma lei alzò lo sguardo su di lui, e anche nella fioca luce violetta della stanza i suoi occhi risplendevano.

«Come sorridi!» disse Petra. «Ti piace questa musica?»

«Musica?»

Barrow rise.

Lei l'afferrò per il braccio facendogli rovesciare altra birra e lo trascinò verso la parte più interna del locale. La gente spostava le sigarette al loro passaggio.

«Chi è?» chiese Barrow. La mano di Petra, nella sua, era piccola e umida.

«Stevie Ray Vaughan» rispose lei, pronunciando le *v* come *f*; aveva gli occhi rivolti verso il piccolo palco, rapita da una melodia che Barrow aveva sempre ignorato.

A causa di Petra, la musica lo avvolse. Non sapeva precisamente perché o quando, anche se c'erano cose da notare, cose da spiegare. Questo Stevie Ray Vaughan non andava a tempo con gli altri se non di rado, in modo inatteso; accarezzava le corde, avvolgendo col suo ampio vibrato tutte quelle terze e quelle settime minori, bruschi sprazzi di colore, armonici, e poi nient'altro, una collera frenata, e tutto questo lo costruiva – non che vi fosse una vera prova al riguardo, era solo un sospetto – lo costruiva con una nota in più qui, un'ombra d'intenzione a esplodere nella battuta successiva, mai un eccesso, mai un'iniziativa fuori luogo. E teneva il viso sempre rivolto in avanti, con gli occhi chiusi sotto la larga tesa del suo cappello nero da cowboy, con un solo rivolo di sudore – continuo e ignorato – che gli colava dalla punta del naso.

La canzone finì e la folla urlò, e per la terza volta in una settimana – dopo l'eco nel bosco e dopo essersi rotolato nella neve accanto alla piscina –, in questo caso davanti alla ragazza che veniva dall'altra parte del Muro, Barrow aprì la bocca senza avere idea di che cosa ne sarebbe uscito.

* * *

Cercò di nascondere il panico che l'aveva colto, ma era fuori di sé. Mentre tornavano all'auto, non riusciva a udire più nulla, benché Wolf lo rassicurasse dicendogli che si trattava di un effetto temporaneo. Petra gli mimò le parole con le labbra davanti agli occhi. «È un *effekto* temporaneo». Lui fece un sorriso, e lei si mise a ridere.

Ora guidava Wolf, mentre Alexandra dormiva. Petra aveva la testa appoggiata sulla gamba di Barrow, i piedi sul sedile e gli occhi chiusi, e lui pensò che sarebbe potuto restare così per tutta la notte, col peso della testa di Petra su di lui. Per quel che lo riguardava, Wolf poteva pure guidare fino ad Amburgo, farsi dare il cambio al volante da Alexandra, proseguire fino in Danimarca, prendere il traghetto per la Svezia.

Osservò l'orecchio di Petra meravigliandosi della sua delicatezza. Una volta l'aveva sognata che si fumava l'ancia dell'oboe come se fosse una sigaretta, con la faccia velata dal fumo, e una parte del suo cervello addormentato aveva cercato di trasporre quell'immagine in musica per ottoni.

Non sapeva da quando, ma a un certo punto aveva ricominciato a fare di nuovo sogni da direttore d'orchestra, in cui ogni aspetto della vita si trasformava in note su uno spartito e dunque poteva essere diretto. Una battuta per salire i gradini del tram, una corona per acquistare il biglietto, tre battute per trovare posto. Un cambio di chiave quando una nuvola oscurava il sole.

A mo' di controllo, pensò.

Permise alla sua mano di scendere e di scivolare sui fianchi di Petra. I suoi insegnanti avevano sempre insistito sulla preparazione e sul controllo totale per mezzo della preparazione, che, esteso in ogni direzione, diveniva maestria. La preparazione gli si adattava perfettamente. Cominciò come abitudine e si trasformò in una questione fisiologica. Solo col suo violino quattro ore al giorno per undici anni – sette ore al giorno nei fine settimana. La faccenda dello studio è questa, pensò. Si è soli. E quando si è soli, si ha il controllo su ogni cosa. Un'ora per le scale, quarantacinque minuti per le terze, venti per le ottave, cinquantacinque per imparare a memoria Paganini. Il resto, il dessert, per imparare a memoria un qualche concerto di violino.

Anche dirigere un'orchestra era tutta una faccenda di preparazione, e in quello lui era davvero bravo. «Fin troppo bravo» aveva detto una volta Marty Weissberger, all'inizio del suo secondo anno di studi a Eastman. «Tanto che quasi fai paura. Sei preparato a ogni evenienza. 'Cosa faccio se succede questo?' è il tuo motto. Ma la questione non è *se* succede questo, bensì *ora succede questo*».

Abbassò lo sguardo. Petra aveva gli occhi aperti. «Hai freddo?» le chiese.

«Sto bene». Chiuse gli occhi e premette la morbida curva del suo collo sulla gamba di Barrow.

«Vaughan era bravo» disse lui. «Non l'avrei mai detto».

«Sì» confermò Petra, zittendolo.

La Citroën adesso procedeva sull'autostrada a velocità regolare, e il ronzio del motore era uniforme. Quando Barrow parlò, la sua voce gli parve fuori tono. «E quel primo giorno a Parigi?»

«Mm...»

«Hai mai pensato di cambiare idea?»

I secondi passavano... forse non aveva sentito.

«Alla Gare de l'Est avevo già deciso di non pensare più» disse Petra alla fine.

Barrow si aspettava che proseguisse, ma lei tornò ad appisolarsi.

8

Mentre Barrow andava da Ziegler, si verificò un incidente inconsueto: il tram davanti a quello su cui viaggiava investì un ciclista. Il caos che ne seguì bruciò la mezz'ora di margine che Barrow era arrivato a concedersi prima delle lezioni. Fece di corsa tutto il tragitto dalla fermata di Mühlberger Tor alla porta di Ziegler. Erano le 9:04. Sette ore prima barcollava ancora per le vie di Stoccarda, sordo come una campana.

Bussò e rimase in attesa con la testa che gli martellava e le mani sulle ginocchia, sbuffando vapore a pieni polmoni sul marciapiede. La porta si aprì di dieci centimetri; Barrow fece un sospiro di sollievo, aspettò i trenta secondi d'ordinanza ed entrò.

Il vecchio era al telefono e il ricevitore pareva fuori luogo in mano sua. Troppo moderno. E poi il modo in cui lo teneva in equilibrio nel palmo appoggiandovi sopra il collo... Anche il suo tono di voce era fuori luogo: era il genere di tono riservato ai familiari più intimi. Il vecchio increspò le labbra: «*Also, ja, ja*». Si drizzò dietro la scrivania e lanciò un'occhiata a Barrow, cha aveva ancora addosso la sciarpa e teneva in mano la partitura di Brahms. Non era uno sguardo ostile, sembrava persino contenere una punta di umorismo. Barrow si pulì le scarpe e si tolse il cappotto.

«*Ja, ja, natürlich*».

Altre cose non quadravano. Sullo sgabello di metallo c'era un mucchio di posta. Un piatto con del cibo impreziosiva la confusione presente sulla scrivania di Ziegler: briciole di pane, morbidi pezzetti di salsiccia. Nella fitta lana del cardigan del maestro erano intrappolati granelli di pane e frammenti di formaggio.

Ziegler si accorse che Barrow lo stava fissando. «Che c'è?» disse riagganciando il ricevitore.

«Niente».

«Ha portato la mia partitura di Brahms?»

«Sì».

«Mi dica tutto quello che ha fatto».

Quasi tutto.

Il vecchio si sedette sulla sua sedia, davanti alla scrivania; Barrow tolse la posta dallo sgabello e gliela porse insieme con la partitura. Poi cominciò a raccontare a Ziegler della prova, tutto tranne la mezz'ora sprecata, la mezz'ora di autocompiacimento delittuoso. Ziegler annuiva gravemente, pareva seguire ogni sfumatura. Barrow fece un'accurata disamina delle relazioni fra i diversi tempi del terzo movimento, del molteplice avvicendarsi fra le sezioni degli archi, della difficoltà di tenere insieme gli studenti in questo o in quel passaggio. Suggerì di fare una prova separata solo con gli archi.

Solo una volta deviò dallo schema che aveva in mente per far notare un problema d'intonazione ricorrente dei fiati. Il registro superiore del primo flauto era sempre crescente, e di conseguenza i passaggi in ottava dell'oboe erano particolarmente sgradevoli. Azzardò una metafora: «Sono peggio della frenata di un tram» disse, e Ziegler gli fece la cortesia di sorridere.

Vi fu un breve silenzio durante il quale il vecchio congiunse le mani e poi le separò.

«È l'oboe» disse Ziegler.

«Prego?»

«Il nostro primo oboe è sempre calante, non se n'è accorto? Non è il flauto. Deve fare attenzione ai fiati: se un accordo suona stonato, stia attento a distinguere dov'è l'errore. Se una nota è troppo calante, la nota più alta suonerà crescente. È elementare».

«Chiaro» disse Barrow. Ebbe un momento d'esitazione. «Ma in questo caso sono certo che è il flauto».

«Mm». Ziegler portò alla bocca un cubetto pallido di formaggio e se lo fece scivolare tra le labbra. Barrow sfruttò l'opportunità per ripercorre mentalmente quello scambio di opinioni, scremandolo di ogni indizio d'interesse personale per l'oboista. Era colpa del flauto, in ogni caso; il vecchio se ne sarebbe reso conto da sé durante le prove.

«Continui».

Barrow proseguì. Descrisse come aveva gestito il quarto movimento, l'improbo compito di tenere insieme l'orchestra durante i passaggi in staccato, ulteriori problemi d'intonazione, i dilemmi tecnici con la bacchetta, come li aveva risolti, altri due o tre problemi sui quali avrebbe gradito qualche consiglio. Ziegler si limitava ad annuire. Barrow parlò per dieci minuti filati senza interruzione. Era un giorno pieno di novità.

Quando Barrow ebbe finito, il vecchio, senza dare alcuna spiegazione, prese la partitura di Brahms, l'aprì al primo movimento – il movimento illegale – e cominciò a sfogliarla. Nel frattempo sbucò dalla cucina il gatto grigio. Saltò sulla scrivania, catturò un capezzolo di salsiccia e con una zampata lo fece cadere per terra.

«Quant'è lunga la Seconda Sinfonia di Brahms?» chiese Ziegler.

E così, con la stessa certezza di una tibia spezzata che da un momento all'altro ti cambia la vita, Barrow capì che Ziegler era a conoscenza di tutto.

«Non lo sa? Quant'è lunga questa sinfonia?»

«Certo che lo so».

«E allora me lo dica»

«Quarantasei minuti, se si seguono le indicazioni con precisione».

«E chi non lo farebbe?»

Barrow esitò, fiutando la trappola.

«Non vuole rispondere?»

«Ci sono argomenti a sostegno di entrambe le scelte».

«Naturalmente». Ziegler prese un altro cubetto di formaggio. «Dunque prima ha lavorato sui passaggi di cui mi ha detto, quei passaggi nel terzo e nel quarto movimento, e soltanto dopo li ha fatti suonare per intero. Il terzo e il quarto movimento».

Nur hinter her. 'Soltanto dopo'. Perché mai Ziegler tirava fuori questo?

Ritradusse mentalmente la domanda del vecchio, cercando un'altra interpretazione, un barlume d'ironia, un indizio che facesse luce sulle intenzioni del maestro. Maledetto tedesco! In inglese uno poteva fare il finto tonto come voleva. Ma ci provava così gusto, Ziegler, a sapere che il suo allievo non aveva cominciato subito a provare? Che in realtà aveva buttato nel cesso la prima mezz'ora di una prova di novanta minuti, che l'aveva sprecata per suonare quel cavolo di sinfonia per intero, e che, porca troia, era stata pure un'esperienza esaltante?

Ziegler lo sapeva benissimo, altrimenti non gli avrebbe fatto quella domanda. Ziegler sapeva quale sarebbe stata la conseguenza.

«Di nuovo, non vuole rispondere?» Il vecchio esaminava la partitura di Brahms da una certa distanza, come se ne stesse soppesando l'acquisto. «O forse non ha capito la domanda?»

Barrow si schiarì la voce, cercando di simulare indifferenza. «Prima abbiamo fatto una lettura completa».

«Avete fatto una lettura completa di cosa?»

«Della sinfonia. Di tutti e quattro i movimenti». Si aspettava che ora il maestro andasse su tutte le furie. Invece vi fu silenzio. Il gatto ricomparve. «È un modo di affrontare la prova» disse Ziegler. Si diede un colpetto sul ginocchio, e il gatto gli saltò in grembo. «L'ha fatto per il suo piacere o per l'orchestra?»

«Come dice, maestro?»

«Perché l'ha fatto?»

«Per i musicisti» disse Barrow. «Per rivedere il lavoro che aveva fatto lei nella prova precedente. E per avere un senso del tutto».

Il vecchio gettò uno sguardo al gatto. Aveva la mano destra penzolante, carica di vene. «E l'hanno avuto?»

«Hanno avuto cosa, maestro?»

«Un senso del tutto».

«Non lo so».

«Questa sinfonia... di chi è? Chi l'ha composta?»

«Brahms».

«E ovviamente nessuno di quei musicisti, essendo tedesco, si sarà mai imbattuto nella Seconda Sinfonia di Johannes Brahms!»

Barrow sorrise involontariamente, per reazione nervosa.

«E così ha rivisto il lavoro che abbiamo fatto nell'ultima prova?»

«Sì».

«Però non ha fatto commenti sul basso livello della loro esecuzione». Barrow si schiarì la voce, ma Ziegler non attese la sua reazione. «Prendiamo per esempio il ritmo sincopato nella sezione in Si maggiore del primo movimento. L'hanno fatto giusto? Non me ne ha parlato».

«No». Mentire non aveva senso.

«Lo sbagliano sempre, gli studenti. Anche la seconda volta. A meno che non abbiano studiato lo spartito. Come lei. Lei l'ha studiato?»

«Sì».

«Per più di dieci minuti?»

«Sono stato su tutta la notte a studiarlo».

«È stupefacente. E quando ha sentito che sbagliavano quel passaggio, quel punto preciso, si è fermato per correggerlo? Per avvisarli dell'errore?»

«No, maestro».

«Ma poi ci sarà senz'altro ritornato sopra».

«No, maestro».

«Come mai?»

«Siamo passati direttamente al terzo movimento. Per seguire le sue istruzioni».

Era una cosa da non dire.

«Non lo faccia mai più».

«Che cosa, maestro?»

«Non usi mai più le mie istruzioni per giustificare le libertà che si prende!»

Barrow non riuscì a ribattere. Ricambiò lo sguardo del vecchio, fissò a lungo il suo viso, le lunghe guance grigiastre, gli occhi brillanti.

«Quindi lei ha fatto suonare il primo e secondo movimento come ripasso, ma non le è venuto in mente di soffermarsi su quel passaggio particolare per qualche minuto, sicché gli studenti l'hanno suonato una volta sola, e quella volta l'hanno suonato sbagliato. Ho capito bene?»

«Sì».

«Il che vuol dire che l'hanno appreso in modo sbagliato».

«Ho cercato di dargli...»

«No».

Ormai era certo. Ziegler sapeva già tutto, anche dell'errore nella sezione in Si maggiore. Sapeva già tutto prima della lezione.

Il maestro continuò la predica con voce pacata: «La settimana scorsa l'hanno eseguito correttamente, e ieri l'hanno sbagliato. Di quale delle due versioni si ricorderanno nella prova di oggi pomeriggio? Il cervello queste cose le apprende. Scava un solco in entrambe le direzioni, quella giusta e quella sbagliata. Scava un solco. Non *sa* nulla. Il cervello è grigio e stupido – voi americani non avete idea di quanto sia grigio e stupido il cervello – e così la prossima volta che arriveranno a questo passaggio, quale strada prenderanno? Le hanno imparate tutt'e due: quale sceglieranno? Chi può dirlo?» Fece una pausa. «*Quale sceglieranno, Herr Barrow?*»

Barrow lo fissava. Fuori si era messo a piovere, un acquazzone rumoroso.

«In inglese avete un modo di dire...» Gli occhi di Ziegler, la sua espressione, non cambiarono. «'Un lancio sopra la testa', o qualcosa del genere. Com'è? Me lo dica lei».

«*Toss-up*, testa o croce».

«Toss-*up*» ripeté Ziegler, cambiando l'accento alla parola, correggendo Barrow per forza d'abitudine. «Potevano averlo già imparato. Ora invece dovrò lavorarci sopra di nuovo, oggi pomeriggio. Dovrò lavorare per fargli disimparare l'errore nella sezione in Si maggiore. Avrei potuto provare qualcos'altro, una sonorità, delle transizioni, un po' di *Brahms*, ma ora dovrò sprecare il tempo di tutti per questo, e tutto per colpa del nostro ospite americano, che prima di fare il suo lavoro di direttore d'orchestra deve rubare del tempo per suoi motivi personali. Per quali motivi poi? Per masturbarsi? Io credo proprio di sì».

Il vecchio abbassò di nuovo gli occhi sul gatto. Prese a carezzargli il mento con l'indice. La lezione era terminata.

9

Era fermo nell'atrio di Schloss Gottesaue, l'edificio principale del conservatorio, e l'acqua piovana gocciolava sul parquet color miele.

Scosso dalla lezione, disperato, ripensò a un momento di dieci anni prima: alla sua prima volta di fronte a un'orchestra. Si era fermato dopo tre battute e aveva riso d'impulso, sentendosi un cretino; in quel modo, però, si era accattivato per sempre la simpatia dei suoi compagni a Eastman. Il suo stesso gesto, autoritario, di comando, l'aveva colto di sorpresa: così simile nella preparazione a quello che faceva quando sollevava l'archetto del violino, eppure così radicalmente diverso nell'esecuzione. Le corde del violino trasmettevano di rimando un fremito all'avambraccio, fondendo il corpo con lo strumento. Sotto l'archetto c'era densità; il violino era un altro essere che opponeva resistenza. Invece, con un'orchestra – un enorme pianoforte senza tasti – tale resistenza non c'era. L'atto del dirigere era la pratica di un'illusione. Quella constatazione l'aveva colpito. Ecco perché si era messo a ridere: non c'era resistenza fisica, eppure fluivano fiumi di suono.

Ricordava ancora perfettamente la scena. Dopo essersi ricomposto, aveva ricominciato da capo. Illusionista: una denominazione sofisticata per 'mago'. Un gesto preparatorio per dare il tempo, e divisioni armate erano lì pronte a seguirlo. Era stato accalappiato per sempre.

E ora non avrebbe più diretto.

Cazzo, com'era fragile la via del ritorno.

Con mani tremanti si sfilò la sciarpa dal collo e si tastò le tasche in cerca di un Kleenex.

Qualcuno lo chiamò. Era il primo fagotto, che se ne stava in piedi davanti alla bacheca in cui erano affisse le disposizioni per l'orchestra. Accanto a lui c'era il primo clarinetto.

«Sai qual è il motivo di questo cambiamento?»

Si trovavano alla stessa distanza alla quale si sarebbero trovati durante la prova.

«Perché Petra Vogel non è più primo oboe in Brahms?» chiese il clarinettista. «Sai qual è il motivo?»

Il fagottista gli era più apertamente ostile: «Che cosa gli hai detto?»

«Scusa?» Barrow si era tolto un guanto e lo stringeva come un salvagente.

Il siluramento dell'oboista era una conseguenza perfetta. Tutto doveva essere successo nell'ultima mezz'ora.

«Ti sei lamentato di lei con Ziegler? È così?» insisté il fagottista. Chiaro. Quale altra conclusione avrebbero dovuto trarre? L'americano spreca due minuti dell'ultima prova per cercare di risolvere il problema d'intonazione dei fiati. L'americano lo riferisce al maestro, e il feldmaresciallo Ziegler rimuove un altro generale dal fronte. Petra Vogel, stavolta. Chi sarà il prossimo? Era questo che volevano sapere, no? L'americano esercita una tale influenza sul maestro!

Io sono uno zero, voleva dire loro. Il maestro si gingilla con l'americano insegnandogli qualcosa. Siate pazienti; una ragione c'è.

E poi, sto per lasciare il paese.

«Cos'è successo?» domandò il fagottista.

Barrow cominciò a provare una sensazione, un segnale che partì dal palmo della mano destra, quella priva di guanto, seguito da un impulso a ruotare all'indietro il polso, sollevarlo e lasciar fluttuare la mano all'altezza del petto. Obbedì a quell'impulso. I due lo guardarono, e forse videro semplicemente un gesto che preludeva a un discorso. Ma Barrow aveva un'idea più precisa; sapeva che quel gesto nasceva dal bisogno di ristabilire il *tempo* nel foyer. Si guardò la mano, la osservò mentre si allungava per andare a sfilare l'altro guanto.

«Non lo so» disse.

* * *

Corse al Konzerthaus con la pioggia che gli batteva in faccia.

La notizia doveva essere arrivata a Petra, dal momento che era già lì seduta – una dei tre musicisti presenti sul palcoscenico – a leggere la sua nuova parte di secondo oboe. Incredibile.

Era davvero così coscienziosa o era un gesto provocatorio? Barrow si lasciò cadere sulla sedia accanto a lei.

«Non so cosa sia successo» disse.

Petra stava cambiando l'ancia.

«Dev'esserci un errore» proseguì.

«Lui è qui» farfugliò lei. «Non te ne sei accorto?»

Ziegler era dalla parte opposta del proscenio che discuteva di qualcosa con Hans, il bibliotecario, e solo ora Barrow si rese conto che il maestro non doveva vederlo parlare con lei.

«Mi spiace».

Petra non disse nulla, sprofondata nella propria umiliazione.

Dopo che Barrow fu tornato al proprio posto, Berndt gli chiese a bassa voce: «Cos'è successo? Ne sai qualcosa?»

«Ziegler sostiene che Petra tenda a calare».

«Non direi proprio. È un'ottima musicista».

«Lui la pensa così».

«Ma se è sempre stata il primo oboe nei brani più lunghi! Ed è destinata ad avere un posto coi fiocchi in un'orchestra di serie A. Lo dicono tutti, non lo hai mai sentito?»

«Così la pensa Ziegler».

«Ma perché ha cambiato dopo tre prove?»

Barrow fece spallucce, tirò fuori un giornale dallo zaino e finse di leggere.

Nel frattempo altre sedie si erano riempite e la sala fioriva di dissonanze. Barrow attendeva con terrore il momento in cui Ziegler sarebbe salito sul podio e avrebbe dato l'attacco ai fiati, cementando in tal modo il nuovo corso. Forse c'era stato un malinteso: una volta sul podio, il vecchio si sarebbe accorto del cambiamento nella sezione degli oboi, avrebbe protestato con voce minacciosa e un tintinnio di leggii avrebbe suggellato il ripristino della giusta gerarchia.

Arrivò anche Antonio. «Ha cambiato gli oboi».

«Dice che la Vogel cala» gli spiegò Berndt.

«Ah. Sì, è possibile. Però in compenso ha un bel paio di tette». L'italiano strizzò l'occhio a Barrow, che abbassò lo sguardo sul suo *Herald Tribune*. «Ho sempre pensato che fosse un po' stonata rispetto al flauto. Come va, Barrow?»

Il caos sonoro si affievolì; Ziegler si stava avvicinando al podio. Barrow alzò gli occhi in tempo per vederlo confabulare con Tano. Il primo violino gli fece un sorriso deferente e si voltò verso il nuovo primo oboe; quest'ultima intonò un esile e professionale La che si diffuse scoppiettante nella sala. Un timbro abbastanza elegante. E quando il La emerse dal gonfio rumore dei fiati e degli ottoni, aveva guadagnato una certa forza per gli archi. Barrow osservava Ziegler cercando di cogliere i segni di un comportamento insolito. Scrutò l'orchestra: nessuno pareva essersi accorto che il mondo era sottosopra. Perfino Petra sembrava ignara della situazione, intenta com'era ad apportare modifiche dell'ultimo minuto all'ancia, tagliandone la punta con un tozzo coltellino.

Ziegler, che in genere sul podio dimostrava vent'anni di meno, ora pareva vecchio, più vecchio rispetto al mattino, e sulla parte superiore dell'ampia fronte aveva più chiazze di pelle secca del solito. Il maestro gettò un'occhiata alla partitura chiusa sul banco del direttore, la stessa usata da Barrow per dirigere, due giorni prima. Questi si chiese se il vecchio l'avrebbe aperta; intuiva che anche i suoi due colleghi accanto stavano pensando alla medesima cosa.

I secondi passavano e Ziegler aveva ancora lo sguardo basso. Un tempo un po' troppo lungo. Che cosa gli passava per la testa? Era in ascolto di qualcosa dentro di sé? Cercava di richiamare alle mente un suono, una sonorità? Pregava? O macchinava nuove trame, nuove torture? Il suo pensiero era sulla musica o sui suoi studenti? Su Petra, su Barrow, sulla nuova oboista in preda al terrore?

D'un tratto Ziegler alzò gli occhi e guardò la sezione dei violoncelli. Dunque non vi sarebbe stata alcuna prova, niente 'tre minuti', nessuna revisione del passaggio di sedicesimi puntati. Avrebbero suonato il primo movimento dall'inizio, proprio ciò per cui Barrow era stato rimproverato. *Io posso farlo, tu no*: era questo il messaggio. Segnalò l'ampiezza che voleva dai violoncelli e tese le guance in un sorriso. Un sorriso quasi malizioso. Lanciò un'occhiata ai corni, che aspettavano con le campane a mezz'aria. La mano destra si sollevò, la partitura rimase chiusa. Era un'illusione, l'età. Ziegler era un ragazzo nato per far volare aquiloni. I suoi occhi erano più azzurri che mai. Un cenno della mano e la sinfonia partì, inondando la vasta sala. Dopo sedici battute, Barrow capì il moto delle onde come mai prima d'allora, e tutto questo semplicemente osservando un uomo che teneva ferma sul fianco la mano sinistra, la mano dell'espressione. Ziegler non ne aveva bisogno: bastava la sua presenza a evocare il mare.

10

Ziegler non fece altri accenni all'azione sconsiderata di Barrow né alla degradazione sul campo di Petra.

Trascorse una settimana. Il 10 novembre, un'ora prima dell'alba, Barrow ascoltava la BBC a letto. «Ieri sera, Günter Schabowski, portavoce del Comitato Centrale del Partito Comunista della Germania Est ha rivelato che, in base a una nuova legge sui viaggi, presto i cittadini tedeschi orientali saranno liberi di andare e venire a loro piacimento. E i cittadini l'hanno subito preso in parola».

Seguì un'altro servizio, registrato nel corso della notte.

«Mi trovo proprio accanto alla Porta di Brandeburgo» strillava la giornalista con voce concitata. «Pochi minuti fa – l'ho visto con i miei occhi, ed era uno spettacolo incredibile, davvero incredibile – pochi minuti fa un uomo, un giovane intorno ai vent'anni, presumibilmente dell'Est, un *Ossi*, come li chiamano qui, è salito in cima al Muro e si è messo a camminare avanti e indietro come una sentinella. Davvero incredibile! Poi a un certo punto la guardia di confine della Germania Est ha puntato un idrante sul ragazzo e l'ha innaffiato, ma quello ha continuato imperterrito a sfilare avanti e indietro e poi, in una sorta di gesto provocatorio, ha svuotato il suo zaino dell'acqua che vi era finita dentro, e nel giro di dieci minuti, non di più, centinaia di persone, letteralmente, sono salite sul Muro e hanno preso a ballare e ad abbracciarsi. Avevano con sé dei fiaschi di vino e si baciavano, *Ossis* e *Wessis* e adesso, in questo preciso momento – è incredibile – stanno colpendo il Muro con martelli e scalpelli sbucati come dal nulla. Lo stanno abbattendo. Incredibile. Non credo ai miei occhi».

Mentre usciva, Barrow udì il padrone di casa che trafficava in cucina e vi infilò dentro la testa per salutarlo. «Ha sentito la notizia?»

«Sì, certo» disse Helmut.

«È fantastico».

«È un grande giorno». L'ex calciatore, padre di due figli, era curvo sulla macchinetta per l'espresso. Una nuova Braun dalla linea elegante.

«Non funziona?» chiese Barrow.

«La farò funzionare».

Una volta in strada, fu colto dall'improvvisa voglia di vedere Petra, di festeggiare con lei la caduta del Muro di Berlino. S'immaginò di passare attraverso la Porta di Brandeburgo insieme a lei, con la folla che si muoveva avanti e indietro tra le due Berlino, le persone costrette ad aggrapparsi l'una all'altra per non perdersi. Lei gli avrebbe mostrato dove viveva prima. Avrebbero attraversato Alexanderplatz, con la famosa città che turbinava intorno a loro tra voli di piccioni.

Da quando Petra era stata declassata, Barrow l'aveva aspettata due volte, dopo la prova, sotto gli alberi sul retro del Konzerthaus, con le mani in tasca e lo zaino ai suoi piedi. Lei era uscita una volta con Alexandra e un'altra volta con un gruppo di fiati. In entrambi i casi, quando l'aveva visto si era voltata dall'altra parte. Barrow aveva il suo numero di telefono, ma per chiamarla ci voleva coraggio.

* * *

«Separazione tra Chiesa e Stato. Voi ce l'avete negli Stati Uniti, no? Secondo me dovrebbe essere la stessa cosa. Separazione tra *arte* e Stato».

Antonio protese la sua faccia larga sul tavolo del caffè. Anche in inglese riusciva a sparare un numero incredibile di parole al minuto.

«Hitler era un artista – un cattivo artista, d'accordo –, *pensava* di essere un artista, aveva la *visione* di un artista, era *ispirato* e via dicendo. Ed è proprio da lì che viene il pericolo. Certo, mi piace Kurt Masur, mi piacerebbe che fosse mio zio, ma perché dovrei desiderare Kurt Masur come primo ministro, o anche solo come sindaco? È una follia. I direttori d'orchestra devono dirigere. Chissà, potrà sempre tornar buono per la prossima rivoluzione».

Berndt si appoggiò allo schienale della sua sedia. «Sudafrica, Pechino...»

«No. Capitemi. Nel caso di Hitler – e ditemi se sbaglio – per il mondo sarebbe stato un gran guadagno se avesse avuto davvero la stoffa per essere un grande artista: un pittore, un librettista o quello che volete. Un artista famoso e quindi molto, *molto* impegnato. In questo modo sarebbe rimasto lontano dalla politica. Quanti guai si sarebbe risparmiata l'umanità. È meglio che i politici siano solo dei burocrati».

«Forse non vogliamo semplicemente essere governati da *cattivi* artisti» disse Berndt.

«Wagner era un buon artista».

«È discutibile».

«E perché? Perché odiava gli ebrei?»

«Perché non aveva il senso delle proporzioni».

«Stronzate. Wagner era un genio e tu vorresti essere governato da lui? *Voilà*, eccoti l'Olocausto anticipato di sessant'anni. Al 1880».

«Sarebbe stato meglio, no?» disse Berndt. «Tecnologia più arretrata. Treni meno buoni. Niente Zyklon-B».

La mano libera dell'italiano si levò in aria. «*Scheisse!*»

«*Bitte*».

«Dico sul serio!»

Berndt si alzò in piedi con la tazza vuota che gli penzolava dal mignolo. «Volete qualcosa?» Gli altri scossero la testa e lui ciondolò verso il banco.

Barrow bevve un altro sorso dalla sua tazza mentre Antonio si appoggiava allo schienale della sedia. «Mi chiedo» disse l'italiano, «che cosa pensi Fräulein Vogel di queste ottime notizie».

Una contrazione all'angolo della bocca fece pensare a Barrow per la prima volta che Antonio avesse intuito quello che provava nei confronti dell'oboista. Forse Antonio c'entrava fin dal principio. Forse era stato lui a raccogliere i vari indizi e poi a parlarne con Ziegler.

«Mi chiedo se tornerà da dove è venuta» continuò Antonio.

Barrow cercò di controllare rigidamente il suo tono di voce. «Perché dovrebbe tornare?»

Antonio scrollò le spalle. «Amici. Cose lasciate a metà». Spezzò un pezzo di crosta del suo panino e se lo infilò in bocca. «Non ti pare ragionevole?»

«Che tipo di cose lasciate a metà?»

«I tedeschi dell'Est non potevano andare all'estero senza dare... hai presente quando fai un prestito? Un grosso prestito?»

«Una garanzia?»

«Ecco, sì. Una garanzia. Oppure un pegno. Qualcosa in cambio».

Barrow bevve un altro sorso di caffè, continuando a fingere disinteresse. «Magari tornerà per continuare gli studi là».

«Sì, se vuole marcire per tutta la vita in un'orchestra di Magdeburgo o in una palude del genere...» L'italiano aveva studiato composizione negli Stati Uniti e possedeva un vasto repertorio di espressioni gergali. Ogni volta che ne usava una, era una piccola esibizione.

«Probabilmente per una visita» disse Barrow.

«Eh?»

«Probabilmente tornerà per far visita a qualcuno».

«Già» disse l'italiano, che non smetteva di fissare Barrow. «Vi vedete?»

«Non proprio».

«Sei un tipo strambo, Barrow. Per essere un americano, sei molto riservato».

Barrow scrollò le spalle, anche se gli era venuto in mente che avrebbe fatto bene a estorcere un consiglio a quest'uomo di mondo. Ma il belga era tornato e teneva la tazza alzata a mo' di brindisi.

«Alla fine del Muro» disse.

Gli altri due sollevarono a loro volta la tazza. «Alla fine del Muro».

* * *

«Cos'è questa roba?» La voce di Ziegler irruppe da dietro l'orchestra facendo fermare gli archi. Le braccia che tenevano gli archetti rimasero sospese a mezz'aria.

Sul podio c'era Berndt.

Gli archetti si abbassarono a due o tre per volta. Barrow e Antonio si scambiarono uno sguardo: entrambi erano consapevoli dell'errore del belga. I tre avevano discusso della trappola uscendo dal caffè. «Non posso farci niente» aveva detto

Berndt. «È un'abitudine. Ormai è... come dite, *eingefleischt*?» «Inveterata» tirò a indovinare Barrow. «Inveterata» ripeté Berndt.

«Cos'è questa roba?» tuonò per la seconda volta Ziegler, accompagnando il suo commento con un colpo secco della mano destra. I musicisti non si voltarono a guardarlo. Berndt rimase immobile con il lungo collo piegato in avanti e lo sguardo fisso davanti a sé.

Stavano eseguendo il secondo movimento della Seconda Sinfonia di Brahms – l'*Adagio* – e in discussione c'era il primo tempo della quarantacinquesima battuta, uno di quei tempi silenziosi, pieni d'attesa, che divengono una sorta di centro focale, di punto di raccolta, dove la musica per un attimo svanisce sotto la superficie. Un tempo così non si può dirigere. Loro lo sapevano, Berndt lo sapeva, ma la cosa poteva essere lo stesso insidiosa. La muscolatura del corpo, per pura abitudine, richiede un primo tempo forte. Non era il genere di cosa che desse problemi a Barrow, ma Berndt aveva preso un sacco di cattive abitudini negli anni in cui aveva diretto la banda di una scuola superiore in Belgio.

Berndt abbassò la testa e cominciò a scorrere le pagine della partitura. Ziegler, nel migliore dei casi, era il tipo d'insegnante da 'uno sbaglio e sei fuori'. E in più, quella mattina era di un umore orribile: evidentemente non aveva letto i giornali. O forse li aveva letti. In ogni caso, Barrow sapeva quale sarebbe stata la prossima mossa di Ziegler, conosceva i suoi giochini. Antonio non sarebbe andato oltre la terza battuta. Berndt era già stato bravo ad arrivare fino alla quarantacinquesima.

«Barrow!»

Ancora sul podio, Berndt esitava. «*Danke schön*» disse sottovoce all'orchestra.

Quello era garbo, pensò Barrow odiando il suo maestro, odiandolo per aver trasformato Brahms in una gara, odiandolo per avergli avvelenato il 10 novembre 1989, il giorno seguente alla caduta del Muro.

«*Herr Amerikaner!*»

Barrow fece un respiro e trattenne l'aria nei polmoni. Diverse parti del corpo gli tremavano, ma nessuno lo osservava. Nessuno osava muovere un solo muscolo del collo.

Si alzò dalla sua sedia dietro gli ottoni bassi e si mise la partitura sotto il braccio, tenendo il segno con il dito. Passò davanti a Berndt, che preferì non guardarlo. La maggior parte dei violinisti aveva ancora lo strumento sotto il mento. Sentì che gli orchestrali, se pure guardavano distrattamente in direzione del podio, in realtà erano concentrati sul vero seggio del potere alle loro spalle. Il vero direttore, il vero *Dirigent*, era sul fondo del palcoscenico.

Barrow aveva già raggiunto il podio quando si accorse di aver dimenticato la bacchetta, rimasta appoggiata sul suo leggio a venti metri di distanza. Meditò di farne a meno. Poteva anche starci. In fondo Kurt Masur non la usava mai. E nemmeno Pierre Boulez e Charles Münch, ma quelli erano francesi. Ziegler l'avrebbe cacciato dal podio a suon di urla.

Se fosse tornato al suo leggio, però, avrebbe perso la sottile fetta di potere che possedeva in quel momento.

«*Stimmen Sie, bitte*» disse sottovoce a Tano, il quale lo capì immediatamente, si alzò in piedi e fece un cenno al primo oboe, una ragazza magra con le spalle ricurve, per avere un La. Accanto a lei c'era Petra Vogel che fissava Barrow con gli occhi rossi e gonfi.

Barrow distolse lo sguardo: non doveva pensare a lei. Fece scivolare la partitura sul banco del direttore e tornò sui suoi passi ascoltando la 'bestia' che si accordava e preparandosi a una nuova protesta di Ziegler. Antonio gentilmente gli passò la bacchetta. Barrow si attendeva un'osservazione da parte di Ziegler. Tornò al podio sotto gli occhi di tutta l'orchestra e quando salì in pedana – Ziegler continuava a tacere – i violoncelli erano pronti, dieci archetti sospesi nell'aria.

Scrutò il palcoscenico del Konzerthaus tenendo la bacchetta con entrambe le mani. Novanta *Studentenmusiker* in attesa, in ansia per il direttore americano, per il suo errore, per la rovina incombente.

I loro occhi su di me, la loro attenzione sul fondo del palcoscenico, alle loro spalle. Di' qualcosa.

«*Es ist...*» Le parole gli si spensero in gola.

«*Es ist der zehnte November*» disse, «*ja oder nein?*» Vi fu un leggero subbuglio, come di una mandria spaventata.

È il dieci novembre, sì o no?

«*Ja oder nein? Der zehnte November*» ripeté con una nota in più d'insistenza. Pensava al Muro di Berlino, alla giornalista della BBC, *è incredibile... ballano sul Muro... fiaschi di vino.*

Fu accolto dal silenzio più assoluto, ed ebbe la sensazione che il sangue gli stesse defluendo dal viso. Forse le sue parole dovevano ancora ricomporsi nelle loro menti. Si sforzò di tenere gli occhi alzati, combattendo la tentazione di gettare un'occhiata sulla partitura. Non ricordava nessun'altra occasione in cui, una volta sul podio, avesse fatto il pur minimo accenno a qualcosa che esulasse dalla musica, ed era stupito di sentirsi a tal punto sfiduciato.

Il mio campo è la musica. Non devo fare dichiarazioni.

È il dieci novembre, sì o no?

Razza di idiota.

Anni prima, a Eastman, Marty Weissberger una volta gli aveva detto: «Non sarai mai un direttore finché non imparerai ad affidarti al tuo istinto». Barrow non aveva mai capito bene che cosa significasse, ma sospettava di essere in quel territorio, adesso.

Nessuno si muoveva; non riusciva a capirli. I secondi passavano. *Secondi.* Troppo, troppo tempo. Ma arrischiò un altro giro di silenzio e cominciò a perlustrare lentamente la stanza con gli occhi, osservò gli studenti, si soffermò su una decina di volti evitando quello di Petra.

Il momento si protraeva ma non voleva fare il passo seguente senza un loro cenno collettivo.

Vide Alexandra, la prima viola, che lo guardava con un'espressione pallida e seria. Sentì una scarica di adrenalina. Gli occhi della violista seduta alla sinistra di Alexandra erano cerchiati di rosso.

Merda.

Altri, non più di due o tre, erano prossimi alla commozione. Se ciò era possibile. Il resto dell'orchestra era pronto a suonare. E basta.

Le mani gli tremavano, e non c'era altro da fare se non attaccare con Brahms.

Dentro di sé cercò di scacciare il panico con un sorriso: io sono l'illusionista. Appiattì la partitura sul banco del direttore e lanciò un'ultima occhiata a Ziegler, in piedi dietro la sezione delle percussioni, dando le spalle all'orchestra, le lunghe mani in tasca, in attesa. In rapida successione, Barrow attirò l'attenzione del fagotto – *tempo, tempo* – e poi della tuba e dei violoncelli: quello era il *loro* attacco. Sarebbe stata la seconda volta per loro, quella mattina; la quinta nella loro vita; ma lui, per quanto americano, avrebbe fatto sì che fosse la loro prima volta.

Alzò la mano destra, la mano con la bacchetta. La lirica iniziale era composta da dodici battute e quando le aveva dirette Berndt, prima, Barrow aveva notato un rallentamento nella sesta battuta. Lui non l'avrebbe permesso. «*In einem Atemzug*» disse ai violoncelli, un sussurro roco. *In un sol fiato*. Si trattenne un istante per sentire il timbro iniziale nell'orecchio. Ziegler non apriva bocca da un'eternità. C'era un silenzio che non aveva mai incontrato tra le mura del Konzerthaus. Ora possiamo creare questo mondo, pensò.

Un respiro, un movimento congiunto della mano, ed eccolo, il timbro iniziale.

Sorprendente.

Sorprendente che vi fosse del suono.

Un attacco così curioso, quasi a metà frase, come se prima di questa battuta ve ne fossero state altre due o tre che Brahms aveva strappato dal manoscritto in un accesso di collera, i violoncelli che s'incrociavano col fagotto nascondendosi dietro uno scintillio di fiati e poi tornando in superficie. Per una volta avevano perso la loro serietà imberbe; al suo posto, una sensualità adulta. Alla sesta battuta, batté il ritmo con la mano destra e tirò indietro la sinistra con un movimento fluido come se stesse tirando dello zucchero filato; i violoncelli diminuirono quel poco che bastava senza interrompere il *sostenuto*.

Andava tutto così bene, sentiva il sangue affluirgli al viso. Concéntrati, si disse, giacché nel suo cuore sapeva che Brahms non aveva scritto una frase di sei o anche dodici battute bensì una narrazione senza giunture, centoquattro battute che non volevano mai, *mai* calare d'intensità. Questa non era la Nona di Beethoven, non era l'uomo che s'avvicinava a Dio, ma l'uomo che s'avvicinava all'uomo, quest'impeto di Brahms che a diciannove anni, durante la sua prima tournée concertistica, aveva percorso le colline a piedi, ingaggio dopo ingaggio, da Amburgo a Lüneberg, attraversando la campagna della Germania settentrionale con gli spartiti sulla schiena. Brahms, che aveva vissuto in solitudine per tutta la sua vita adulta, adorato dai bambini degli altri, facendo visita di tanto in tanto alle persone a cui voleva bene e serbando la sua dolcissima sete per la vedova Clara Schumann.

Quarantaquattresima battuta, la battuta vuota, la rovina di Berndt: allentò un filo il ritmo, arrestò le mani all'arrivo dell'apice del quarto tempo, fece sì che il primo tempo della quarantacinquesima si posasse nella sala senza essere battuto. Era un tempo più lungo di quelli che lo precedevano e lo seguivano. Nessuno respirava. Quel tipo di silenzio che i poeti creano intorno a sé.

Secondo tempo, e tutti arrivarono in perfetto accordo.

Poco da ricordare dopo quel passaggio. La lettera E, dove Barrow chiuse gli occhi per lo spazio di tre o più misure: quel punto, la cavità morbida e calda del movimento, la tensione di tre contro due, il ritorno nostalgico al tema iniziale, la risposta dell'organismo a un tono più alto degli archi; poi, uno scambio di sguardi con il timpanista americano a sei misure dalla fine; l'assolo di quarti del clarinetto nella penultima battuta; ben otto battiti contati sull'ultima metà col punto. Fine.

* * *

Gli archi tenevano gli archetti sospesi, con le schiene giovani e flessuose ancora curve; i fiati erano protesi in avanti sulle loro sedie. Tutti aspettavano che lui ponesse fine a quel momento. Barrow chiuse la mano sinistra e ripose la bacchetta sul banco. La partitura era ancora aperta alla prima pagina del movimento; non aveva mai abbassato gli occhi. Non aveva fatto tante scene, non vi era stato autocompiacimento. Ziegler sarebbe stato soddisfatto. Qualcuno tra i secondi violini si mise a battere sul leggio. Altri due o tre lo imitarono, ma il gesto non riuscì a propagarsi.

L'orchestra sembrava più silenziosa del solito, alla fine della prova. C'era un'atmosfera quasi solenne. Barrow raccolse la bacchetta e la partitura, lanciò uno sguardo verso il fondo del palcoscenico, dove avrebbe dovuto esserci Ziegler – ma non c'era – e si diresse verso il suo posto dietro ai tromboni. Un violoncellista si alzò in piedi e gli porse la mano. «È andata bene» disse in inglese. Barrow non ebbe la risposta pronta. Ma a un altro violoncellista disse: «Siete stati bravissimi. Davvero bravissimi».

«Credo che oggi abbiamo dato il meglio di noi» ribatté il violoncellista. «Come hai detto tu prima, oggi è un giorno speciale. È il 10 novembre».

«*Natürlich*» disse Barrow.

Un contrabbassista lo guardava avvicinarsi; poi, all'ultimo momento, si girò. E ci fu il solito trambusto di fine prova.

Anche lui aveva l'impressione che fosse andata bene, pur sentendosi la testa vuota. L'avrebbero detto a Ziegler.

«Barrow, sei andato alla grande, grazie a Dio». Era Berndt, con il braccio teso all'altezza del petto; si strinsero velocemente la mano.

«Ziegler dov'è?»

«Se n'è andato. Nessuno l'ha visto uscire. Si sa solo che è andato via prima della fine. Ha preso il cappotto e se n'è andato».

«E Antonio?» chiese Barrow.

«È andato a vedere se ci sono messaggi. Per la prossima lezione».

«Pensi che Ziegler non stia bene?»

«Non credo. Tu sì?»

Barrow fece spallucce. Il vecchio non aveva mai accennato a problemi di salute. Né l'avrebbe mai fatto. Era il tipo d'uomo capace di trascinarsi con le proprie forze fino al bordo della propria fossa, dirne quattro al prete e poi saltar dentro.

Vide Petra scomparire dietro le quinte con lo zainetto di tela sulle spalle. Era trascorsa una settimana da quando gli aveva biascicato «Buonanotte» sulla Citroën. Da quando Barrow aveva ricevuto un foglietto di carta ripiegato dalle sue dita intorpidite dal sonno. Sembrava fosse passato un mese.

Berndt stava dicendo qualcosa su questioni di salute.

«Scusami» disse Barrow, disobbedendo al richiamo dell'istinto – quell'impulso che gli diceva: *valle dietro, che aspetti?* – e dirigendosi verso un ripostiglio fuori scena pieno di mucchi di leggii rotti; una ramazza larga due metri nascondeva una toilette che nessuno mai usava.

Prima di chiudere la porta colse il sorriso di Berndt. Cercò a tastoni l'interruttore e tirò fuori il portafogli. Il bigliettino vecchio di una settimana frusciava ancora; la scrittura, veloce e approssimativa. «*Bitte anrufen*» c'era scritto. Chiamami, per favore. E poi un numero di telefono. E una freccina a matita che indicava un omino stilizzato con una testa grossa, circondata dalla parola tedesca *bald* ripetuta tre volte: *bald bald bald*.*

Presto presto presto.

* L'autore allude a un gioco di parole tra l'inglese *bald*, 'calvo', e l'omografo tedesco, che invece significa 'presto'. (*N.d.T.*)

11

Quel pomeriggio, Barrow si fermò davanti alle porte metalliche dell'ascensore, nell'atrio di Schloss Gottesaue. Nella sala concerti a pianterreno, un quintetto di fiati provava un pezzo del compositore americano Samuel Barber, lussureggiante, melodioso e straniante. Attese finché non si accertò che l'oboista non fosse Petra.

«Scommetto che suoni uno strumento a corda».

Si voltò.

«Il violoncello?»

Era Tano Popescu, il primo violino, che scendeva le scale con la custodia del suo strumento in mano. La luce naturale proveniente da dietro metteva in risalto la tessitura rada del suo soprabito, donandogli una lieve aura.

«Il violino» disse Barrow.

«Quando dirigi, a volte fai il vibrato con la mano sinistra». Tano gli scosse la mano vicino al collo. «Specialmente nei passaggi espressivi». Barrow non se n'era mai accorto. «Non preoccuparti, lo faceva anche Toscanini». Il rumeno si fermò per abbottonare il cappotto mentre le porte dell'ascensore si richiudevano. «Hai in mente di andare in biblioteca?» Barrow annuì. «Lascia perdere, è chiusa. Una fatale coincidenza tra il compleanno del nostro bibliotecario e tutta questa isteria per la caduta del Muro».

Uscirono insieme dall'edificio. Appena fuori, Tano si fermò ad accendersi una sigaretta; una folata di vento freddo trascinò via il fumo. Poi propose di andare a prendere un caffè, e i due scesero i gradini e si diressero verso Durlacher Allee.

A sentire Antonio, Tano Popescu era scappato dalla Romania a piedi portando con sé soltanto il violino. Da Timisoara aveva raggiunto Budapest, dove era riuscito a salire su un treno Intercity diretto a Vienna. Nessuno ricordava di aver mai sentito la storia direttamente dalla bocca di Tano, ma proprio il suo silenzio al riguardo pareva darle credibilità.

Il sole del pomeriggio si rifletteva sui vetri del caffè in uno sfolgorio abbagliante. Al loro ingresso, la ragazza lentigginosa dietro il banco alzò lo sguardo e sorrise, e Barrow, per la decima volta in un'ora, decise di chiamare Petra. Alla prima cabina telefonica, si disse. La ragazza mise i loro caffè in due sacchetti di carta separati, e Barrow indicò una ciambella fritta in offerta a metà prezzo.

«Io abito dall'altra parte dello Schloss» disse Tano. Nascondeva la sigaretta dietro il palmo della mano, e il fumo gli strisciava su per il braccio. «Ti va di camminare un po'?»

«*Sicher. Bis dem Schlossplatz*».

«Forse è meglio se parliamo inglese. Così almeno uno dei due parla la sua lingua».

Era un pomeriggio d'aria tersa e di nuvole basse che si muovevano velocemente. Percorsero a passo tranquillo le strade commerciali del centro di Karlsruhe, chiacchierando a intermittenza della prova del mattino e degli eventi che accadevano nell'Est. Si fermarono davanti a una vetrina che esponeva scacchiere e Barrow chiese a Tano di dove fosse originario, in Romania.

«Sono di Cluj».

«In Transilvania».

«Conosci il mio paese?»

«Non proprio» disse Barrow. «Ma so che Ligeti ha studiato composizione lì».

Tano si girò. «Conosci Ligeti?»

«Una volta ho diretto il *Doppio concerto*. Per flauto e oboe».

Tano pareva sorpreso. «In America?»

Barrow annuì.

«E ti piace?»

«Sì».

«E allora perché perdi il tuo tempo con Brahms?»

Barrow ridacchiò.

«No» disse Tano, accendendosi un'altra sigaretta. «Seriamente. Ti piace Brahms?»

«Certo».

«Io lo detesto».

Furono investiti da una folata d'aria umida che usciva dalla porta aperta di un negozio di fiori e, di nuovo, Barrow pensò a

Petra, all'urgenza quasi fisica di quelle parole ripetute: *presto presto presto.*

«Ligeti gli deve molto» disse Barrow.

«Non diciamo assurdità».

Uno di quei cani solitari, sempre pronti a infilarsi in una zuffa.

«Chiunque componga oggi deve moltissimo al passato» disse Barrow, cercando in apparenza di sedare la polemica.

«*Beethoven* ha influenzato tutti i compositori venuti dopo di lui. Brahms ha influenzato solo Brahms».

Barrow non poté resistere alla provocazione. «Schönberg amava Brahms».

«Sì, e tu sai quando Schönberg scrisse quella porcheria di saggio? Nel 1947. A settantatré anni. *Brahms il progressivo.* Ormai era rimbambito. E in più era a Hollywood».

«A Los Angeles, non a Hollywood» disse Barrow. «Alla University of California».

«Lo so, lo so...»

«Dove insegnava Heifetz».

«Cosa vuoi che m'importi di dove insegnava Heifetz?»

Incrociarono due studenti del conservatorio ed entrambi fecero un cenno di saluto, Tano con una certa freddezza. Superarono diversi negozi prima che il rumeno aprisse di nuovo bocca. «Non sopporto quegli stronzetti saccenti».

Barrow rise. «Si vede». Tano grugnì. «Dove hai imparato l'inglese?»

«A Champaign-Urbana, nell'Illinois».

«Sul serio?»

«Sul serio».

«Non avrei mai detto che vi consentissero di venire negli Stati Uniti».

«Era un esperimento» disse Tano. «Uno scambio culturale. Ma la cosa non è piaciuta al vostro governo e così mi hanno rispedito in Romania».

Arrivarono agli ampi giardini pubblici dello Schlossplatz. Al centro dei giardini sorgeva un maestoso palazzo giallo, una Versailles tedesca, ariosa e torreggiante. Era stato raso al suolo durante la guerra e ricostruito in modo impeccabile, come ogni altra cosa a Karlsruhe.

«Tanto per discutere, mi sai dire che cosa avrebbe fatto il tuo amato Brahms nel 1933?» chiese Tano.

La prima impressione di Barrow non l'aveva ingannato: quell'uomo viveva di polemiche.

«Be'?»

«Non ne ho idea. Suppongo che sarebbe stato un altro Hindemith. Qualcosa del genere. Un tradizionalista innovativo».

«Non intendevo questo» disse Tano.

Stavano percorrendo il vialetto di ghiaia che portava sul retro del palazzo.

Barrow adesso rammentò: il 1933 era l'anno dell'ascesa al potere di Hitler. La domanda di Tano si riferiva a questo.

«Brahms in quanto Brahms, per l'uomo che era, avrebbe lasciato il paese?»

«Schönberg lasciò la Germania a quell'epoca, no?»

«Schönberg era ebreo. E se uno non fosse stato costretto ad andarsene?»

Brahms se ne sarebbe andato? Barrow non sapeva nulla delle sue idee politiche, se non che aveva appeso un ritratto di Bismarck avvolto da una corona d'alloro nel suo studio di Vienna. Ma Bismarck era un buono o un cattivo? Non riusciva a ricordarselo.

Si fermò. «Anche Hindemith e Weill emigrarono in quel periodo, no? Kurt Weill...»

«Weill era ebreo pure lui. E Hindemith lasciò la Germania nel 1937. Rimase a Berlino per ben quattro anni sotto il naso di Hitler. Che cosa aveva in mente?»

Tirarono fuori i loro caffè e si sedettero su una panchina. Di fronte a loro si stava svolgendo una partita di calcio improvvisata. Studenti universitari correvano avanti e indietro, delimitavano le porte con dei maglioni.

Tano proseguì: «Hitler sale al potere nel gennaio del 1933... ti secca se continuiamo il discorso?»

«No, figurati».

«In pochi mesi consolida il proprio controllo su ogni istituzione tedesca. Rimuove gli ebrei da ogni carica, importante o meno. Alcuni artisti, persone di coscienza, lasciano il paese. Altri rimangono: Strauss, Karl Böhm, Furtwängler, ovviamente. Herbert von Karajan aderisce addirittura al partito nazista».

«Hindemith rimane».

«Hindemith rimane. Il fatto che i suoi amici ebrei vengano licenziati e vadano in esilio dovrebbe preoccuparlo. Perché rimane?»

Barrow era colpito. «Conosci bene la storia tedesca».

«Benvenuto in Europa».

Uno scalpitio di piedi li indusse ad alzare lo sguardo. Un calcio d'angolo a tre metri di distanza da loro. Barrow decise di sparare la sua cartuccia migliore. «Guarda, io non so perché Hindemith sia rimasto in Germania così tanto, ma a mio parere la cosa essenziale è che alla fine abbia lasciato il paese». Stava andando alla cieca, e lo sapeva. «È facile criticare la gente col senno di poi».

«Già, e del senno di poi sono piene le fosse».

Barrow rise. «L'hai imparato in un anno soltanto? L'inglese intendo. Lo parli bene».

Tano stava osservando una figura dalla parte opposta dell'erba, una donna che disegnava su un blocco per schizzi. Gli alti alberi dello Hardwald – una propaggine della Foresta Nera che si spingeva fin dentro Karlsruhe – formavano un'elegante cornice intorno a lei.

«Non eseguivano più la sua musica» disse Tano, continuando a guardare la donna. «Era bandito ufficialmente. Ecco perché Hindemith se ne andò. Per ragioni professionali».

«Sono sicuro che fu una combinazione di fattori» ribatté Barrow. «Sono sicuro che se ne sarebbe andato comunque, una volta che le cose si fossero messe davvero male».

«Presumo di sì» disse Tano. «Forse dopo la *Kristallnacht*».

«Già, lo credo anch'io» disse Barrow con cautela. Della *Kristallnacht*, se non altro, aveva delle immagini stampate nella mente. Vetrine infrante, ebrei strappati dal letto, trascinati in strada, picchiati e uccisi. La *Kristallnacht* fu la notte in cui i nazisti diedero libero sfogo all'antisemitismo che avevano alimentato per un decennio; la prima avvisaglia pubblica del loro intento genocida, col senno di poi. «Hindemith lasciò la Germania prima della *Kristallnacht*?» chiese, augurandosi che l'avesse fatto.

«Se ne andò nel 1937».

«Ed era prima della *Kristallnacht*?»

Tano pareva sinceramente sconcertato. «Non lo sai?»

«Cosa».

«Non sai quando avvenne la *Kristallnacht*?»
«No, cioè, vagamente».
«Eppure devi saperlo. Io credevo... visto che hai fatto quell'affermazione alla prova...»
«No».
«Quando hai detto 'Oggi è il 10 novembre', lo sapevi o no? Ero convinto di sì».
«No».
«È la *Kristallnacht*. Cinquantun anni, giusto la notte scorsa. La notte del 9 novembre, e poi di nuovo quella del 10 novembre. Oggi cade l'anniversario».
Se c'era una traccia di ironia nell'espressione del rumeno – un'increspatura delle labbra, un guizzo di luce nell'occhio – Barrow non riusciva a scorgerla. Solo un tono neutro, un volto impassibile.
«Per evocare un ricordo del genere a una sala piena di tedeschi» disse Tano, «pensavo che dovessi saperlo per forza».
«Non lo sapevo».
Il sole era sceso dietro gli alberi, sprofondando tutti loro – i calciatori, la disegnatrice – nell'ombra.
Tano gettò la tazza di carta vuota sulla ghiaia del vialetto e la schiacciò col piede. «Credi che loro non lo sapessero?»
«Non ne ho idea».
«Chiaro che lo sanno. Tutti in Germania *devono* saperlo».
«Ho citato questa data... ho citato il 10 novembre perché è caduto il Muro di Berlino».
«Niente affatto» disse Tano, infilandosi la tazza schiacciata nella tasca del soprabito. «Il 10 novembre è il giorno dopo la *Kristallnacht* e sarà sempre il giorno dopo la *Kristallnacht*».
Quando Barrow riprese finalmente la parola, non riuscì ad andare oltre un sussurro: «Li ho insultati?»
Tano scrollò le spalle. «Abbiamo suonato alla grande, no?»

* * *

I calciatori avevano dimenticato sul prato un 'palo': un maglione nero cosparso d'erba secca. Barrow vi si chinò sopra e si mise a togliere i fili d'erba. Gli girava la testa. Forse il caffè l'aveva eccitato: in tutto il giorno aveva mangiato solo quella ciambella fritta.

Anniversari.

Passa un po' di tempo, e cominciano a sovrapporsi tra loro. È inevitabile, con tutte le date che circolano.

Pensò ad Arnold Schönberg, un compositore brillante e una mente ancor più brillante. Schönberg gongolava per il fatto che il cinquantesimo anniversario della morte di Wagner fosse il centenario della nascita di Johannes Brahms, la nemesi di Wagner. E *quell'*anniversario, naturalmente, cadeva nel 1933, l'anno dell'ascesa di Hitler, l'anno in cui Schönberg, un ebreo, lasciava la madrepatria, l'anno del suo tributo scritto a Brahms. E ora, cinquantun anni dopo la *Kristallnacht* – non cinquanta, sarebbe stato troppo ovvio – cinquantun anni dopo, cade il Muro, l'unità della Germania viene ristabilita. Tre volte diciassette, una deliziosa coppia di numeri primi. Troppo elegante, cazzo.

Scrollò il maglione e lo mise sulla panchina. Le luci del centro di Karlsruhe brillavano dall'altra parte del grande palazzo, illuminando le nubi.

Strano che nel corso del suo terzo grado, Tano non avesse mai citato Ziegler.

12

Una coppia di mezza età si stava avvicinando dalla parte più bassa di Lessingstrasse e Barrow indietreggiò dalla porta per lasciarli passare. «Non sarebbe mai dovuta andare a Parigi» disse la donna. Barrow non riuscì a sentire la risposta dell'uomo.

Si riaccostò alla porta e bussò. Le tende dell'appartamento di Ziegler erano tirate, ma le tapparelle erano ancora alzate e all'interno c'era luce. Attese un minuto buono. Aveva già fatto qualche passo lungo il marciapiede quando udì lo scatto della serratura. Poi la porta si aprì dei consueti dieci centimetri di prammatica.

Nello studio non c'era nessuno. Nessuno dietro la scrivania. Il gatto dormiva su un mucchio di spartiti, con una pietra grigia a fargli da cuscino. Barrow chiuse la porta dietro di sé, restandovi però vicino: in tal modo avrebbe potuto fingere più facilmente di essere capitato lì per un capriccio estemporaneo. Notò cose che non aveva mai notato prima: su uno scaffale dietro la scrivania c'erano la custodia scassata di un flauto e una cornice con la foto patinata di un uomo in frac che fendeva l'aria con la sua bacchetta.

Sulla scrivania del maestro c'era un libro aperto. Un manuale. In caratteri giapponesi, o forse cinesi.

«Herr Ziegler» chiamò con voce sommessa, e mentre si accostava alla scrivania il vecchio sbucò dalla cucina portando un vassoio con una teiera e due tazze di spessa porcellana bianca, del tipo che si trova negli hotel Howard Johnson.

«La prego di scusarmi, Herr Ziegler».

Il vecchio si fermò un istante, appena fuori la porta della cucina. Barrow si augurò che uscisse presto dall'ombra del corridoio.

«Sono venuto a vedere se stava bene».

«Sì».

'Sì, sto bene', o 'sì, ho capito'?

Ziegler fece il suo ingresso nella stanza come fosse un malconcio capo del governo di un paese comunista. Indossava un elegante dolcevita azzurro. Quando si chinò sotto la luce della lampada per deporre il vassoio, il suo viso mostrò un bel colorito. *Come potete vedere, il compagno è in perfetta salute.*

«Martedì, vero?» disse il vecchio.

Il giorno della prossima lezione di Barrow.

«Sì, certo» rispose Barrow.

Ma non era ancora tempo di andarsene. Aveva alcune domande da fargli. Innanzitutto voleva un suo commento su come aveva diretto l'orchestra quel mattino. E poi c'erano altre domande, domande di grande importanza. Quella che era nell'aria da tutta la settimana, sul declassamento di Petra. E poi un'altra che aveva in serbo da mesi: *Che cos'ha fatto durante la guerra?*

«Herr Barrow» – la voce del vecchio lo fece sussultare – «l'ultima volta che ho sentito un americano rivolgersi a una folla tedesca spiegandole i sentimenti che dovrebbe nutrire nei confronti del proprio paese è stato nella piazza di fronte al Rathaus Schöneberg. Conosce il Rathaus Schöneberg? A Berlino?»

Barrow esitò. «No, maestro».

Il vecchio era sgusciato dietro la scrivania e stava disponendo il servizio da tè. «Mi riferisco a quando il vostro presidente Kennedy fece un discorso spacciandosi per berlinese. Anche quella volta ce ne andammo via come ho fatto io stamattina. Ce ne andammo nonostante amassimo quell'uomo, Kennedy. Ci sentimmo umiliati da lui, gravemente umiliati, e non perché avesse detto *Ich bin ein Berliner*, cioè 'Sono un krapfen'. Non sapeva che stava dicendo quello, e dunque non potevamo biasimarlo.* Ma perché, semplicemente, lui non era di Berlino, non era mai stato di Berlino, era solo un uomo adorato dalla gente che se ne stava su un palco, un uomo *troppo* adorato, persino da me e ci venne da vomitare nel vedere una tale smemoratezza in Germania, una tale accoglienza entusiastica nei confronti degli *idoli* come JFK».

* La frase tedesca corretta sarebbe *Ich bin Berliner*, mentre quella usata da Kennedy, con l'articolo *ein* prima di *Berliner*, si presta al fraintendimento di cui parla il testo. (*N.d.T.*)

Mortificato, Barrow si concentrò sul respiro. Vi fu una pausa, e lui la colse al volo. «Stamattina...»

«Sì?»

«Se n'è andato via mentre dirigevo?»

«Ho ascoltato solo poche battute. Non ho udito nulla che non mi aspettassi».

Barrow sentì che gli si cominciava a bloccare la mascella. Scòrdati di sembrare naturale. Scòrdati la *disinvoltura*. Passa alla domanda successiva, e basta.

«Perché ha tolto a Petra Vogel la parte di primo oboe?»

Il maestro, che si stava scaldando le mani sulle pareti della teiera, alzò gli occhi, sorpreso. «Herr Barrow, ma se è stato lei a consigliarmelo».

Barrow lo fissò a sua volta. Nessun segno visibile contraddiceva la nota di protesta, perfettamente scelta, presente nella voce del vecchio. Lottò per non scomporsi. «Forse» disse, «ha frainteso il mio commento sull'intonazione».

«Non credo di aver frainteso la situazione».

«Maestro Ziegler, non c'è nessuna 'situazione'».

«Ora aspetto visite».

«*Non c'è nessuna 'situazione'*».

«Ora aspetto visite». Ziegler lanciò un'occhiata alla porta. «Ci vediamo martedì».

«Tra me e l'oboista non c'è niente».

Ziegler tolse le mani dalla teiera e lentamente si sedette. «Lei ha solo un amico, Herr Barrow, ed è il suo orecchio».

Barrow lo odiò. Il tono prescrittivo, i precetti inseriti con cura. Decenni d'insegnamento, di direzione d'orchestra simulata... tutto questo faceva forse di lui un esperto della vita?

«La prego, se ne vada».

* * *

In fondo a Lessingstrasse incrociò una donna che si teneva il bavero dell'impermeabile. La notò perché era asiatica; giapponese, ipotizzò dalla breve occhiata che le rivolse. Si voltò e la osservò procedere a mezzo isolato di distanza. La vide bussare a una porta che s'aprì quasi al suo tocco rivelando un cuneo di luce grigiastra.

C'era una cabina telefonica dall'altra parte della strada, a

Mühlburger Tor. Sollevò il ricevitore e finse di cercare della moneta nella tasca. Era come se il sorriso di Petra, il desiderio che provava per lui, la dolce curva della sua schiena – se l'era impressa nella memoria mentre ascoltava Bach – il suo petto che si sollevava all'inizio di una lunga frase musicale, era come se tutte queste cose fossero comprese nel menu di un ristorante dall'altro lato della strada e il destino di Barrow fosse quello di camminare avanti e indietro sul marciapiede di fronte.

Rispose Wolf.

«Petra è uscita».

«Eh?»

«Un'ora fa».

«Dov'è andata?»

«Non lo so. Forse al conservatorio. Aveva l'oboe con sé».

Mentre aspettava il tram, Barrow perse la pazienza e si mise a correre, passando accanto alle vetrine dei negozi di formaggio e di impianti idraulici, accanto al negozio degli scacchi, e poi giù nella Durlacher Allee. Correva maledicendo lo zaino con gli spartiti dentro, la sinfonia di Brahms, gli appunti, l'Ottava di Beethoven che Ziegler aveva detto di portare alla lezione dopo la prova alla quale non si era fatto vedere. A Gottesauer Platz, a un isolato dal conservatorio, si fermò con i polmoni in fiamme. Si accovacciò per terra e strinse le gambe al petto. Vide centinaia di vetrine lungo il viale, una dopo l'altra, e s'immaginò che scoppiassero tutte insieme sul marciapiede in un improvviso diluvio di vetro: quanta volontà sarebbe occorsa?

Riprese a correre. Sul lato del parcheggio di Schloss Gottesaue, le finestre erano buie. Dentro non c'era traccia del guardiano, il che doveva essere contro il regolamento. Fece le scale tre gradini alla volta e, nel momento in cui raggiunse il pianerottolo del secondo piano, la udì.

Suonava note lunghe. Incredibilmente lunghe. *Per quanti metri riuscirei a nuotare sott'acqua con uno di quei respiri?*

La targa sulla porta diceva PROF. MESSER-EICHEN, OBOE; sopra era appesa una foto delle Alpi Bavaresi tratta da una rivista. Si appoggiò alla parete opposta, ancora trafelato per la corsa. Petra cominciò un'altra nota. Barrow si tolse lo zaino, si sbottonò la giacca e attese. L'oboista scese di un altro semitono e poi di un altro. Quando finì quello che Barrow individuò come il Si sotto il Do centrale, questi bussò piano alla porta. Si era sbagliato: la sua maledizione era quella di non avere l'orecchio assoluto. Petra intonò un'altra nota; lui si appoggiò allo stipite della porta e aspettò. Quando la nota si spense, bussò un po' più forte. Vi fu una pausa. Probabilmente lei si era preoccupata sentendo bussare il venerdì sera al secondo piano del conservatorio: in ottobre c'era stato un episodio spiacevole. Bussò di nuovo, non forte.

«*Wer ist das?*» chiese lei.

«*Der amerikanische Scheisskopf*».

«*Wer?*»

«*Der amerikanische Scheisskopf*».

Quel pezzo di merda dell'americano.*

Un'altra pausa, inondata dal terrore che il suo istinto l'avesse ingannato. Sentì un catenaccio scivolare, e la porta si aprì. La vicinanza del viso di Petra lo scosse.

«*Abend*».

«*Abend*».

«Mi dispiace» disse Barrow.

Petra indossava la divisa europea: ampio maglione di lana e jeans attillati. Le sue scarpe erano sotto il pianoforte.

«Entra pure».

Non aveva pensato a cosa dire, immaginandosi che sarebbe stata lei a prendere le redini della situazione. Ma quella parte di lei che una volta era pronta a rimediare in modo così generoso all'imbarazzo di Barrow, alla sua stupidità, ora pareva assente. Petra era in quello stato d'animo in cui si entra quando ci si esercita con lo strumento: un livello di concentrazione che non tollera interruzioni, da parte di nessuno.

«Ti ho interrotta».

«Non preoccuparti».

Tornò al suo leggio. L'oboe era appoggiato sullo sgabello del pianoforte dietro di lei, con i tasti all'insù.

«Sono stato da Ziegler».

«Ah, sì?»

«È scomparso durante la prova. Ho pensato che magari non stesse bene». Gettò un'occhiata fuori dalla finestra, alle luci di

* *Scheisskopf* è la traduzione letterale di *shithead*, lett. «testa di merda», insulto non molto usato in tedesco. (*N.d.T.*)

Durlacher Allee che si rifrangevano in lontananza. «Ma sembrava in forma».

«Bene».

Barrow rimase in piedi con una mano sulla maniglia della porta mentre lei sfogliava distrattamente un volume di studi dalle pagine nere di sedicesimi. Gli venne in mente che non era mai stato solo con lei in una stanza.

«Gli ho chiesto il motivo del tuo cambiamento di ruolo».

«Oh» si limitò a dire lei. E poi, tradendosi: «È passata più di una settimana».

«Lo so. Scusami».

«Perché dovresti scusarti?»

«Perché sembra che sia stata colpa mia».

«Solo agli stupidi».

«E *tu* cosa pensi?»

La mano di Petra cadde dallo spartito e s'infilò nella tasca dei jeans. «Penso che non è... non sta a me sapere perché è successo» disse in inglese.

Questa decisione di parlare in un'altra lingua, la distanza fisica... aveva tutta l'aria di essere un discorso preparato in anticipo. Barrow provò un tuffo al cuore. Aveva decisamente sottovalutato la portata del suo errore madornale.

«Perché no? Cos'ha detto Messer-Eichen?»

Lei esitò, gettò uno sguardo all'oboe. «Ha detto che Ziegler è uno stronzo».

«Ha detto così?»

«E che tu sei uno stronzo».

«Ha usato questa parola? In inglese?»

Petra fece una pausa, senza ridere; si era ritratta dietro una cortina familiare, quell'aderenza alla lettera tipicamente teutonica che rifiuta semplicemente il sarcasmo. Questo però non servì a metterla al riparo: i suoi occhi cercavano ancora un luogo dove posarsi.

«E che sei un americano» disse.

«Io *sono* un americano».

«Che non te ne frega niente del nostro suono. Dell'oboe tedesco».

«Io adoro il vostro suono».

«Davvero, non importa».

«Eccome se importa».

«Ti dico che non importa».

Nella sua voce vi era un che di supplichevole: lo stava pregando di accettare la spiegazione per quello che era, come se il suo insegnante avesse installato delle microspie nella stanza e questa fosse la linea di condotta ufficiale che entrambi dovevano accettare.

Prese una matita e cancellò qualcosa sullo spartito. Barrow fu colpito dall'idea di quello che Petra doveva aver provato a essere sostituita dopo la terza prova, umiliata davanti a novanta musicisti suoi compagni, una tedesca dell'Est in mezzo ai *Wessis*: il tarlo del dubbio iniettato nella mente del gruppo; il dubbio che a poco a poco si trasforma in un marchio d'infamia. Conosceva bene quelle dinamiche; l'opinione di Ziegler su di lei aveva fatto addirittura sì che Barrow giudicasse il proprio orecchio col senno di poi. Un pericoloso ostacolo alla carriera di Petra si era materializzato dal nulla, da una semplice impressione, da un commento che lui aveva fatto sulle ottave parallele con il flauto. Un ostacolo impossibile da superare, forse. O forse non così importante alla lunga distanza. Ma non importava. Né a lei né al suo maestro. Tutto era avvenuto sotto la direzione dell'americano, durante la *sua* prova con l'orchestra.

Petra prese l'oboe e rimosse l'ancia. «Mi aspetti?» disse. «Non mi piace scendere da sola».

«Certo».

Barrow la osservò mentre smontava lo strumento, passava lo scovolo nelle tre canne, infilava l'ancia nell'astuccio insieme a diverse altre. Poi mise via gli spartiti. Barrow spense la luce e la seguì nel corridoio. Mentre lui si avviava, Petra chiuse a chiave la porta.

Del guardiano neanche l'ombra, né alcun segno della presenza di altre persone nell'edificio. Uscirono sulla piattaforma rialzata che dava sul parcheggio. Barrow vide la Citroën di Wolf posteggiata in un angolo opposto all'edificio.

«La gente sta ballando sul Muro di Berlino» disse.

«Sì, ho sentito». Scesero i gradini insieme, a un metro di distanza l'uno dall'altra. «Vuoi un passaggio fino alla fermata del tram?» gli chiese Petra.

Una cortesia. Impossibile che dicesse sul serio.

«No, grazie» disse lui.

Si fermarono a metà strada sulla ghiaia. Temeva la corsa in tram che lo attendeva, il caldo secco che sapeva di gomma.

« Buonanotte » disse.

« Buonanotte ».

Barrow spostò lo sguardo sull'auto di Wolf, simbolo della piccola comunità che Petra formava con i suoi coinquilini dalla voce pacata. Quando tornò a guardarla, lei lo stava osservando.

« Sei un direttore » disse.

Barrow rimase in attesa pensando che forse Petra avrebbe aggiunto qualcosa, ma lei s'incamminò verso l'auto lasciando il commento sospeso nell'aria. Lui vi aveva letto una nota di dolcezza, presumendo che intendesse fargli un complimento, ma in quel momento comprese che avrebbe dato tutto, la sua vittoria sul podio del mattino, gli anni di studio, Eastman, Juilliard, Brooklyn, il suo talento innato, la possibilità di raggiungere il successo, tutto, purché lei si voltasse e gli lanciasse uno sguardo, uno soltanto. Ma Petra salì in macchina senza più guardarsi indietro.

13

Barrow sfruttò la non disponibilità di Petra, la netta agonia che ciò gli aveva procurato, per buttarsi nel lavoro, rientrando nel monastero che si era costruito intorno a sé a settembre. Leggeva le partiture come fossero romanzi: Schubert, Schumann, Beethoven, Wagner, Brahms. Le aveva già lette prima, ma questa volta c'erano segreti, rivelazioni che sbucavano da ogni angolo. Preparava qualsiasi partitura gli assegnasse Ziegler e in più ne leggeva altre cinque, assecondando il suo migliore istinto nella scelta della successiva, fiutando conquiste al di là dell'orizzonte: Šostakovič e i russi, un po' di contemporanei, i polacchi, l'ultima ondata di americani. Se riesco a stare al passo con questi, pensava, li possederò tutti.

Era sparito dalla vista e non leggeva i giornali; solo vagamente sapeva del crollo dei regimi dell'Est, dei festeggiamenti in corso. Sceglieva caffè poco frequentati e itinerari poco battuti, in modo che potesse provare e ripassare ininterrottamente senza che nessuno lo vedesse mormorare tra sé e sé.

Trascorse una settimana. Un mattino passò da una panetteria che non aveva mai notato. Dentro, una folla di musicisti dell'orchestra faceva la fila per il caffè. Accelerò il passo e aveva già raggiunto l'angolo successivo quando udì una voce dietro di sé.

«Ti ho fatto segno con la mano. Non hai visto?»

Alexandra, la coinquilina di Petra.

«Scusami» disse Barrow.

«Oggi devi dirigere?»

«No».

«Peccato. Tu ci piaci».

«Grazie».

Si avviarono insieme lungo il marciapiede.

«Petra è spesso a Francoforte» disse Alexandra. «Tu ci vai, sabato?»

«Eh?» Il suono del suo nome gli squarciò l'animo.

«Wolf e io non possiamo andare. Il prossimo weekend siamo a Colonia».

«Andare dove?»

«A Francoforte. Petra suona con la Radio-Sinfonie. Questo fine settimana».

Si fermarono a un passaggio pedonale. «Sono molto preso» disse. «Non credo di poter staccare».

«Certo».

* * *

Quel sabato, Barrow era davanti alla splendida Alte Oper di Francoforte. Guardava l'acqua riversarsi dall'enorme fontana tenendo in mano la busta con il biglietto. Mezza città sembrava appesa alle gru. L'altra metà luccicava sotto un cielo grigio increspato.

Sui gradini sopra di lui c'era un uomo piccolo, dal fisico asciutto. «È una città di banche, questa» disse l'uomo in inglese. «Un santuario del mercato tedesco».

Barrow sorrise per educazione.

«Questo palazzo, la Alte Oper, ha meno di dieci anni, lo sa? Lo costruì il Kaiser cent'anni fa, ed era una copia esatta della Comédie Française di Parigi. Poi voi l'avete bombardato durante la guerra, mille grazie. E qui per venticinque anni non c'è stato più niente».

Barrow non aveva aperto bocca. Come faceva quel tipo a sapere che lui era americano?

«Per tutto quel tempo abbiamo lottato strenuamente per avere un nuovo teatro, un teatro nuovo di zecca, un edificio stupefacente tipo la Sydney Opera House, una costruzione di vetro, lastre di vetro enormi, Walter Gropius, I.M. Pei. Ne abbiamo discusso con molti architetti, ma alla fine quel che abbiamo avuto è questo. La copia di un edificio che era la copia di un teatro francese, e tutto per commemorare uno dei più stupidi tedeschi che abbiano mai indossato l'elmetto. Ha già il biglietto?»

«Prego?»

«Io sono Franz Messer-Eichen». L'uomo aveva con sé una doppia custodia di oboe. «E lei è il signor Cooper Barrow, vero?»

«Sì».

«Una volta mi è stato indicato da qualcuno, uno dei miei studenti. Io insegno oboe al Conservatorio di Karlsruhe».

«Sì, lo so».

«È venuto a vedere Werner Schott dirigere Bruckner...»

Scorse la busta che Barrow teneva in mano.

«Mi faccia vedere il suo biglietto». Barrow glielo porse. «Le farò avere un posto migliore. Può vendere questo biglietto stasera, qui sui gradini. È stata una fortuna che l'abbia vista».

Questo contrastava con il suo piano.

«Aspetti qui».

Il suo piano invece era di osservare la premiata studentessa di quest'uomo, Petra Vogel, da un centinaio di metri di distanza e poi, magari, avvicinare Werner Schott e presentarsi – il che sarebbe stato un gesto del tutto naturale, e persino furbo –, imbattersi in Petra dietro le quinte, nei camerini, farle i complimenti per come aveva suonato, farli magari anche al suo maestro, e con questa ronda di ordinaria amministrazione, questa piccola commedia, farle capire che era interessato a lei, addirittura pentito.

Messer-Eichen tornò e gli consegnò un biglietto. «Non è il posto migliore, ma è migliore di quello che aveva».

«Grazie».

«Vado a comprarmi un sandwich» disse Messer-Eichen. «Ha già fatto colazione?»

«No».

«Allora venga con me».

Attraversarono l'Opernplatz e s'infilarono in una via stretta piena di caffè. «Questa è Fressgasse» disse Messer-Eichen, un'apparente fonte di informazioni. Si fermarono in una tavola calda in stile americano e ordinarono dei sandwich. L'oboista si mise a flirtare con disinvoltura con la donna dietro il banco. Avevano accenti simili, entrambi chiaramente meridionali. «*Tschüss*» disse lui dopo aver preso il suo sandwich. «*Tschüss*» ripeté lei: il saluto onnipresente nel Sud.

Messer-Eichen si diresse a un tavolo che dava sulla strada, da dove potevano vedere la calca del sabato. «Fra tre settimane, questo posto sarà in piena atmosfera natalizia. Bancarelle e babbi natale dappertutto... I miei studenti mi hanno detto che lei ha talento».

«Grazie».

«Mi dica, che cosa ne pensa di Ziegler?»

Preso alla sprovvista, Barrow deglutì prima di essere pronto a rispondere. «È un ottimo insegnante» disse.

«È venuto dalla Juilliard School per studiare con lui?»

«Sì» disse Barrow, senza menzionare il buco di otto anni a Fishkill.

«È interessante. La sua reputazione in Germania non è così grande, ma sembra attirare talenti dall'estero. L'anno scorso è venuta una donna dalla Gran Bretagna».

«Pauline Lawford».

«Sì. Lawford. Non andavano d'accordo. L'ha saputo anche lei?»

Antonio gli aveva descritto la Lawford in termini poco amichevoli.

«Non ne ho sentito parlare molto» disse Barrow.

«È naturale, la Lawford non andava d'accordo con nessuno, o almeno così mi hanno detto».

«Lei sembra interessarsi in modo insolito agli studenti».

«Niente affatto. Sono semplicemente uno che coi pettegolezzi ci va a nozze, forse si capisce. La vita altrimenti è così noiosa».

«Quindi devo stare attento a quello che dico?»

Messer-Eichen sorrise portandosi alla bocca il sandwich di tacchino. Si lasciò scappare un – «Chiaro» – e poi diede un morso, un morso troppo grande per un uomo così piccolo. Barrow notò le sue unghie, perfettamente curate, con le cuticole spinte all'indietro, una falce di luna grigia chiara larga un millimetro sulla punta di ogni dito.

Entrambi mangiarono.

Barrow ruppe il silenzio. «È buono».

«Non è Carnegie Deli» disse l'oboista, «però...», e scrollò le spalle come un consumato rappresentante di commercio.

«È sempre stato primo oboe qui a Francoforte?»

«Sempre. Da quando sono arrivato».

«Da quanto tempo è qui?»

«Da una ventina d'anni. Ventidue, per la precisione».

«Quindi ha suonato còn Raab?»

«Mi scopavo la figlia».

Barrow non riuscì a trattenere una risata. Si aspettava altri particolari, ma l'oboista non aggiunse altro, così decise di strappargli altre confidenze. «I musicisti sono contenti di suonare con Schott?»

«Lo amiamo. Stasera vedrà. È della scuola più moderna. Sequenze di gesti molto ben organizzate, lo si segue facilmente. E poi è cordiale con noi. Ci tratta da colleghi. Sa cosa voglio dire».

«Non mi sembra convinto» disse Barrow, divertito dal gioco verticale delle sopracciglia di Messer-Eichen, da come queste risultassero più espressive della mascella.

«Un mio collega di St. Louis una volta mi ha mandato un articolo pubblicato su una rivista americana. Un'indagine sulla soddisfazione per il proprio lavoro, o qualcosa di simile. Era molto interessante. L'ho affisso nella nostra sala alla Oper. Sa qual è la professione che dà meno soddisfazioni secondo l'indagine statunitense? La professione più odiata?»

«Non ne ho idea».

«L'orchestrale. Sa quante volte ho suonato la Quarta di Bruckner? Otto volte. Non parliamo poi di Beethoven. Lei non vuole odiare Beethoven, vero? Chi vuole odiare Beethoven? Ebbene, io odio Beethoven». Strappò via coi denti l'ultimo angolo rimasto del sandwich, lasciando un grosso pezzo rotondo tra le dita. «Esagero, naturalmente. Chi potrebbe odiare Beethoven? Diciamo che sono stufo di Beethoven. È una definizione più calzante. Ci sono ancora momenti d'amore. Il secondo movimento della Settima». Ingoiò il boccone. «Čajkovskij però lo odio. E nemmeno Bruckner mi entusiasma troppo. Ecco perché, appena posso, suono musica da camera. E ogni stagione sfrutto tutte le assenze che mi sono concesse. I miei studenti mi amano per questo. Suonano sempre come sostituti. Stasera suona Petra Vogel, la conosce?»

«Davvero? Non lo sapevo» disse Barrow, consapevole che l'altro lo stava scrutando. Resistette all'impulso di far notare che lui non c'entrava nulla con il declassamento di Petra nella sinfonia di Brahms.

«Il secondo oboe è andato nel Nord per un'operazione chirurgica. Lo sostituisce Petra... su mio suggerimento, si capisce.

Ha già suonato con noi in passato, e quindi non è un problema. E poi a Schott piace». Abbassò lo sguardo per cercare il tovagliolo. «Gli piace molto».

Il modo in cui aveva buttato lì l'ultimo commento, il fatto che avesse nominato Schott, la sua insistenza nel cercare il tovagliolo caduto sul pavimento... tutto questo sembrava palesemente voluto, escogitato apposta per spingere Barrow a chiedere chiarimenti, come con la figlia di Raab. Barrow era certo che raccogliendo quella provocazione si sarebbe tradito.

Provò a cambiar discorso.

«Per le donne in Germania è ancora difficile? Entrare in un'orchestra di serie A, intendo».

«Si riferisce in particolare alle donne dell'Est?» disse l'oboista, scuotendo il tovagliolo ritrovato.

«Alle donne in generale».

«È molto dura. Se una donna ottiene un buon posto ed è attraente, sorgono sempre degli interrogativi. Gli altri musicisti sono scettici se la donna è attraente. L'ha incontrata, la mia studentessa?»

«L'ho vista alle prove».

Messer-Eichen annuì sollevando un solo sopracciglio, forse per mettere alla prova la sua complicità – l'americano era d'accordo che Petra era un bocconcino appetitoso? –, riducendo la ragazza a un panino al formaggio sul piatto in mezzo a loro e fissando le regole del gioco prima di darci dentro.

Barrow simulò lo sguardo più vacuo possibile. «È davvero brutto» disse. «Tutto questo scetticismo».

«Mm» disse l'oboista. «E cosa farà questo pomeriggio?»

«Pensavo di andare a visitare la casa di Clara Schumann».

«Non ci sono mai stato».

«È in Myliusstrasse. Sa dov'è?»

«No, mi spiace». L'oboista afferrò un pezzo di tacchino avanzato e se lo infilò in bocca. «Dopo il concerto venga in camerino. La presenterò a Schott».

* * *

Barrow osservò Messer-Eichen svanire tra la folla del fine settimana. Sentì uno strattone alla manica, abbassò lo sguardo e vide un grazioso viso olivastro che lo guardava da sotto in su, la fronte corrugata in un'espressione supplichevole.

«*Bitte, bitte, mein Herr*».

La ragazzina gli afferrò la mano con entrambe le sue. Le dita umide gli tastavano la pelle...

«*Bitte, mein Herr, zwei Mark, nur zwei Mark...*»

Vendeva giornali per i senzatetto. Avrà avuto sì e no dieci anni, l'espressione guardinga e timorosa, ed era una cattiva attrice. Se solo fosse stato in movimento, avrebbe potuto scrollarsela di dosso. Ma la ragazzina fuggì con una moneta da cinque marchi, la prima a essere uscita dalla tasca di Barrow, piantandolo lì, fuori dalla tavola calda americana, raggirato e sorridente senza alcun valido motivo.

14

Il primo violoncello della Radio-Sinfonie di Francoforte festeggiava il suo compleanno, e dunque avevano preparato una torta per lui nella sala dell'orchestra, al termine del concerto. Scrutando la folla in cerca di Petra, Barrow scorse Werner Schott che conversava animatamente con due dei musicisti. Il direttore sembrava più vecchio di come se l'era figurato quand'era sul podio: doveva essere sulla cinquantina, più basso di Barrow ma ben piantato e con una folta capigliatura arancione.

«Venga, che la presento a Schott». Messer-Eichen sembrava avere l'abitudine di materializzarsi dal nulla. Barrow lo seguì attraverso un fitto assembramento di orchestrali, forse quaranta, e la cerchia di Schott si aprì per includerli. I due musicisti insieme a Schott ridevano.

Il direttore si voltò verso Messer-Eichen. «È stato così terribile, Franz?»

«Ho una nuova barzelletta».

«No, grazie».

«Che cosa è più corto di un ditale ma più esaltante della Bibbia?»

«Cosa» disse Schott.

«Il cazzo di Bruckner» disse l'oboista. «Ma in compenso dovreste sentire le sinfonie di quell'uomo!»

«Che sono lunghe e molto meno esaltanti?» aggiunse uno degli altri musicisti.

«Grazie per averla spiegata».

«Un po' moscia come barzelletta».

«Solo perché l'ho inventata durante il secondo movimento» disse l'oboista. «Il problema di voi tedeschi è che non avete il senso dell'ironia».

«Noi chi?» disse il musicista che aveva parlato prima. Barrow cercò di identificare il suo accento. Poteva essere scandinavo.

«Tu non sei tedesco, Michael» disse l'oboista. «Ma basta che ci vai a letto, e diventi come loro. Poco per volta, l'ironia ti cola via dai pori. Chiedilo alla mia ex moglie, che era di Londra. Una notte con me – va be', tecnicamente sono un austriaco – una notte con me, e tutta la sua raffinata ironia inglese, quella stessa ironia per cui l'avevo sposata, se n'era bella che andata».

«E cosa c'è di così esaltante nel cazzo di Bruckner?» chiese Schott.

L'oboista fece spallucce. «È una piccola imperfezione della barzelletta. E poi, chi l'ha mai visto?»

«Frau Bruckner, forse?»

«Ma nessuno di noi» disse l'oboista.

«No».

«E allora chi può dirlo?»

Vi furono un paio di grugniti d'apprezzamento da parte degli altri. Barrow si sforzò di sorridere.

«Che cosa pensa di Bruckner il tuo amico americano?» chiese Schott.

Di nuovo, Barrow non aveva aperto bocca.

Schott gli si rivolse direttamente. «Che cosa ne pensa di Bruckner?»

Odiava tradurre la musica in parole. E peggio ancora, non aveva un'opinione definita su Bruckner. «Mi piace. Ehm... mi piace. In certi passaggi non è secondo a nessuno. E poi la sua accumulazione del suono...»

«Lei è di New York?» chiese Schott.

Barrow annuì. Una volta lo era.

«Continui, la prego».

Sparare cazzate in tedesco non era il suo forte. «Credo che in più di un'ora l'accumulazione di sonorità tanto ricche, che poi in realtà non sono così complicate... certo, non sono sviluppate come forse in Brahms, ma sono belle...» Tutti lo stavano guardando, lo ascoltavano con attenzione. Scrollò le spalle. «Si crea una sorta di esultanza».

Che insulsaggini.

«Vedete, signori» disse Schott, «noi siamo diventati cinici. Vero, Franz? *Cinici*». Ripeté la parola in inglese, e Barrow annuì, incredulo. «Continui. Ha ascoltato altre esecuzioni della Quarta?»

«Solo delle incisioni».

«Le incisioni sono la morte di Bruckner. Bisogna essere in sala con lui. È d'accordo?»

«Certo».

«Chiaro che è d'accordo con te» disse Messer-Eichen. «L'hai preso per uno stupido?»

«Tutto è meglio dal vivo» disse uno degli altri musicisti.

«Se non altro con un'incisione te ne puoi stare in cucina» disse Messer-Eichen, «e friggerti una bella salsiccia, un po' di sale...»

«Lei studia a Karlsruhe, vero?» disse Schott. «Con Ziegler».

«Sì».

«Ho sentito parlare di lei».

Da chi? Da Petra? Sdraiati in un letto d'albergo a Francoforte?

«Cito: 'Non si parla di Dio con affetto, perché allora lo si dovrebbe fare con la musica?'»

Schott si rivolgeva a Barrow. «Mi scusi?»

«Ziegler non gliel'ha ancora proclamato?»

«Sì».

«Tutte palle. Non ho mai incontrato nessuno che sentisse la musica in modo così profondo come Karlheinz. Specialmente Brahms. Brahms è la sua Bibbia. Ecco perché non dirigerà mai Bruckner o Wagner. Brahms per lui è il *Mensch*. Lui è convinto di essere Brahms».

Qualcuno passò offrendo la torta. Barrow, affamato, ne prese una fetta e l'addentò con avidità. Lo stesso fece Messer-Eichen. Schott invece la rifiutò.

«La sua ossessione per Brahms gli ha rovinato la carriera. Lo ammira troppo, non l'ha mai ucciso. A un certo punto devi uccidere un compositore. Oggi è tutto un rispettare il compositore. Va bene, dico io, ma non esageriamo. Se hai troppo rispetto per il prosciutto che hai nel piatto, non avrai mai il coraggio di mangiartelo». Il maestro cominciava ad attirare l'attenzione di una parte considerevole della sala, ma non se ne dava conto e continuava a fissare Barrow.

«Che cosa fa di bello a Karlsruhe? Adesso. Cosa sta facendo adesso?»

Barrow descrisse le prove della sinfonia di Brahms, la sua prossima nomina a direttore del coro lirico della Musikhochschule – *Hänsel e Gretel* era in programma per dicembre – e la possibilità di lavorare con il nuovo ensemble musicale.

«Tutto qui?» – aveva cominciato a interpretare gli scoppi di Schott come complimenti – «Dovrebbe essere più impegnato. Lei è prigioniero di quella scuola. Dovrebbe fare delle cose fuori. È questo il guaio di Ziegler. Non è un politico. Non usa la propria influenza. Non tira le fila». – *Fäden in der Hand* – «Non ha fila da tirare. Da anni. Anzi, da decenni. Ecco perché nessun tedesco vuole studiare con lui. Non è un protagonista, un '*player*' – la parola inglese in questo caso è perfetta. Sarebbe potuto diventare un Wilhelm Furtwängler. Questo non lo si sa in giro, ma io lo so. Poteva essere un Furtwängler, e invece insegna a studenti stranieri a Karlsruhe, e tutti gli stanno alla larga. Lui ci odia tutti. Ci odia per questo. La gente lo sta dimenticando, e a lui questo piace. Io odio quell'uomo. Lo *odio*. È un genio sprecato, quell'uomo».

Schott era paonazzo e pareva sul punto di lacrimare.

Di colpo scese il silenzio. Nella tensione del momento, Barrow sentì che qualcuno lo stava guardando dalla parte opposta della sala. Alzò gli occhi e vide Petra, in un lungo impermeabile grigio, che reggeva lo zaino davanti a sé. Era ferma sulla porta e lo fissava. Ma Barrow non poté andare da lei perché Schott l'aveva afferrato per il gomito e lo stava guidando nella direzione opposta.

Avvicinò le labbra all'orecchio dell'americano. «Patricia non è potuta venire. Sta studiando».

«Patricia?»

«Franz non gliel'ha detto?»

Adesso erano nel corridoio.

«Patricia Levy. La mia... come direbbe lei?... la mia 'ragazza'. Patricia dice di conoscerla».

La mente di Barrow era in subbuglio: l'improvvisa presenza di Petra, e poi quel nome che riaffiorava dopo dieci anni, portando con sé un mondo intero.

«Sì, io...»

«Non sopporta Bruckner» disse Schott. «È questa la vera ragione per cui non è venuta al concerto. Il suo panico, il suo 'Devo studiare', è tutta una scusa».

Barrow esitò. Pat Levy? «Che cosa sta studiando?» chiese.

«Si prepara per il suo debutto a Londra. Alla Queen Elizabeth Hall. La prima esecuzione di un nuovo pezzo di Boulez».

* * *

Schott posò la sua cartella sul sedile, in mezzo a loro, e diede indicazioni al tassista. «Sono contrario alle limousine» disse dopo che le porte si furono chiuse, osservando la piccola folla di spettatori del concerto assembrata sul marciapiede. «Lo sono per i politici, figuriamoci per gli artisti».

Il taxi partì, e il contraccolpo li spinse contro lo schienale. Schott si allentò il farfallino e, con squisita – e forse addirittura schietta – tempestività, gli buttò lì una domanda brutale: «Che cosa ne dice della nostra orchestra?»

«È eccellente».

«Dopo che avrà bevuto un po' di vino, mi dirà che cosa ne pensa davvero» disse Schott slacciandosi i bottoncini del colletto. «Me lo ricorda?»

«Prego?»

«Dove ha conosciuto Patricia?»

«Alla Eastman School of Music». Solo al pronunciare quella parola, all'udire il suono *Eastman* uscire dalla proprie labbra, sentì un effluvio proveniente da un passato lontano.

«Ma certo. 'Marty'. Il suo ex marito».

«Martin Weissberger».

«E a lei piaceva?»

Barrow esitò. Questi erano i giudizi per i quali uno veniva giudicato a sua volta.

«Sì».

«E chi altro?» chiese Schott.

«Con cui ho studiato?»

«Sì».

«Gil Shanahan».

«Della Juilliard. E poi chi altro?»

«Seminari». Un tempo detestava fare a gara a chi aveva il curriculum migliore. «Bernstein. Giulini».

«Giulini» ripeté Schott, come se quella parola fosse il frammento di un inno. «E adesso Ziegler».

«Ho molto da imparare da lui» disse Barrow, senza che ve ne fosse la necessità.

Schott annuì. «Abita a Karlsruhe?»

«Appena fuori».

«Strana città, Karlsruhe. È un po' un relitto del passato. Ricca sfondata. Conservatrice».

Barrow lasciò passare qualche istante. «Lei ha studiato con lui?» chiese.

«Con chi?»

«Con Ziegler».

«I tedeschi non studiano con quell'individuo» disse Schott, gettando un'occhiata al marciapiede sull'altro lato della strada. Una donna in un impermeabile stava riparando con un giornale il suo cane che defecava. «Guardi un po' lì. Che scena patetica! Già devi fare la cacca in pubblico, e in più ti becchi anche la pioggia».

Barrow annuì.

«Lei non è molto loquace» disse Schott. «È di Cleveland, vero?»

«Il mio tedesco non è...»

«Il suo tedesco è ottimo. Io ho diretto a Cleveland. È cresciuto lì?»

«In un sobborgo».

«Ha visto dirigere Szell?»

«No» disse Barrow, interpretando il silenzio di Schott come un rimprovero. «Era già morto».

«Certo».

«Ma mi ricordo quando morì».

E poi Maazel, naturalmente. L'ha visto?»

Barrow esitò, consapevole che Schott stava formandosi un giudizio su di lui in base alle sue opinioni. «Lo amavo». Schott non replicò. «Ero un bambino» aggiunse Barrow, nel caso non fosse evidente.

«È naturale. Da bambino, chi non si sarebbe innamorato di lui?»

«Vederlo dirigere era eccitante».

«Sì, *exciting*» disse Schott, ripetendo la parola dal tedesco all'inglese.

Il taxi si fermò a un semaforo. Un intero isolato era in costruzione, lo scheletro dei primi piani di un grattacielo. Al suo interno, le luci di sicurezza lampeggiavano nella pioggia. Scattò il verde, e passato un altro isolato, Schott riprese a parlare. «Ascolti tutto quello che dice su Brahms» disse.

«Il maestro Ziegler?»

«Tutto».

Gli edifici in costruzione sembravano senza fine: un altro mostro di travi d'acciaio occupava l'isolato successivo. «Lo vede questo?» disse Schott, puntando il pollice verso il finestrino. «È il risultato del nostro entusiastico abbraccio alla democrazia. La nostra ricompensa. Che cosa gliene pare?»

«Di tutte queste nuove costruzioni?»

«Sì».

«Sembra d'essere a New York».

«Magari!»

* * *

Percorsero uno stretto corridoio al ventesimo piano. Le pareti rivestite di tessuto attutivano la voce di Schott, mettendo a nudo un'eccitazione statica. «All'inizio odiavo questo posto. Non avevo mai abitato a più di due piani d'altezza, ma adesso mi siedo sull'ampio divano del soggiorno e guardo fuori dal finestrone – dà verso ovest, come vedrà – e m'immagino di poter guardare dentro ai salotti di quegli appartamenti da dieci milioni di dollari dell'Upper East Side. Sono a cinque minuti dall'aeroporto, posso volare a Boston e a Tokyo senza scalo, ogni dieci minuti c'è un aereo per Londra. Così adesso lo amo e... fermo! Lo sente?»

Un rumore rimbombava dietro le pareti, giungendo all'orecchio a intermittenza: vicino, lontano, vicino. Un ronzio.

«Ha idea di cosa sia?» chiese Schott.

I suoni avevano tormentato Barrow per tutta la vita, e l'unico modo per sopportarli consisteva nel catalogarli. «Mi ricorda il rumore della superficie ghiacciata di un lago che si spacca» disse.

«Mi piace. Mi piace quello che ha detto». Barrow fece spallucce. «L'ha già sentito? Nei palazzi?»

«Qualche volta».

«Mi fa diventar matto».

«Sì».

«Il fatto che non riesca a identificarlo».

«Sì».

* * *

Pat Levy gli gettò le braccia corte intorno alla vita. «Ehi, Barrow, che cazzo ci fai qui!» Lui annuì, sentendosi troppo alto in quell'atrio angusto.

«Be', io...»

Pat indossava dei jeans e un golf di cotone bianco con le maniche tirate su, ed era scalza. Stava studiando. A dispetto della loro abbondanza, i capelli neri, accuratamente appuntati con delle forcine, raggiungevano a malapena il mento. Si scostò e gli afferrò le mani. «Fatti guardare. Sei ingrassato. Troppe cotolette, eh? Quanto tempo è passato, otto anni?»

«Dieci».

«Guarda che voglio sapere tutto fino all'ultimo dettaglio» disse lei, trafiggendolo con uno sguardo feroce che Barrow aveva dimenticato da lungo tempo. Era la prima donna adulta dalla quale avesse sentito raccontare una barzelletta sporca, seduto in fondo a un pullman insieme con gli ottoni dell'orchestra di Eastman. La presenza di Pat lo inondava d'America, di East Coast.

«Portalo qui» urlò Schott da una stanza all'interno dell'appartamento.

«Non ci penso nemmeno» gridò lei. «È mio».

«Dannata ebrea di Long Island!»

Pat abbassò la voce. «L'hai offeso?»

«Non credo».

«È nervoso. Digli di stare attento alla sua schiena del cavolo».

«Ehi, americano!» urlò Schott.

Barrow voltò un angolo seguendo il suono della sua voce ed entrò in una sala che si estendeva per una quindicina di metri prima di cozzare contro una parete di vetro, nera e spruzzata della notte di Francoforte. Fu sorpreso di vedere Messer-Eichen seduto su un divano bianco ultraimbottito. «Occhio a non farti male alla schiena» mormorò l'oboista, gettando a terra una rivista e prendendone un'altra da una pila di *Der Spiegel* sul tavolino. Poi sollevò una mano verso Barrow senza alzare lo sguardo. «Ci si rivede».

Nella metà della sala più vicina alla porta troneggiava un pianoforte a coda nero lucido, col coperchio abbassato, lungo più di due metri e ingombro di partiture, fotocopie e buste chiuse. Sul leggio si snodava un metro e mezzo di fogli disposti a fisarmonica, costellati di note scritte a mano fitte da far paura, alle quali erano stati aggiunti un sacco di segni a matita relativi alla diteggiatura e ai pedali. Il pezzo di Boulez.

Barrow attraversò la sala per raggiungere Schott, che era inginocchiato sul pavimento con la testa infilata nello scomparto inferiore di un mobiletto che arrivava fino al soffitto. Aveva già tirato fuori tre delle quattro pile di volumi spessi come album di fotografie, pieni di vecchi dischi a settantotto giri. «Lasci che la aiuti» disse Barrow.

«No no no» disse Schott riemergendo dal mobile. «C'è un ordine sistematico, qui». Respirò affannosamente, lo stesso uomo che aveva evocato Anton Bruckner con la sua sola presenza, così come un unico sigaro acceso era in grado di appestare tutta una sala da ballo.

Messer-Eichen s'inumidì la punta del dito e girò un'altra pagina dello *Spiegel*. «Che cosa stai cercando?»

«Herr Barrow ha già capito».

«A dire il vero, no».

Schott prese un album dalla cima del mucchio e lo passò a Barrow. «Conosce Talich? Quello sì è un direttore. Filarmonica ceca. Questo Mozart è fantastico». Barrow soppesò il volume di Talich: era pesante come ardesia. Si udì un grugnito proveniente dal mobile, e Schott risbucò fuori con un solo volume. «*Voilà*» esclamò. «*Voilà*». Ridacchiava.

«*Bravissimo*» commentò Messer-Eichen.

«Ecco qua» disse Schott.

Barrow prese il secondo album.

«È sorpreso?»

Sulla copertina dell'album era incollata un'etichetta ingiallita, scritta a macchina, con le *h* sollevate di un millimetro rispetto agli altri caratteri.

Brahms Symphonie Nr. 1
Berliner Rundfunk
Karlheinz Ziegler, dir.

Barrow era sbalordito.

Schott pareva compiaciuto dall'effetto che aveva generato. «Vuole ascoltarla?»

«Che cos'è?» chiese Messer-Eichen, girando la copertina di un'altra rivista.

«Ziegler. Berliner Rundfunk. La Prima Sinfonia di Brahms».

«No, grazie».

«A me piacerebbe ascoltarla».

Una nuova voce nella sala.

Era Petra, in piedi accanto al pianoforte. «C'è scritto di quand'è?» chiese a voce bassa. La domanda era indirizzata a Barrow.

«Credo del '37» disse Schott. «Conosce Petra Vogel, Herr Cooper Barrow?»

«Il direttore americano che studia da noi» disse Petra.

Barrow annuì. Lei si avvicinò per stringergli la mano.

«Era tutta bagnata, e siamo dovute andare in bagno ad asciugarla» disse Pat, in arrivo con un vassoio colmo di bicchieri di vino.

«Dove l'ha scovato?» chiese Petra. Si era inginocchiata a fianco di Barrow e guardava l'etichetta.

«Sono sempre alla ricerca di vecchie incisioni» disse Schott. «Non ricordo più dove ho trovato questa. Mi dia il primo disco, per favore».

Barrow lo tolse dalla custodia.

«Doveva essere giovanissimo» disse Petra, sfiorandogli la spalla con la propria. Il sovrapporsi delle impressioni – i dischi a settantotto giri, i bicchieri di vino, la sua repentina ammissione a un circolo in apparenza già preesistente – non era niente in confronto alla prossimità dei capelli umidi di Petra.

«Sembra impossibile che incidesse già» continuò lei.

Schott fece spallucce. «Chissà. Ascoltate, e basta».

«Non possiamo mettere ai voti?» disse Messer-Eichen. Accanto a lui, sul divano, adesso sedeva Pat con una carota in mano e i piedi appoggiati sul tavolino. Parevano due congiurati.

«Tu chiudi il becco» disse Schott.

Il piatto girava, lo stroboscopio era illuminato. La puntina gracchiò sul solco preliminare, quindi vi fu una mezza battuta vuota.

Barrow avrebbe dovuto essere preparato, ma non lo era. Il

terribile inizio a piena gola di Brahms: i timpani che battevano incessanti, marcando ogni singolo tempo delle battute, e poi il moto contrario: violini e viole, fiati, l'allarme crescente, le mascelle dell'orchestra che si spalancavano, per dar voce a cosa? Per dar voce all'invasione. E in questa registrazione ancor di più, pensò Barrow. C'era un'intensità stridente in tutta l'introduzione, i microfoni erano troppo vicini ai primi violini, quasi fossero legati ai ponticelli. Niente di rigoglioso. (Il suono rigoglioso sarebbe arrivato nel secondo movimento – rimasero in piedi per tutta la sinfonia, lui e Schott, a un metro di distanza l'uno dall'altro, nel più assoluto silenzio, quasi facessero a gara a chi era più immobile – e rispetto al primo, il secondo movimento sarebbe stato straziante, perverso, dolce). Questo movimento era intenzionalmente sgradevole. Marziale.

Nelle secche in cui s'era arenata l'introduzione partì un assolo di oboe, un frammento di sei battute, e Barrow notò un rapido scambio tra Petra e il suo maestro, giacché notava ogni cosa di lei, si beveva ogni suo movimento. Mormorando come se fossero in chiesa, i due pronunciarono un nome. «Blumenfeld».

Un altro strumento riprese la melodia dell'oboe, e Messer-Eichen, con un wafer che ancora gli si scioglieva sulla lingua, aggiunse un'altra parola: «Eccellente».

* * *

D'improvviso si ritrovarono soli. Barrow rimase accanto alla tastiera del pianoforte; Petra si sedette sul divano.

«È stato un bel concerto. I fiati...»

«Grazie».

Barrow osservò i tasti del piano, la quinta supplementare in fondo: era un Bösendorfer.

«Chi è Blumenfeld?» chiese, cercando un argomento di conversazione.

«Dicono che sia stato il miglior oboista del secolo».

«Chi lo dice?»

«Quelli che l'hanno sentito» rispose lei.

«Che cosa gli è successo?»

«È rimasto in Germania troppo a lungo».

«Era ebreo?»

Petra sembrava insofferente nei confronti di quell'argomento. «Uno degli ebrei di Furtwängler».

Barrow lasciò passare qualche istante. «Gli ebrei di Furtwängler?»

«Hitler ammirava Furtwängler. Dirigeva la Filarmonica di Berlino, che era anche l'orchestra preferita di Hitler, e così Goebbels gli permise di tenere con sé alcuni musicisti ebrei. Anche dopo che la Gestapo li aveva rimossi da ogni altro posto. Gli ebrei».

«Ah».

Com'era poco fluente quel termine in tedesco. *Die Juden*. Forse non sarebbe potuto fluire mai più, era un sasso di forma sbagliata nel ruscello. Enarmonico.

«Anche Ziegler avrà avuto dei privilegi» disse.

«Eh?»

«Visto che aveva Blumenfeld nella sua orchestra».

«Forse» disse Petra. «Non era la *sua* orchestra, ovviamente» aggiunse poi, con il chiaro intento di chiudere lì il discorso.

Poi finalmente si voltò verso di lui. Una ciocca di capelli ancora umidi le si era sciolta e le ricadeva sulla tempia.

«Sono contenta di vederti» disse con quella sua aria volutamente distratta, e Barrow provò un tuffo al cuore.

Poi arrivò Pat. «Il telefono è tutto tuo» disse, e Petra scomparve nel corridoio prima che lui potesse attirare il suo sguardo e comunicarle qualcosa, qualsiasi cosa.

Pat prese dalla panca del piano il vassoio con i bicchieri vuoti e glielo porse. Era un segnale di complicità. «Vieni» disse. Dominava con disinvoltura ciò che la circondava. Come una brezza proveniente dal lago Ontario, era volata fin lì dove si trovava Barrow, dove si limitava a esistere, scottato e confuso, intontito dall'alcol.

«Può fare molto per te» disse Pat, infilandosi di nuovo nella porta a due ante della cucina.

«Chi?»

«Werner, santo cielo».

«Non mi ha nemmeno visto dirigere».

«E allora?»

«Nessuno mi ha visto dirigere».

«E allora? Gli piaci».

«A chi?»

«A Werner. Non mi ascolti?»

«Sono lusingato».

«È avaro di commenti del genere. Non è un uomo generoso. Magari può sembrarlo, ma non lo è. Gli piaci». Mise le carote avanzate in un cassetto del frigorifero.

Barrow sentì la fronte arrossire. «E perché dovrei piacergli?» chiese poi, ma era il modo sbagliato di formulare la domanda. Temeva che le sue parole sembrassero la richiesta di altri complimenti.

Pat gli prese dalle mani il vassoio coi bicchieri e lo posò sul piano di lavoro di marmo. «Cazzo, Coop, lo vuoi capire o no che sei in debito col mondo?» Diceva cose prive di senso. «Sei indebitato fino al collo. E se non cominci a saldare i debiti, a pagare le rate del tuo mutuo a Dio, alla natura o a chi vuoi tu, io ti...» Aprì di scatto la lavastoviglie e mise i bicchieri da vino in un cestello che già tintinnava del carico di una settimana buona. Non gli aveva detto nulla per tutta la sera, e adesso sembrava essere in preda a una specie di lieve collera.

Barrow si appoggiò al mobile che aveva dietro le spalle.

«Lo sai perché sei così in debito?» disse Pat. «Perché sprizzi talento da ogni poro, cazzo!»

Conosceva bene quelle parole; un tempo se le era sentite ripetere un sacco di volte. Gli facevano venir voglia di accucciarsi, mettersi a pancia in giù e strisciare. Se ti lasci andare a questi sentimenti, sei fottuto: era questa la formula ovvia. Non che lui non volesse lasciarsi andare.

«Grazie».

«È una constatazione, non un complimento. Allora, dove cazzo sei stato?»

«Alla Juilliard. Per poco più di un anno».

«E poi?» Si tirò su un po' di più la manica sinistra in modo che fosse alla stessa altezza dell'altra, lasciando che la domanda rimanesse sospesa tra di loro, nuda e cruda. «Che cos'hai fatto durante gli altri otto anni?»

Questo era l'argomento che Barrow voleva evitare. «Ho insegnato un po'. Questo è quanto».

«Hai insegnato cosa?»

«Violino. Su a Fishkill».

«Fishkill?»

«È sullo Hudson».

«Lo so benissimo dov'è Fishkill» disse Pat. «È bello, lassù. Le montagne». Sembrava una concessione, ma in realtà era solo un'altra presa in giro. «Dimmi che hai continuato a suonare».

Non c'era niente da dire.

«Sei proprio un pezzo di merda».

«Eh?»

«Hai smesso di suonare?»

«Non sono un violinista».

«Perché? Perché non riesci a suonare accordi di tre note in sedicesimi a testa in giù?»

«Non sarei mai diventato bravo abbastanza».

«Stronzate».

«Mi stai dicendo che dovrei tornare al violino?»

«Santo cielo, no. Diventerai un direttore famoso».

Aveva una gran voglia di scappar via, ma la geografia della cucina l'aveva inchiodato nell'angolo.

«Ho visto Marty prenderti all'amo come una delle sue trote del cazzo. L'ho visto solleticare quella maledetta *cosa* maschile, qualsiasi cosa sia. È bastata una frasetta piazzata al momento giusto: 'Hai mai pensato di di-ri-ge-re?' È una specie di solletico, giusto? Quella cosa si eccita facilmente. Ricordi quando te l'ha chiesto? Sì, vero?» Se lo ricordava: era la terza settimana del corso di analisi schenkeriana tenuto da Marty Weissberger nel semestre primaverile del suo primo anno a Eastman. Accadde nell'ufficio di Weissberger al secondo piano. «E poi stasera. Tutti non fanno che parlare – o meglio, *Werner* non fa che parlare – di Karlheinz Ziegler di qua e Karlheinz Ziegler di là, della sua occasione mancata, di tutte le sue occasioni mancate, ma in realtà si parla di uccelli, non è vero?» – non c'era dubbio, era ubriaca – «Come dire che Ziegler non è un vero uomo, non è abbastanza macho. Non ce l'ha abbastanza lungo per la 'grande scopata'. E mi sembra di rivederti a Rochester, che annaspi a metà del guado. Cioè, mi dispiace che tu non sia diventato primo violino quand'eri una matricola, che tu non sia una star. Ma l'acqua profonda ci mette più tempo a bollire, ricordatelo».

«Okay».

«Cioè, l'abbiamo visto tutti, l'ha visto Martin, l'ha visto quel tipo della Emerson di cui mi sono scordata il nome. Il tuo maestro ovviamente non l'ha visto, quello stronzo con cui studiavi... come si chiamava?»

«Souter...»

«Souter non l'ha visto, ma Marty lo vede e si dice: 'Questo me lo becco io', perché fa parte del suo gioco, della sua 'scopata'. E poi naturalmente lo vede Werner. Stasera».

«Lo vede...?»

«Mette insieme quello che vede con il fatto che tu sei giù a Karlsruhe con il Grande Houdini, e si eccita come un matto, perché sai, tutti amano seguire questo processo di *clonazione*».

«Quale clonazione?»

«Clonazione di cloni. Uno di quegli specchi in cui vedi centinaia di copie di te stesso». Si scostò i capelli dal viso. «Di loro ne ho conosciuti più di due, ben più di due direttori, perché, il fatto è che sono molto attratta da loro e, nel profondo, sai, sono degli stronzi. Tutti i direttori. Compreso Werner. Ecco perché mi fa incazzare come una bestia tutto questo urlare 'Vergogna, vergogna' a Karlheinz Ziegler, idolatrandolo allo stesso tempo come una specie di dio».

Abbassò la voce.

«E poi c'è che sono ubriaca fradicia».

Arrossì sotto il golf di cotone bianco. Un sottile velo di sudore le ricopriva la clavicola. Prese una bottiglia d'acqua minerale dal frigorifero e poi andò alla credenza alle spalle di Barrow. Tirò fuori due bicchieri. «Ne vuoi anche tu?»

Lui non si era mosso, e la spalla sinistra di Pat era alla sua destra, cosicché per la seconda volta nel corso della serata poté sentire l'odore dei suoi capelli, solo che questa volta avevano un forte sentore d'alcol.

Pat riempì i bicchieri d'acqua frizzante.

«Allora, mi dici che cos'è successo?»

«Che cosa intendi?»

«Sai benissimo che cosa intendo».

Era tornata su quel discorso.

«È complicato» disse lui.

«Ti piacerebbe che fosse complicato». Aveva ragione. Era semplice. «C'ero anch'io, sai?» aggiunse Pat.

«Dove?»

«A Saratoga».

Barrow teneva il bicchiere d'acqua minerale con entrambe le mani, strofinandone l'orlo con il pollice.

« Hai visto... »

« Come potevo mancare? Il tuo nome era sulla bocca di tutti a quel festival. Sia prima che dopo quella sera, intendo ». Fece un sorriso per fargli capire che era una battuta. « Io suonavo in uno di quei concerti di musica da camera, non credo che tu te ne fossi accorto ».

« No, mi dispiace ».

« È stato per quello, vero? »

Barrow esitò. La sua notte d'infamia, estate 1981. Philadelphia Orchestra. Cooper Barrow sul podio.

« Ehi, solleva quel maledetto bicchiere » disse Pat, « è una cosa morta e sepolta ». Fece tintinnare il suo bicchiere con quello di Barrow. « A quelli che ci vogliono bene » e, dopo che entrambi ebbero bevuto un sorso, lei si alzò sulla punta dei piedi e lo baciò sulla bocca con le labbra gelate.

Poi indietreggiò e si rivolse dietro le spalle di Barrow: « *Mineralwasser?* »

Barrow si girò.

Il viso di Petra non tradiva alcun sentimento, e lui si chiese da quanto tempo fosse lì, fuori dalla porta, da quanto tempo Pat si fosse accorta che era lì.

« Vieni, entra ».

« Volevo solo salutarvi e ringraziarti per... » esitò, e attraverso quella soglia, quell'esitazione, Barrow intravide una vulnerabilità che, anche adesso, era consapevole di sospettare. « Per questo ». Con la mano libera indicò i suoi capelli, ora asciutti, e anche qualcos'altro, forse dei vestiti asciutti, della biancheria intima che le era stata prestata.

15

Nel corso della settimana successiva, i rapporti con Ziegler migliorarono notevolmente. Il maestro volle aggiungere lezioni private supplementari che si protraevano per ore. Non venne fatto mai cenno alla sgarbata irruzione di Barrow in casa del maestro quel venerdì sera. L'americano non mancò di notare la coincidenza tra questo idillio con Ziegler e il suo fallimento con Petra.

Alla fine della quarta di tali lezioni, il vecchio lo fermò sulla porta mentre stava uscendo. «Basta con le partiture» disse. «Si faccia trovare domani mattina alle otto al garage dietro l'angolo, in Sophienstrasse».

All'ora fissata, Ziegler comparve in cappotto di montone e guanti da guida, e insieme scesero nel garage. Ziegler fece un cenno al custode e si diresse verso una BMW di modello recente parcheggiata vicino all'ingresso.

Prima che Barrow potesse allacciarsi la cintura, erano già in strada. Dopo poche svolte si immisero nel traffico intenso dell'autostrada. Ziegler si posizionò sulla corsia di sorpasso e fece salire la lancetta del contachilometri fino a centosettantacinque chilometri orari, accodandosi a una fila di cinque o sei paia di fanalini di coda. L'americano si lasciò scivolare nel sedile di pelle apprezzando quell'automobile, il cui motore a velocità di crociera si sentiva appena.

«Non ha l'autoradio?»

«Per me ascoltare musica è pericoloso» disse Ziegler tenendo due dita appoggiate delicatamente sul cambio. «Sarebbe come bere gin direttamente dalla bottiglia».

Vi fu un improvviso restringimento a fisarmonica dei fanali che precedevano l'auto. La loro velocità si ridusse a un terzo, e Barrow ebbe un sussulto al cuore benché la reazione di Ziegler fosse stata impeccabile.

«Non ho uno stereo in macchina per la stessa ragione per cui non ascolto Bach e Brahms contemporaneamente».

Ispirato dall'apparente assenza di formalità, Barrow si azzardò a proporre un argomento che gli era ronzato in testa per tutta la settimana.

«Ho ascoltato la sua incisione della Prima Sinfonia di Brahms. Quella del 1937».

«Davvero?»

«A casa di Werner Schott».

«Schott». La sillaba non tradiva alcuna opinione, pur implicando una profonda conoscenza. «E che cosa ne pensa?»

Era una domanda spiazzante.

«Ha paura di parlarne?»

«Era vigorosa. Molto stridente, come se i microfoni fossero troppo vicini».

«Ai primi violini».

«Sì» fece Barrow. «Ma era vigorosa. Non ho mai sentito suonare quella sinfonia in modo così violento».

«Che cosa intende per 'violento'? Non è un termine musicale».

«*Stringendo*. Quasi *marcato*. Non '*espressivo e legato*'...»

«Com'è indicato nella partitura».

«Già».

«A quell'epoca suonavo Brahms come se fosse Beethoven». Il vecchio era troppo indulgente con se stesso: guai se un suo studente avesse osato dirigere l'introduzione come aveva fatto lui in quell'incisione. «E il secondo movimento? Come le è sembrato il secondo movimento?»

«Bello» disse Barrow.

«Sia più preciso».

«Più lento di quanto sia abituato a sentirlo. Molto *rubato*».

«Molto malamente *rubato*».

«Ma era bello comunque. Schott ha avuto parole d'ammirazione».

Ziegler non fece altri commenti.

Lasciarono l'autostrada e attraversarono un quartiere anonimo di magazzini e piccoli stabilimenti industriali. Ziegler si fermò in uno spiazzo fangoso presso un lungo muro intonacato di bianco. Allungò il braccio dietro il sedile del passeggero e recuperò una massa di gomma nera floscia – un paio di galosce –

che gettò ai piedi di Barrow. Poi tornò a frugare sul sedile posteriore e prese un paio di stivali di pelle nera per sé.

Con uno strattone, Barrow riuscì a infilare una delle sue scarpe da ginnastica nella galoscia.

«Malgrado tutti i vostri film» disse Ziegler, «non ho mai visto un americano andare a cavallo».

«*Bitte?*»

«È mai andato a cavallo?»

«A cavallo?»

«Sì» disse Ziegler, trattenendo un sorriso.

«Certo».

Aveva cavalcato solo una volta in vita sua, a otto anni, alla colonia estiva nel Michigan. Lui e i suoi compagni di bungalow erano stati issati uno per volta sulla sella e quindi portati in giro per il recinto con una fune. Non aveva dovuto nemmeno guidare l'animale.

Mentre le portiere dell'auto si chiudevano, due aerei da caccia passarono a bassa quota frantumando l'atmosfera sopra le loro teste. Entrambi si fermarono a guardarli.

«Mirage francesi» disse Ziegler. «Per ricordarci a chi appartiene la *Besatzungzone*».

«Scusi?»

«'Zona d'occupazione', credo che diciate voi».

Si fecero strada nel fango lungo una stradina costeggiata di stalle vuote: tetti curvi, pareti dall'intonaco scrostato. Il vicolo conduceva a una pista grande come due o tre campi da calcio, cinta da una staccionata. Basse costruzioni circondavano l'ovale. Due persone a cavallo con cappelli neri a cupola trotterellavano piano all'estremità opposta della pista; dietro di loro, altro intonaco sporco e le pendici scure della Foresta Nera.

Più vicino, al centro di un piccolo recinto, vi erano due cavalli accuditi da una giovane donna con degli stivali che le arrivavano al polpaccio. Mentre i due si avvicinavano, i cavalli crebbero troppo rapidamente di dimensione sfidando la prospettiva. Uno era grigio e bianco chiazzato. L'altro era bruno e sembrava piantato nel fango; la testa della donna gli arrivava solo fino al naso.

«Ruthi le mostrerà degli stivali».

Dalla parte opposta del recinto c'era una selleria in cui sprazzi di cielo facevano capolino da due finestre sudicie. La donna gli indicò con un cenno del capo una serie di scaffali zeppi di stivali di cuoio incartapecorito, le tomaie piegate uniformemente verso sinistra, un forte odore di tempi lontani. Barrow era disorientato. Lanciò un'occhiata alle sue spalle: Ruthi era ferma sulla soglia a mo' di sentinella, una pura e semplice silhouette.

Provò stivali a caso fino a quando ne trovò un paio in cui i jeans scivolarono dentro senza troppa fatica. Il cuoio rigido gli arrivava fino alla rotula stringendogli il polpaccio e trasformando in un blocco unico tutto quello che c'era sotto il ginocchio. Spostò il peso sui calcagni e provò un leggero ma inequivocabile senso d'eccitazione. I polpacci sembravano desiderare ardentemente il loro involucro di cuoio. Era una sensazione nuova, e se l'assaporò. Una spruzzata di potere, e il permesso di usarlo.

Mentre tornavano al recinto, Ruthi aprì la bocca per la prima volta. «Max è molto cocciuta. Molto vivace».

«Max?»

«*Der Braune*» disse Ruthi sottovoce. «Il sauro. Ci vuole una certa esperienza per cavalcarla». Alzò lo sguardo e fissò Barrow con i suoi occhi grigi.

Ziegler, che teneva entrambe le bestie per le redini, stava controllando qualcosa nella bocca del cavallo arabo.

«Com'è grosso» disse Barrow.

«Al maestro piacciono così».

«Sono comodi?» chiese Ziegler ad alta voce con il tono di un venditore di auto.

«Sì».

Barrow notò il design lineare delle selle: erano addirittura più semplici di due selle di bicicletta. Nel Michigan, sulla parte anteriore della sella c'era un enorme pomo, intorno al quale aveva avvinto le sue mani di bambino. Gli stallieri si erano messi a ridere. «Da dove vieni, ragazzino?» «Da Chagrin Falls». «E dov'è?» «In Ohio». «Dove?» «In Ohio».

Max protestò rumorosamente dal profondo del suo collo imponente. Barrow guardò speranzoso il cavallo arabo, che se ne stava immobile, elegante come una statua in un parco. «È bello».

«C'è un'altro arabo» disse Ziegler, «una femmina. Ma è in una scuderia di Lucerna. Non la portiamo più fin qui. È troppo vecchia».

Era assolutamente l'ora di confessare che non era mai andato a cavallo in vita sua. Che non aveva la minima idea di quello che stava per fare. Ma esitò – non aveva mai visto tanta esuberanza da parte del vecchio – e poi fu troppo tardi.

«Max ha un'energia fantastica per un giovane come lei».

Raggiante, porse a Barrow le redini del sauro. Questo diede uno strappo così forte che Barrow si colpì il mento con il pugno.

Col dorso della mano si asciugò il sudore che cominciava a imperlargli la fronte. «Non ho mai cavalcato su una sella di questo tipo».

«Lei è abituato alle selle all'americana. Ma questa è migliore. Si ha più cavallo sotto di sé».

Max prese a muoversi lateralmente, battendo gli zoccoli nel fango secondo uno schema irregolare. Ruthi stava abbassando le staffe. Avanzò, impugnò le redini, poi allungò il braccio verso l'alto e toccò il muso della cavalla col dorso della mano, placandola.

Ruthi lanciò un'occhiata a Barrow. C'era della compassione nel suo sguardo: aveva capito tutto.

Anche Ziegler – un uomo che non si lasciava sorprendere dagli eventi – doveva aver capito tutto, doveva sapere che un ragazzo della periferia di Cleveland, un musicista, non poteva sapere nulla di cavalli.

Max emise un grugnito da un punto sorprendentemente profondo della gola. Il suo pelo si ritrasse al contatto con le dita di Barrow, e questi le rimase vicino col cuore che gli batteva più veloce di quanto fosse in grado di calcolare. Sollevò entrambe le mani e le appoggiò al bordo anteriore della sella. La staffa traballò quando Max cominciò a pestare le zampe e a muoversi di lato; Barrow abbassò la mano destra per tener ferma la cinghia. Poi infilò lo stivale sinistro nella staffa, afferrò di nuovo il bordo della sella con la mano sinistra e sollevò da terra il piede destro; si diede un'energica spinta, scavalcò la sella con la gamba destra – come aveva visto fare infinite volte nei film western – e sentì il cuoio battergli contro l'inguine, una sensazione estranea ma gradita.

Ma il cavallo si stava già muovendo. Cercò di infilare il piede nella staffa destra ma era troppo bassa. Ruthi gli stava correndo accanto porgendogli le redini, ma lui s'era aggrappato al pomo della sella con entrambe le mani e sembrava non poterle muovere di lì. «Tenga, le prenda!» gridava lei.

Max si muoveva sotto di lui a balzi violenti e irregolari. Barrow afferrò le briglie con la mano destra e come di riflesso le tirò. Ma erano troppo lunghe e non c'era tensione, nessun contatto con il morso. Adesso erano entrati in pista, e Barrow scorse le due persone col berretto da fantino che si dirigevano verso di loro. Quando Max deviò bruscamente per schivarli e si lanciò a tutta velocità sulla pista, Barrow si tuffò sul collo del cavallo. Non aveva il pieno controllo delle redini mentre il sauro seguitava a galoppare tenendosi vicino alla recinzione. D'un tratto Barrow individuò l'origine del terrore di Max: non le persone a cavallo ma un'altra coppia di caccia Mirage.

Il rombo divenne un urlo quando i jet solcarono il cielo fendendolo in due parti uguali, e Barrow sentì la terra sobbalzargli fin nel petto, attraverso la bestia sotto di lui. Il suo corpo perse completamente la presa. Tutto quello che vide fu il cielo tra le orecchie appiattite all'indietro del cavallo, e poi il terreno, tutto, che precipitava. Batté il petto sul cuoio appuntito della sella, che gli si era in qualche modo sfilata da sotto le gambe; poi vi fu un'esplosione di muscoli, l'animale s'impennò e la testa di Barrow rimbalzò lungo il suo enorme fianco, duro come roccia. In breve si ritrovò a mezz'aria con il fango che gli andava incontro.

* * *

Barrow giaceva riverso sullo stomaco, con la guancia sinistra sulla pista. Un braccio era teso in avanti, l'altro intrappolato sotto il tronco con il polso immobilizzato nel fango. Il rombo dei due jet si affievolì e poi si spense dietro le nuvole, mentre considerava la possibilità di muoversi.

Una figura gli s'inginocchiò accanto. Ruthi. Gli stava dicendo qualcosa. Si rotolò sul fianco e sentì una fitta lancinante di dolore alla parte superiore del torace, nel punto in cui aveva sbattuto sulla sella. Non ci vedeva più dall'occhio sinistro: sentiva come un peso sulla palpebra.

«Sto bene» disse, e si mise in ginocchio.

«Non dovrebbe muoversi» disse Ruthi mentre Ziegler si avvicinava in sella all'arabo, guidando il sauro – Max la vittoriosa

– che scrollava la testa, felice, come se si fosse appena risvegliata da un brutto sogno.

«Non s'è fatto niente» disse Ziegler a Ruthi. «Nessuno si fa male in questo fango». Voci che si mischiavano al ronzio nelle orecchie di Barrow.

Ruthi sorrideva. Visti con l'unico occhio buono, sembravano entrambi distanti.

«Forse avrà bisogno di un paio di consigli» disse Ziegler. «Ma prima è meglio che vada a rinfrescarsi». Gli indicò un abbeveratoio di cemento lungo un lato del recinto, con un rubinetto all'estremità di un tubo di rame verde.

Barrow si alzò in piedi e si avviò in quella direzione. Mentre camminava, controllò che tutte le articolazioni fossero a posto. Si portò una mano alla faccia e scoprì l'origine della sua cecità: un grumo di fango sul lato sinistro del volto. Gliene cadde una parte nella mano. Immerse la testa nell'acqua gelida e il cranio urlò da ogni capillare compresso. Ruthi aspettava lì accanto con un asciugamano che aveva un forte odore di cavallo. Barrow ripiegò il collo del maglione per evitare l'acqua prima che gli inzuppasse lo stomaco e la schiena; vide il fango colargli dalla faccia e annerire l'abbeveratoio. Restituì l'asciugamano a Ruthi, ringraziandola, e si voltò verso il centro del recinto.

«Non si muova» disse Ziegler.

Barrow annuì. Non aveva in mente di farlo.

«Rifletta prima sull'eccellenza del cavallo che ha montato... mi sta ascoltando?»

«Certo» disse Barrow. Il vento gli pungeva il viso e il collo.

«In Nord America è detto Quarter Horse perché corre il quarto di miglio più veloce di qualsiasi altra razza. Lo vede quel palo?» Ziegler gli indicò un palo di colore arancione brillante situato quasi dalla parte opposta della pista. «Quella è la *sua* distanza. Aaron, che ha la metà degli anni di Max, non l'ha mai battuta in una gara fino a quel palo. Tenga presente poi che lei ha solo sei anni, ma la sua razza è stata selezionata centinaia di anni fa. Non se lo dimentichi quando paragona la propria età con quella della cavalla. Max ha portato in sella decine di persone nella sua vita. La sua razza ne ha portate centinaia di migliaia».

Max era slegata ma attenta, come se anche lei stesse seguendo il discorso del vecchio.

« Si è impressionato? »

« Sì ».

Ziegler fece una pausa. La sua alta figura, nel cappotto di montone, si stagliava severa sul vasto cielo bianco.

« Non s'impressioni mai ».

Barrow fissò il vecchio. Un'altra lezione, proprio come pensava. Con Ziegler, nessuno sforzo andava sprecato.

« E se è impressionato, non lo dia a vedere. Mai. Se poi s'impressiona una seconda volta, rinunci. Questa volta per sempre ».

Barrow colse quel riferimento neanche tanto nascosto al suo passato. Si guardò i piedi. Osservò i jeans incrostati di fango. « È un'orchestra » sussurrò.

« Parli più forte ».

« Max. È come un'orchestra ».

Ziegler voltò la testa dall'altra parte e lasciò passare qualche secondo.

Il cavallo arabo scosse la coda.

« È col primo impatto che s'instaura il rapporto ».

C'erano musicisti che sostenevano di capire se sapevi dirigere semplicemente dal modo in cui ti avvicinavi al podio.

Barrow si appoggiò all'indietro sugli stivali. Gli occhi del sauro registrarono il suo movimento. La cavalla scalpitò spostandosi un po' a lato, mantenendo però la propria posizione.

« Quando le si avvicina » disse il vecchio in un tono della consistenza del latte caldo, « prenda le redini e le getti sopra. Così, quando afferrerà la sella prenderà anche le briglie e, una volta in sella, le avrà già in mano. Tutto questo lo deve fare in un solo movimento, poi tiri le redini in modo da sentire il morso e quando la cavalla reagisce, qualunque sia la reazione, tiri il morso fino ai denti, ma lo deve fare *subito*, non in un secondo tempo ».

Barrow si avvicinò al naso di Max. Non appena toccò le redini, che sfioravano il fango, la cavalla spostò gli zoccoli. Siamo tutt'e due ipnotizzati, pensò Barrow. Afferrò le briglie, forse un po' troppo bruscamente e Max mosse di scatto la testa all'indietro, ma non si spostò. Barrow lanciò le redini sopra le orecchie, conscio che i suoi riflessi erano stati sovvertiti dalla voce del vecchio e che stava per saltare di nuovo in sella.

« In un solo movimento » disse Ziegler.

Il piede di Barrow s'infilò miracolosamente nella staffa – più alta di come se la ricordava: all'altezza dell'anca – e le mani trovarono le redini e il pomo rotondo. Si issò con entrambe le braccia e spinse la gamba destra al di là del dorso dell'animale. Col petto dolorante riuscì a montare in sella. Max era già partita, nitrendo, e Barrow strinse la presa sulle redini, accorciandole. L'enorme testa ricadde all'indietro, apparentemente incredula. Aveva arrestato il moto in avanti della cavalla facendole battere gli zoccoli nel fango due metri più sotto. Serrò il costato della bestia tra le gambe e le piegò all'indietro.

* * *

Per un'ora il vecchio mantenne uno schema fisso di istruzioni, *mezzo piano*, correggendogli la posizione e spiegandogli l'indole del cavallo: la sua credulità, il suo istinto potente, e come sfruttare entrambe le caratteristiche. Fece vedere a Barrow come bisognava sedersi per il trotto, il piccolo galoppo e il galoppo, infarcendo le sue spiegazioni di espressioni musicali in italiano, *allegro vivace*, *marcato*.

Poi organizzò una gara fino al palo arancione. Molto prima del segnale di 'Via' concordato, si piegò in avanti e fece un urlo feroce; Aaron si lanciò in una corsa sfrenata lasciando Barrow e Max dieci passi più indietro.

«Forza!» disse Barrow. «Forza!» piantando con vigore i talloni nella pancia di Max.

Max raggiunse Aaron all'inizio della curva, lo affiancò all'esterno e lo superò sul rettilineo. Il palo arancione era solo un palo qualsiasi per la cavalla, che proseguì al gran galoppo senza che Barrow sapesse come fermarla. «Rallenta, Quarter Horse del cazzo» urlò, e la cavalla rallentò. Ormai priva di vigore, cominciò a procedere a balzi e quindi si mise ad andare al passo per poi fermarsi di colpo appena prima della seconda curva.

Barrow sollevò la gamba destra scavalcando il posteriore di Max, che trasudava umidità come una spugna. Saltò giù sulla pista e si spostò ciondolando di fronte alla cavalla. L'aria le turbinava calda e veloce intorno alle narici; Barrow le appoggiò il dorso della mano sul muso, appena sotto l'occhio, come aveva visto fare prima a Ruthi. «Brava ragazza» disse, e poi, come ripensandoci, aggiunse: «*Gutes Mädchen*», benché gli sembrasse una traduzione scadente.

Ziegler lo raggiunse e smontò di sella; aveva il viso rosso per la cavalcata. Si tolse un guanto e fece scivolare la mano nuda lungo la groppa di Max, all'altezza della propria spalla, facendosi strada nel sudore. Rimasero fermi ansimando sulla pista, uomini e cavalli. Non c'era niente intorno a loro che richiamasse alla mente gli anni Ottanta. Poteva essere benissimo il 1935.

Ziegler respirava affannosamente, con le guance rosse e gli occhi umidi, smarrito e distante.

«Conosceva Furtwängler?» chiese Barrow.

«Prego?»

«Furtwängler. Lo conosceva?»

«Perché me lo chiede?»

«Una volta ho visto una sua foto a cavallo».

Ziegler si asciugò la mano sul cappotto e si rimise il guanto. «C'era tanta gente che andava a cavallo».

«Dunque lo conosceva?» Era una domanda assurda. Il grande direttore viveva a Berlino all'epoca in cui Ziegler aveva inciso la Seconda di Brahms con l'orchestra della Berliner Rundfunk.

«È evidente».

«Ero solo curioso di sapere se foste mai andati a cavallo insieme. Così come immagino che lei venga qui con i suoi studenti».

Ziegler lanciò un'occhiata a Barrow, poi si avvicinò al cavallo arabo e appoggiò la mano sinistra al pomo della sella. «Non ho mai portato qui uno studente».

* * *

Barrow intravide il palazzo, lo Schloss giallo pallido che segnava il centro di Karlsruhe. Il cuore gli batteva in previsione della domanda che stava per fare.

«Ero curioso di sapere...»

«Sì?»

«Ero curioso di sapere cos'ha fatto durante la guerra».

«Ero detenuto» rispose Ziegler senza batter ciglio.

Festgehalten.

La parola ronzò nelle orecchie di Barrow.

Festgehalten.

Una parola simile era in grado di ribaltare l'identità di un uomo.

«Ero detenuto come gli altri, non è questo che avete inteso? È così che è sempre stato raccontato».

Raccontato? Da chi? *A* chi? Nessuno che Barrow conoscesse aveva mai appreso quella notizia, ammesso che fosse stata davvero resa pubblica in quel modo.

«Detenuto in che senso?» chiese Barrow, ma il vecchio si limitò a fare spallucce lanciando la sua coupé da concorso sulla rampa d'uscita prima di scalare la marcia e immettersi nelle strade ordinate di Karlsruhe.

16

La sera successiva, Barrow lasciò la sua mansarda alle sette precise e si avviò di buon passo lungo le strette viuzze del centro di Ettlingen, passando accanto a rosticcerie e a insegne che reclamizzavano marche di birra. Intanto gli tornavano in mente le vivaci serate in Ohio – suo padre ancora al lavoro, sua madre immersa in un libro tascabile – quando Beethoven o una sinfonia di Prokof'ev ascoltata per la prima volta lo spingevano nelle sorde strade di periferia; rovinava la punta di gomma della scarpa da ginnastica sfregandola sul bordo del marciapiede, reso euforico da un desiderio indistinto, troppo vasto per la stretta tastiera del suo violino e troppo potente per accontentarsi dell'anonimato.

Quel desiderio era tornato.

Attraversò il prato vicino alla stazione proprio mentre stava arrivando il tram. Si sedette su una panca laterale della carrozza posteriore e si perse nella successione di luci e di binari, nei riflessi senza fine che provenivano dalla strada rimbalzando tra le lastre di vetro nere.

Alle sette e trenta varcò le porte del Konzerthaus ed entrò nel foyer. Indugiò vicino alla fila che s'era formata davanti al banco dei rinfreschi origliando i discorsi della gente.

Un uomo anziano attirò la sua attenzione: un bel viso squadrato, occhi piccoli dello stesso colore dell'abito grigio chiaro, la pelle abbronzata. Era in compagnia di due donne, entrambe snelle e attraenti, che indossavano giacche antracite uguali con ricami verdoni in lana sugli orli. Una delle donne stava parlando di un cugino che viveva dall'altra parte del Muro. «Per ventisei anni abbiamo mandato un pacco con cibo e abiti, il primo lunedì di ogni mese» diceva. Da una distanza di due metri, Barrow vide che aveva le lacrime agli occhi, un luccichio che rendeva la cornea più spessa. L'uomo prese due bottigliette d'acqua minerale dal banco, e i tre si dileguarono nella folla. Aveva una vaga somiglianza con suo padre, forse perché se ne stava in disparte, un po' staccato dalle donne.

Sentì la voce di Antonio. «Il tram ha avuto un incidente. Strano. Non mi era mai capitato. Una macchina di lusso l'ha centrato in pieno».

«Siamo venuti di corsa da Kaiserstrasse» disse Berndt, visibilmente senza fiato.

Barrow estrasse di tasca la busta con i biglietti.

«È pazzesco» continuò l'italiano, «che possa accadere una cosa del genere in un posto dove tutto funziona in modo così dannatamente perfetto». Scorse i biglietti e li strappò di mano a Barrow. «Speriamo che siano laterali, dalla parte dei primi violini. Voglio vedere il profilo del vecchio. Almeno un po'».

Barrow sorrise, vagamente irritato. «Prima galleria. Sulla sinistra».

«Splendido».

I loro posti erano in alto lungo la parete sinistra del Konzerthaus, ad angolo retto rispetto al palcoscenico.

Antonio non smetteva di parlare: «Karlsruhe lo ama. E loro lo dimenticano perché suona solo uno o al massimo due concerti qui, e uno o due in Belgio. Non ho mai visto una critica sul giornale: perché darsi il disturbo? Per un solo concerto... E così intorno a lui c'è il silenzio. *Imposed*, 'imposto', credo sia il termine americano corretto».

«*News blackout*, 'silenzio stampa'» disse Berndt.

«Qualcuno sa come sta?» chiese Barrow.

«Sta bene» disse Antonio.

Ziegler non aveva un bell'aspetto alla prova del mattino; mise a punto i Lieder di Mozart con il soprano e staccò presto senza nemmeno toccare Brahms. Spesso era stato costretto a reggersi con la mano sinistra alla sbarra, dirigendo solo con la destra. «Sta semplicemente aprendo il fianco sinistro a Frau Martin per avere un contatto con lei» aveva detto Antonio. «Lo fa sempre anche con i pianisti». Barrow era scettico, l'italiano invece non aveva dato peso a quei sintomi. «Non l'hai mai visto in concerto. Aspetta e vedrai».

I musicisti avevano cominciato a scaldarsi sul palcoscenico.

Barrow scorse l'uomo col vestito grigio, la testa candida. Tratto distintivo del maschio.

«Durante la guerra era detenuto» disse.

Gli altri lo fissarono sbalorditi.

«Chi?» chiese Berndt.

«Ziegler».

«E tu come fai a saperlo?»

«Me l'ha detto lui. L'altro giorno. A lezione». La faccenda della cavalcata preferiva tenerla per sé.

«Dio mio».

«Ziegler ti ha detto che era detenuto?» chiese Antonio.

Era come se Barrow avesse annunciato il secondo avvento di Cristo. «Mi ha detto anche che lo sapevano tutti. Che era un fatto pubblico».

«Pubblico?»

«Riferito».

«Questa non l'avevo mai sentita» disse Berndt.

«Forse è passato troppo tempo» ipotizzò Antonio. «Può darsi che la notizia fosse di pubblico dominio, come dice lui, negli anni Sessanta».

«La gente dimentica in fretta» disse Barrow.

«Niente viene dimenticato. Semplicemente non se ne parla» ribatté Antonio. «Continua. Per quale ragione era detenuto? Non è mica ebreo».

«Immagino che fosse internato in un campo di concentramento» disse Barrow.

«Erano tutti campi di concentramento».

«Ebrei. Zingari. Omosessuali» elencò Berndt, contando sulle dita. «Un paio di religioni americane, o che so io. Comunisti».

Gli occhi di Barrow vagarono a sinistra per osservare l'orchestra di studenti, la nidiata di Ziegler, con le schiene dritte. Provò un impeto d'affetto e si chiese se Ziegler ne avesse mai provato.

«Ebreo non è» disse Berndt, «e certamente non zingaro».

Barrow si pentì di aver parlato. Aveva in mente di tenere quell'informazione per sé.

«Omosessuale» disse Berndt. «No?»

«Può darsi. Ma sarebbe in contrasto con la sua reputazione».

«Quale reputazione?»

«Non te ne sei accorto?»

«*Oh chrissakes*» disse Berndt, adoperando l'esclamazione americana con una certa goffaggine.

«Ogni tanto c'è qualche donna che gli gira intorno». – Di nuovo era evidente il divertimento dell'italiano, compiaciuto di essere uno studente del secondo anno in mezzo a studenti del primo. – «In genere per breve tempo. Donne giovani».

Le luci del teatro si abbassarono, e nello stesso istante si udirono applausi sparsi per l'ingresso di Tano. Dal centro del palco salì il La di Petra, che nel pezzo iniziale era primo oboe.

«Per esempio quella ragazza coreana» continuò Antonio.

«Quale ragazza coreana?»

«Non l'hai vista?»

«*Scheisse*» disse Berndt sottovoce.

Un applauso fece tremare i lampadari.

Ziegler era sbucato dalle quinte. Si muoveva senza fretta; i capelli bianchi e sottili risplendevano sotto la luce abbagliante. La sua autorità raddoppiava a ogni passo, accentrando su di sé l'attenzione della sala. Quando ebbe raggiunto il podio era già un capitano di cavalleria pronto ad affrontare un combattimento cruento. *Pochi sopravviveranno, pochi torneranno dal campo di battaglia.*

Sollevò le braccia: un gesto minimo, ma irradiava calore. Le dita della mano sinistra erano leggermente piegate a pugno. Lasciò passare una frazione di secondo, poi abbassò la testa. E di colpo, come per incanto, fu Mozart. L'improvviso incipit di *Così fan tutte.*

In un sussulto di equità, era stato concesso a Petra di suonare la parte del primo oboe nell'ouverture. Un breve arpeggio, un solo accordo spezzato, le fu sufficiente per giungere al cuore di Barrow, non vi era altra definizione possibile. Pochi secondi dopo il brano prevedeva un passaggio veloce e delicato e lei lo eseguì in modo perfetto, facendosi beffe del proprio declassamento a secondo oboe nella sinfonia di Brahms.

Petra poi cambiò posto per la serie di Lieder mozartiani che sarebbe seguita. La cantante, un'attempata diva dell'opera, si era risparmiata alla prova del mattino ma, adesso, la sua voce esplodeva in tutta la sua potenza, saggia e brunita. Un'ottima scelta da parte di Ziegler. Gli studenti superavano se stessi, e Barrow si ritrovò a scivolare in una gioia completa.

Era del tutto impreparato a un'emergenza.

Se ne accorse prima dalla reazione del pubblico: un sussulto collettivo delle prime file. Niente di maleducato. I suoi occhi andarono al podio: la mano sinistra di Ziegler era stretta alla sbarra di sicurezza. Le ginocchia cedevano. Tano, il primo violino, tese in avanti il braccio con l'archetto. La mano di Ziegler mollò la sbarra, le gambe lo sostennero di nuovo e Tano ritirò il braccio. Il soprano, professionalmente ignaro, cantò l'*Alleluia* sino alla fine.

Ma all'unica chiamata alla ribalta, Ziegler non uscì. La soprano si presentò da sola, ed era ancora sul palcoscenico quando i tre studenti di direzione d'orchestra si precipitarono nel corridoio della prima galleria, correndo affannosamente verso la porta che conduceva dietro le quinte.

La manager dell'orchestra li vide e urlò da trenta metri: «Antonio!» La sua voce rimbalzò sul pavimento di marmo arrivando nitida a destinazione. «Vuole te». Aveva il respiro affannoso e le si erano sciolti i capelli: era il suo momento. Antonio lanciò uno sguardo a Barrow e Berndt e corse via.

Barrow era come paralizzato, incapace di connettere, mentre il pubblico affluiva nella sala.

«Che cosa ne pensi?» chiese Berndt.

La via che portava all'ingresso degli artisti era piena di gente. Barrow vide nell'atrio principale una breccia tra la folla e vi s'infilò con l'intenzione di girare intorno all'edificio e di entrare dall'ingresso sul retro. Girò l'angolo della facciata e corse lungo tutto il fianco del Konzerthaus, seminando Berndt. A pochi metri della zona di carico, si arrestò. *Perché Antonio?* L'interrogativo gli ronzava nell'orecchio.

Un'automobile era ferma sul passo carraio della zona di carico, con il motore e le luci di posizione accesi. Era un taxi. L'ingresso degli artisti si spalancò e ne uscì una figura alta, con il cappotto slacciato che arrivava fino ai piedi. Un profilo familiare. Il vecchio esitò nella chiazza di luce fuori dalla porta, rovistando nelle tasche profonde del cappotto. La lampada ronzava sopra di lui, difettosa. In quei pochi, costosi secondi furono soli.

«Maestro» urlò Barrow. La sua voce suonò potente e schietta; forse perfino americana, ammesso che ciò volesse dire qualcosa. Ma se Ziegler la udì – e doveva averla udita per forza – fece finta di niente; trovò i suoi guanti e se li infilò. La porta si aprì un'altra volta, e Ziegler fu raggiunto da un uomo in maniche di camicia, probabilmente il direttore di scena. I fanali del taxi si accesero, e Barrow non vide più la faccia del suo insegnante.

«Maestro» urlò mettendosi nel fascio di luce dei fanali. «Sono Cooper Barrow».

Altri comparvero sulla soglia, e Ziegler si scostò dal gruppo, senza quasi alzare lo sguardo. Con tre ampie falcate raggiunse il bordo del marciapiede. La portiera del taxi si aprì dall'interno, e qualcuno sul sedile posteriore si spostò per fargli posto: una donna dai capelli scuri. Ziegler le si sedette accanto e richiuse la portiera. Il taxi, con la marcia già ingranata, diede gas e sfrecciò accanto a Barrow, sterzando bruscamente per evitarlo.

17

Alla terza chiamata alla ribalta, Antonio chiese silenzio e annunciò al pubblico – in un tedesco reso gradevole dall'accento italiano – che Karlheinz Ziegler era a casa sua a riposare, che i medici l'avevano già visitato e non vi era motivo d'allarme. Si levò una fragorosa ovazione, tre volte più potente della norma. La sala si svuotò, sospinta da un'ondata di benevolenza.

Fuori dal camerino di Ziegler, Antonio scrollò le spalle. «Il vecchio sa che ho già diretto la Seconda in passato. A Bologna, all'università». La sua eleganza nella vittoria era massima. Insisté perché Barrow e Berndt andassero con lui in una vicina *Kneipe*, dove i tre s'incontravano tradizionalmente dopo ogni concerto per sviscerare l'esecuzione dei musicisti che suonavano a Karlsruhe. Barrow, con la mente annebbiata, accettò. Berndt accampò la scusa della moglie e del figlio che lo aspettavano, al che Antonio ribatté: «Perché questo concerto dovrebbe essere diverso dagli altri?» Quando Tano, da buon soldato, si fermò per stringere la mano ad Antonio, l'italiano invitò pure lui.

Barrow si allontanò temporaneamente dal gruppo in cerca di una via sicura per recuperare una qualche dignità dopo la disfatta. La sua gelosia era fuori luogo: in quanto studente del secondo anno, Antonio aveva senz'altro diritto a quell'investitura da parte di Ziegler. Ma in un certo senso la cosa non contava.

S'infilò di nuovo dietro le quinte. Dal palcoscenico si udiva il rumore delle sedie che venivano accatastate. I musicisti stavano riponendo gli strumenti nelle custodie. Il percussionista con la borsa di studio Fulbright gli passò accanto mostrando l'indice e il medio sollevati.

Scorse Alexandra e Petra che chiacchieravano nel corridoio, accordandosi per qualcosa. Si erano cambiate e ora indossavano i jeans. Petra lo vide e lo fissò per diversi secondi: quanto bastava per scatenare una tempesta nel petto di Barrow. Alexandra si voltò scorgendolo a sua volta. Le due ragazze si salutarono baciandosi sulle guance, e Alexandra si avviò con il cappotto appeso alla custodia della viola.

Barrow aveva le mani nelle tasche dei pantaloni, la giacca cacciata all'indietro. «Bel concerto» disse a voce alta.

«Credi?» Petra era ancora a cinque metri di distanza e tra di loro c'era un turbine di attività. Il suo viso era pieno di particolari a lui familiari. Entrambi avanzarono di qualche passo.

«Che cosa fai?» chiese Barrow quasi senza fiato.

«Niente».

«Noi andiamo a cercare una *Kneipe*». Petra rimase in attesa. «Vieni con noi?»

«Okay».

«Devo solo...» e Barrow indicò la toilette.

Lei annuì.

* * *

Il gruppetto al seguito di Antonio attraversò Ettlinger Strasse e s'incamminò lungo il marciapiede, in fila per due.

Barrow si mise a fianco di Petra. Ascoltarono Antonio, davanti a tutti, che intratteneva la sua ragazza descrivendo «l'attimo prima», l'emozione provata nel sentire il proprio nome risuonare nel corridoio, il ridicolo senso di panico mentre recuperava il suo frac, il breve cenno che gli aveva fatto Ziegler.

Fu Petra a parlare per prima. «Forse adesso un po' capisci».

Le sue guance luccicavano debolmente alla luce azzurra dei lampioni. Una sciarpa nera le nascondeva i capelli. Nessuna ragazza americana avrebbe portato una sciarpa in quel modo.

Barrow sapeva perfettamente quello che intendeva dire Petra. *Adesso capisci cosa vuol dire essere scartati da Ziegler.*

Una catena ininterrotta di fanali fuoriusciva dal parcheggio coperto del Badisches Staatstheater.

Petra, con le dita avvolte dalla manopola, gli diede un colpetto sulle costole. «Cosa c'è che non va?» disse. Barrow s'irrigidì e si scostò di colpo, tagliando la strada a un ciclista che pedalava a testa bassa nella notte fredda. Il ciclista lo scartò bruscamente in un sibilo nasale di freni – creando un angolo impossibile tra la ruota e il selciato – e poi riprese il controllo dei pedali lanciando un'imprecazione alle sue spalle.

Antonio gli gridò dietro «*Scheisskopf!*» Gli altri si fermarono per vedere se Barrow si fosse fatto male. Ma era tutto a posto, sicché continuarono la loro lenta marcia. Barrow non si era mai sfilato le mani di tasca, ma ora sentiva la fronte sudata.

«Come sei serio!» disse Petra in inglese.

Aveva ragione. Barrow correva il rischio di abbassare la saracinesca tra sé e il mondo. Era l'unica cosa che potesse fare per elaborare la gelosia che provava per Antonio.

«Ehi, mi senti?» disse lei.

Barrow le concesse uno sguardo. Petra aveva sollevato la custodia dell'oboe e camminando se la stringeva al petto. La sciarpa le si era scostata dalla fronte e il vento le faceva svolazzare ciocche di capelli. Erano rimasti parecchio indietro.

«Scherzavo» disse Petra. «Tu sei stato sopravanzato da Antonio e io da Magda. 'Forse adesso un po' capisci'. Volevo buttarla sul ridere».

«Okay».

«Okay?»

«Sono uno stupido» disse Barrow, arrendendosi. «Un idiota totale». Tutta colpa di Petra, della sua misteriosa perfezione. «Sul piano sociale sono una vera frana».

«Ti aspetti forse che sia priva di sarcasmo?»

«No».

«Non è quello che si dice sempre di noi tedeschi? Che non conosciamo il sarcasmo». Si abbassò la sciarpa sul collo, svelando la grazia del suo viso. «Ma io so bene che cos'è».

«Vedo che ti sei allenata» disse lui in un debole tentativo di recupero.

Petra fece un lieve cenno d'apprezzamento. Quando Barrow la guardò, aveva le labbra serrate. Stava soffocando un sorriso.

Si fermarono fuori dalla *Kneipe*; Petra appoggiò il mento sulla custodia dell'oboe e inarcò le sopracciglia. Il loro ultimo incontro, nella cucina di Pat Levy, gli era parso quello del non ritorno, eppure adesso eccola lì – forse stava pure flirtando con lui, mai una volta che riuscisse a capirlo – in attesa di un suo segnale.

Dietro le vetrine gialle smerigliate del bar i volti dei clienti tremolavano. Tronchi stucchevoli, tagliati in modo grezzo incorniciavano la porta.

«Andiamo a Berlino!» disse Barrow.

Petra lo guardò. La sua espressione non lasciava trapelare nulla. Nessuna sorpresa. Inclinò leggermente il capo e gli fece segno di entrare.

* * *

Il gruppo si dispose come un sestetto a una prova, i cappotti gettati alla rinfusa, le custodie dei violini ficcate sotto il tavolo. L'oboe di Petra era poggiato su una sedia libera.

Antonio sapeva come prendere le redini di un festa. Mantenne i loro boccali costantemente pieni e parò la gelosia di Barrow e Berndt. Verso la fine del primo giro di birre, la conversazione si avvicinò pericolosamente a un giudizio critico sulla sua direzione. «Ecco perché Dio ha creato la birra» proclamò Antonio, infrangendo il silenzio che si era creato. Risero. Antonio versò un altro giro.

«E la geisha che frequenta Ziegler chi è?» chiese Berndt subito dopo.

Nessuno parlò, finché una voce sommessa rispose: «Si chiama Marie Won. È coreana».

A intervenire era stata Erika, la ragazza di Antonio, una donna piccola e scura, d'aspetto grazioso, che non aveva ancora aperto bocca dal loro ingresso nel locale. Era una studentessa del conservatorio, sedeva al terzo o quarto leggio nella sezione dei secondi violini.

«Era una sua allieva da... tre anni prima del tuo arrivo, Antonio». Chiaramente in difficoltà con l'inglese, bevve un altro minuscolo sorso senza quasi sollevare il boccale dal tavolo, come un uccellino.

«Cosa vi ho detto, signori?» disse Antonio, sollevando il bicchiere. «Ci fanno concorrenza dall'estero».

«Marie Won insegna al conservatorio di Seul» disse Petra, probabilmente per amore di Erika.

«E tu come lo sai?» chiese Berndt.

«L'ho vista una volta, di sfuggita».

«Quando?» chiese Barrow.

«A una festa a casa di Ziegler. Poca gente. Aveva invitato

solo alcuni stranieri. C'era anche Tano». Lanciò un'occhiata al rumeno. «L'anno scorso, giusto?»

«Sì, mi ricordo» disse Tano, espirando una boccata di fumo di lato per non affumicare il gruppo.

«Non sapevo niente di questa festa» disse Antonio.

Petra fece spallucce: «Forse l'Italia non è abbastanza all'estero».

«Come la Germania Est, per esempio?»

Barrow appoggiò i polsi al boccale di birra per rinfrescarli. Ignorava che Petra fosse stata a casa di Ziegler. E poi, quella sua confidenza con Tano, la presenza di quest'ultimo al concerto di Bach, il modo in cui ora si guardavano... che cosa c'era sotto?

«Io l'ho intravista una volta» disse Barrow. «Andava a fargli visita. Ziegler aveva sulla scrivania una specie di manuale linguistico. Di coreano, credo».

Antonio rise. «Che cosa vi ho detto? Ziegler è innamorato».

Berndt sembrava infelice. «C'è una cosa che non riesco a capire: quanta gente ha davvero *studiato* con quest'uomo? Barrow, quanti hanno studiato con lui, in America?»

«Alcuni» rispose l'americano.

«Quanti?»

«Gilbert Shanahan. E altri».

«Quanti altri? Venti? Trenta?»

«Non ne ho idea».

«Qualche nome famoso?»

«Forse Levine».

«Sul serio?» disse Berndt, impressionato. «Jimmy Levine?»

«E poi Bernstein. Non credo che abbia studiato con lui, ma parlava spesso del suo suono. Amava molto il suo suono, specialmente in Brahms».

«Ziegler odia Bernstein» disse Antonio.

«Quale 'suono'?» chiese Tano, rientrando nella mischia.

«D'accordo, d'accordo» disse Berndt, visibilmente disinibito dall'alcol, «ma Lenny come fa a conoscerlo? Come può *sapere* quale sia il suono di Ziegler? Esistono incisioni? Chi va a vedere i suoi concerti? E noi stessi che cosa stiamo qui a fare? Chi è quest'uomo?» La sua voce riecheggiava nel locale. «Ziegler non è nessuno, e non può fare proprio niente per noi. A voi è simpatico? A me, personalmente, no».

«Non è essenziale che sia simpatico» disse Antonio.

Berndt si guardò intorno e abbassò la voce. «Certo, quello che sa fare con l'orchestra è incredibile. Perfino stasera, prima che si sentisse male. Come ha diretto Mozart...»

«Quale suono?» chiese di nuovo Tano.

Berndt scrollò le spalle. «Quello di Ziegler».

«La sua capacità di fondere tutti gli elementi» disse Barrow.

«Già» disse Antonio. «Il modo in cui bilancia le sezioni».

Ora toccava a Tano far vedere che aveva bevuto. «Ma queste sono tutte stronzate, scusatemi. Un celebre direttore americano sostiene che Ziegler ha un suono che lo contraddistingue. Ne sento parlare di continuo, di questa faccenda del 'suono'». S'interruppe per accendere un'altra sigaretta. «Ma se Ziegler ci tiene tanto al suono, perché poi cambia gli oboi?»

Gli altri guardarono Petra.

«Posso dirlo?» continuò Tano. «I fiati erano molto meglio prima che arrivasse quella nuova ragazza. È permesso dirlo?»

«Ha ragione» disse Berndt.

Sul gruppo calò un silenzio imbarazzato, rotto da Erika. «Scusate, ma... mmm...» Si stava sforzando di nuovo di parlare inglese. «Un anno fa il maestro Ziegler ha fatto la stessa cosa con un altro studente, ricordate?»

«Ti riferisci a Fritz Poelzig?» chiese Tano.

«Sì, Poelzig».

Barrow aveva già sentito quel nome una volta o due, al conservatorio: era un diplomato alla Hochschule passato direttamente da Karlsruhe alla sezione dei corni della Filarmonica di Berlino.

«Be'? Cos'è successo con Poelzig?» chiese Berndt.

«Anche lui è stato estromesso dall'orchestra» disse Antonio. «Me n'ero scordato. Alla seconda o alla terza prova».

«L'ho detto, io, che non è un tipo simpatico» disse Berndt. «Odia il talento».

«Il che spiega perché noi siamo qui» disse Antonio. Gli altri ridacchiarono.

«Cos'era in programma?» chiese Barrow.

«La Quarta di Brahms» disse Erika.

Antonio si lanciò in un'esecuzione vocale dell'assolo di corno con cui si apriva il secondo movimento della Quarta Sinfonia di Brahms, buttando lì un paio di stridule note alte per far colpo.

Barrow rigirava il boccale di birra mezzo pieno vicino alla fiamma della candela. «Avete suonato Brahms anche l'anno scorso?»

«Per quanto ancora riusciremo a sopportarlo?» disse Tano.

«E l'anno prima?»

Si voltarono verso Erika, che aveva bazzicato il conservatorio per diversi anni. La ragazza ora sembrava sostenere la loro attenzione con maggiore disinvoltura. «No».

«Ho una cosa da raccontarvi» disse Berndt. «Forse è una spiegazione, o forse no. Ma qualche tempo fa c'è stato un piccolo scandalo a Bruxelles di cui sono stato testimone. Era l'anno della Quarta Sinfonia di Brahms. Il 1987. Ziegler era venuto a Bruxelles a dirigere, come ogni anno, dal momento che Wesendonck è un suo ammiratore. In programma c'era il Primo Concerto di Brahms, suonato da un pianista scozzese. E voi sapete bene che, nell'introduzione, l'orchestra suona per un sacco di tempo senza il pianoforte, vi state abituando a questa sonorità. Be', Ziegler dirige e noi ascoltiamo. È una bella esecuzione. Poi però entra il piano e, *bang*, di colpo si sente una tale cacofonia che a momenti faccio un balzo dalla poltrona. Tutto il pubblico resta senza fiato. Una cosa incredibile. Lo scozzese smette immediatamente di suonare e Ziegler ferma l'orchestra. I due si sussurrano qualcosa, poi il direttore strappa una risatina ai musicisti con una battuta e scorta il pianista dietro le quinte. Tutto fila liscio. Un minuto dopo esce un tipo in frac e, scusandosi, avvisa il pubblico che ci sarà una *pausa* per consentire un controllo del pianoforte. Arriva l'accordatrice».

«Ha dovuto riaccordarlo?»

«Nessuno lascia la sala: tutti sono curiosi di vedere che cosa succederà. Ed ecco qui il mistero. Secondo l'accordatrice, che ha rischiato d'essere licenziata in tronco, il problema riguardava solo poche note chiave presenti nel passaggio iniziale della parte di pianoforte. Ed è saltato fuori che era scordata solo una corda per nota».

Antonio scrollò le spalle. «Evidentemente qualcuno si è intrufolato lì con una chiave da accordatore e ha girato giusto qualche pirolo. Basta mezzo minuto».

«Il responsabile del sabotaggio non è mai stato scoperto.

Ma dopo quello che si è detto stasera, ho il sospetto che sia stato Ziegler».

Nessuno parlò.

Era un'ipotesi bizzarra, ovviamente.

Ma un pensiero del genere sfiorò anche Barrow: *mi sono già imbattuto in questo lato di Ziegler*, la sua capacità di danneggiare. Non tanto gli altri, quanto se stesso. E da qualche parte, nei meandri più insondabili della sua mente, sentì il brivido provocato dalla consapevolezza di avere qualcosa in comune col vecchio.

Petra gli stava dicendo qualcosa all'orecchio.

«Come?»

«È una canzone di Cat Stevens. Sai chi è?»

In un angolo, dalla parte opposta del locale, un ragazzo e una ragazza avevano cominciato a cantare una melodia vagamente familiare accompagnandosi con chitarre folk.

«Certo».

«Sei strano». Petra rise. «Conosco quelli che suonano. Torno subito».

Barrow la vide attraversare la sala e girarsi di lato per infilarsi in mezzo a due tavoli.

«Antonio mi ha detto che suoni il violino».

Era la voce di Erika, che era passata di nuovo al tedesco.

Barrow annuì. «Da quanto tempo lo suoni?»

«Non riesco a ricordarmi di un'epoca in cui non lo suonavo».

Antonio era andato a prendere un'altra caraffa di birra lasciandoli soli, seduti a un'estremità dal tavolo. Tano e Berndt discutevano tra loro.

«Hai sempre vissuto qui?» chiese Barrow.

«I miei nonni se ne andarono appena in tempo per sopravvivere al Terzo Reich. Ma mio nonno era un uomo cocciuto. Voleva parlare tedesco, e così ritornò».

«Sei ebrea?»

Annuì con l'ombra di un sorriso. «Tu e Antonio vi comportate allo stesso modo. Un tedesco invece aspetterebbe due anni prima di chiedermelo».

«Scusami».

«Ma no, figurati, era solo un'osservazione».

«Penso proprio di dovertelo chiedere... Sono curioso...»

«Vuoi sapere com'è?»

Barrow annuì.

«Essere ebrei in Germania... mio fratello dice che qui gli ebrei sono come quadri di Rembrandt di secondo e di terz'ordine. Non sono molto belli, ma vanno conservati. Quando mio nonno tornò a Stoccarda, tutti gli facevano la stessa domanda. Perché? 'Questo è il mio paese' rispondeva lui». Erika sorrise, e la sua timidezza tornò a far capolino. «Nella nostra famiglia c'è un ramo di pazzia».

«Tuo nonno doveva essere un uomo straordinario».

«Come ho già raccontato ad Antonio – ma forse interesserà anche a te – lui si ricordava di Ziegler, prima della guerra».

«Tuo nonno?»

«Andava spesso a Berlino per affari. Pubblicava libri di testo».

«Aveva visto Ziegler dirigere?» chiese Berndt dall'altro capo del tavolo.

«Sì».

«E cosa diceva?»

«Che nessuno aveva mai diretto Brahms come lui. Che, malgrado Ziegler non avesse neanche vent'anni, sembrava avere attinto la sua conoscenza della musica altrove, da una vita precedente. Era una cosa talmente sacrale che la gente aveva timore di lui».

Erika afferrò il boccale a mo' di tazza da tè e bevve un sorso.

«Era felice quando gli dissi che andavo a Karlsruhe. Non c'è mai stato un musicista nella mia famiglia, il che è insolito per gli ebrei tedeschi. Non stava bene, mio nonno, ma venne a Karlsruhe per un concerto, quello con Fritz Poelzig, la Quarta di Brahms». Fece una breve pausa, consapevole forse dell'intensità del loro interesse. «Alla fine rimase molto deluso. 'Il Karlheinz Ziegler che ha suonato stasera non era lo stesso uomo' si limitò a dire, scuotendo la testa».

* * *

Fuori dalla *Kneipe*, il gruppo si separò. Berndt s'avviò barcollante in direzione del Festplatz, borbottando qualcosa sul suo bambino piccolo. Antonio ed Erika si allontanarono nella direzione opposta.

Tano pendeva leggermente in avanti, ma tutto sommato reggeva bene la birra che aveva bevuto, tre o quattro litri secondo la stima di Barrow. « Da che parte vai? » gli chiese il rumeno.

Barrow scrollò le spalle e guardò Petra, che se ne rimaneva in disparte, vicino al bordo del marciapiede. Stava cercando di decifrare le sue intenzioni fin da quando si erano alzati dal tavolo.

« Io prendo Ettlinger Strasse per andare al Zirkel » disse Tano. « Facciamo un pezzo di strada insieme? »

« Certo ».

Tano si rivolse a Petra: « Vuoi che ti accompagniamo a casa? »

Ma qualcosa aveva catturato l'attenzione di quest'ultima: in quel mentre, una banda di cinque o sei skinhead avanzava lungo il marciapiede opposto, sotto il muro dello zoo. Il ragazzo alla testa del gruppo camminava all'indietro punzecchiando a bassa voce gli altri, i pugni pigiati nelle tasche superiori di un leggero giubbotto di jeans, sbottonato provocatoriamente, a dispetto della rigida temperatura notturna. Con i gomiti menava fendenti all'aria.

« Sembra un'anatra » disse Petra sottovoce. « *Qua qua qua* ».

Quando il branco raggiunse la fine del secondo isolato – con la voce acuta del capo che rimbalzava ancora tra gli edifici – Tano, Barrow e Petra si avviarono nella stessa direzione, rimanendo sul lato opposto del viale.

Barrow parlò per primo, scontento del silenzio che sembrava essere calato sui tre. « Gli archi avevano un bel suono stasera » disse.

Tano, com'era prevedibile, reagì con un grugnito di disapprovazione.

Barrow fece un altro tentativo. « Quando sei venuta in Germania Ovest, potevi andare dove volevi, no? »

« In che senso? »

« In qualsiasi conservatorio ».

« È possibile ».

« E perché proprio a Karlsruhe? Perché non a Colonia? »

« Non mi sono ancora abituata al concetto occidentale di 'scelta' ».

Petra si fermò a guardare una vetrina e i due uomini si fermarono ad aspettarla qualche metro più avanti.

«Ascolta» disse Tano in un inglese incerto. «Se è vero... se è vera quella storia del *sabotaggio*, allora possediamo un... possediamo un pezzo piuttosto grande di lui, no?»

«Di chi?»

«Di Ziegler» disse Tano. «*Ein Stück*».

«Che cosa vuoi dire?» chiese Barrow, che non capiva se il rumeno avesse estratto dal cilindro un'altra espressione idiomatica o se fosse semplicemente inciampato sui verbi.

«Quello che voglio dire... è che Ziegler inserisce dei difetti in tutte le sue esecuzioni di Brahms».

«Forse lo fa, forse no» disse Barrow.

«Ho sbagliato? Non è l'espressione giusta?»

«Possediamo un segreto» disse Petra, raggiungendoli. «Possediamo *uno* dei suoi segreti».

«Non sono sicuro di aver capito quello che intendi».

«Possediamo un pezzo di lui, questa volta è giusto?» disse Tano. «L'ho sentito dire da qualche parte, e mi piace».

«*Erpressung*» aggiunse Petra.

«Che sarebbe?» chiese Barrow.

«Quando costringi qualcuno a pagare».

Tano scrollò le spalle. «E allora lo costringiamo a pagare. O raccontiamo tutto».

«Un ricatto?»

«Ecco, quello».

Barrow per un attimo pensò che il violinista facesse sul serio, ma la cosa non ebbe alcun seguito.

Continuarono a camminare per diversi isolati, ognuno immerso nei suoi pensieri, finché a un certo punto Tano si fermò. «Il tuo collo nel bosco?» chiese a Petra. L'alcol aveva sensibilmente danneggiato il suo inglese.

«*Ja*» disse Petra. Erano fermi sotto a una targa con il nome della via: *Schützenstrasse*.

«Ti accompagniamo?»

Petra non si mosse e lanciò un'occhiata a Barrow. «Andiamo a Ettlingen, stanotte» disse.

«A Ettlingen?»

«È dove abita lui» disse Petra.

«State insieme?»

Petra non rispose; aspettava che lo facesse Barrow. «Sì» disse finalmente questi.

«Non lo sapevo».

«È una cosa recente» disse Barrow, cercando tracce di contrarietà sulla faccia dell'altro. Non riuscì a leggervi approvazione né disapprovazione, e così continuò la sua spiegazione balbettante: «Non vogliamo che Ziegler lo sappia».

«Ziegler? E perché?»

«Perché...» Non aveva idea del perché.

«Perché se lo sapesse, sfrutterebbe la cosa» disse Petra.

«Ahh» fece Tano, allungando gioiosamente l'esclamazione, «ricatto e sabotaggio».

«Possiamo riavviarci, per favore?» disse Petra.

Si strinse tra i due uomini per scaldarsi mentre procedevano lungo Ettlinger Strasse in direzione del Marktplatz centrale. Davanti a loro, in lontananza, si ergeva, completamente illuminata, la torre gialla del palazzo, che li accompagnava nel loro tragitto, come una stella polare. Il cuore di Barrow si librava in volo.

«Sareste due perfetti rumeni, voi» disse Tano facendo guizzare nel buio un altro mozzicone acceso.

«Cioè?» chiese Barrow.

«Paranoici come l'inferno. Ovviamente in Germania Est è la stessa cosa, no?» L'imbeccata era per Petra, ma lei la rigettò con uno sbuffo rumoroso.

«Cosa intendi?» insisté Barrow.

«Guarda Antonio» continuò Tano. «Lui si sbaciucchia la sua Erika in pubblico come se fosse un cane. Chiaro, è un italiano. E anche Berndt non fa altro che parlare di sua moglie e del suo bambino. Voi invece siete così silenziosi...»

«Forse è una caratteristica tedesca e del Midwest» disse Barrow, scherzando solo a metà.

«Di un sacco di altri posti, se è per quello. Intendevo dire semplicemente che nell'Est ti rendi vulnerabile se gli altri sanno quello che vuoi, quello che desideri intensamente. E così impari a tenere i tuoi desideri per te, e diventa un'abitudine».

«Vedo che ci hai pensato su parecchio».

«In realtà no. Mi sono semplicemente accorto che in Occidente la gente dice quello che vuole. Nel mio paese, è considerata una cosa poco educata».

«*Unhöflich*» disse Petra.

«Di più, direi: *unklug*» disse Tano, attirando l'attenzione di

Barrow. «Mi spiace dirlo, ma il mio inglese è molto meglio del suo».

Barrow guardò istintivamente Petra, la vide arrossire di rabbia e, messo di fronte all'evidenza – la festa a casa di Ziegler, il comportamento di Petra –, capì che Petra e Tano erano stati insieme. Erano andati *a letto* insieme. Quella certezza lo scosse. Il concerto di Bach nella Peterskirche, il suo incontro con Tano lì.

«Imprudente» disse Tano. «Questo sarebbe il senso in inglese». Rideva affabile, ignaro che Barrow avesse appena scoperto il suo segreto.

All'improvviso, alle loro spalle si udì una voce, quasi un latrato: «*Achtung, Zigeuner!*»

Occhio allo zingaro! I tre si girarono e videro gli skinhead, cinque, fermi davanti a loro. Barrow si vergognò all'istante della sua obbedienza. Uno di loro – il capo, quello che Petra prima aveva paragonato a un'anatra – fece un balzo verso Tano. Barrow non riusciva più a vederlo perché di fronte a lui era sorto un muro – tre skinhead, le loro facce confuse, i jeans stretti e i giubbotti di pelle – che lo separava dall'azione. Sentì il tonfo profondo della custodia del violino che batteva sul marciapiede e un lungo gemito da parte di Tano.

Avevano scelto Tano dal gregge e lo stavano picchiando selvaggiamente.

Barrow cercò di farsi avanti ma ricevette un colpo secco alla mascella sinistra, il gomito di qualcuno. Sentì il contatto con il tessuto grezzo, il bruciore. Spalancò la bocca, cercò di gridare, ma non venne fuori alcun suono. Di nuovo si scagliò in direzione della lotta ma fu bloccato da un ragazzo corpulento col braccio teso, le dita premute sul petto di Barrow. «Tano!» urlò divincolandosi dal braccio del ragazzo e caricando a testa bassa gli assalitori senza pensare alle conseguenze. «Tano!» gridò e in quel mentre le sue caviglie si scontrarono con un corpo solido. Cadde in avanti torcendosi su se stesso per evitare di battere la testa sul selciato. «Tano, scappa!»

Petra era ferma in mezzo alla strada e urlava.

Gli skinhead ridevano con voci acute. Barrow sentì la parola *Amerikaner*, e per un attimo tutto rallentò. Alzò lo sguardo sui ragazzi, vide le loro fisionomie rasate a zero: occhi piccoli e calvizie. Erano fantasmi, e tutto questo non stava accadendo realmente.

Si trovava a carponi sulle mani e sulle ginocchia. Tano era accasciato più in là, al di fuori della sua portata. «Amante dei negri!» gridò qualcuno. Seguì un'altra bordata di risate e di guaiti. «Amante dei negri!» Altre risate. Quando stupidamente si alzò in piedi, si aspettava un cazzotto.

Luci lampeggianti erano in avvicinamento da entrambe le direzioni del largo canyon alto quattro piani. Luci azzurre sferzarono il marciapiede e la banda si dileguò: prima due, poi tutti e cinque gli skinhead si diedero alla fuga schivando i fanali. Scomparvero come se non fossero mai stati lì.

* * *

Arrivò un'ambulanza, ma Tano sosteneva di star bene. Quegli «stronzi di merda» avevano tenuto i pugni bassi, e le spesse pieghe del cappotto avevano attutito i colpi, limitando i danni. «Era solo un atto intimidatorio» disse, «finito ancor prima d'iniziare». Aveva il palmo della mano sinistra sanguinante, ma non volle farsi portare all'ospedale; respinse anche le suppliche di Petra, la quale insisteva perché si facesse accompagnare a casa da lei e da Barrow. Si sarebbe fatto dare un passaggio dai poliziotti: avevano detto che durante il tragitto avrebbero raccolto la sua testimonianza.

Seduto sul sedile posteriore della volante della polizia, Tano esaminò il violino per verificarne l'integrità. Fece scivolare l'archetto fuori dal contenitore con la mano sinistra, avvolta in parte nel fazzoletto di Petra. Tese due dita e le passò lungo l'archetto, che tremava per effetto della mano destra malferma. Mentre era curvo sulla custodia aperta del violino, chiusero la portiera.

Gli agenti domandarono a Petra dove vivesse e lei li pregò di portarla insieme all'americano alla stazione.

18

L'urlo di Petra gli risuonò da qualche parte nella testa mentre era in piedi davanti all'orinatoio, nell'angusta toilette del treno Intercity. Appoggiò un avambraccio alla parete e provò un fremito di sollievo. Una volta, dietro la casa di Chagrin Falls, un coniglio fu catturato dal gatto ed emise un grido più forte di un clarinetto in Mi bemolle alla massima potenza, con una leggerissima ombra di vibrato nel lamento, e tale potenza proveniva da un cranio così piccolo che lo si sarebbe potuto infilare sotto l'ascella. Così era stato l'urlo che Petra aveva lanciato sul marciapiede di Ettlinger Strasse.

Barrow esaminò i contorni del viso nel pannello di metallo lucido sopra il lavandino, la macchia violacea comparsa a lato del mento. Poi si spruzzò un po' d'acqua fredda sulla fronte.

Una volta nel corridoio, contò gli scompartimenti per ritrovare quello occupato da loro due. Vagoni scuri sfrecciarono sul binario accanto. Il mondo rotolava, planando nell'aria. Altre cinque ore di notte davanti a loro; poi, allo spuntar del giorno, sarebbero entrati nella Germania Est.

Petra dormiva stesa occupando quattro sedili. Barrow la guardò attraverso il vetro: i capelli che gli velavano la faccia, i piedi sollevati contro il bracciolo più vicino alla porta. Nessuno si era seduto nel loro scompartimento, e questo gli faceva piacere. La osservò abbandonata al sonno, meravigliandosi di quanto fosse bella. Fuori dall'Hauptbahnhof di Karlsruhe, Petra si era voltata verso di lui con sguardo esitante, e quando Barrow le aveva detto «Andiamo» – un pensiero tradotto in suono, e nulla più – gli angoli della bocca di lei, secchi e screpolati per la spossatezza, si erano piegati all'insù. Barrow si sentiva come un salvatore. Lei dormiva nel loro cocchio privato per Berlino, e lui poteva camminare, assaporare l'eccitazione metallica che covava nel petto e nell'inguine.

Proseguì lungo il corridoio. La direzione uniforme del treno a poco a poco gli diede sollievo; il moto, il ritmo costante – presumibilmente su qualche pannello lì vicino una manopola era girata verso l'alto –, l'arredo essenziale delle carrozze, la ripetizione visiva, mentre camminava, di scompartimento-scompartimento-scompartimento-toilette-passaggio; la notte nera e lineare, il contenuto troppo intenso di quella giornata che gocciolava via gradualmente: il concerto, Antonio, lo skinhead che sembrava un'anatra... un menu da ingordi. I riccioli scuri e la pelle olivastra di Tano divenuti di colpo tratti distintivi così pericolosi.

Percorse il treno per tutta la sua lunghezza prima in un senso e poi nell'altro. Tornato nello scompartimento, sollevò il bracciolo e si sdraiò a faccia in su. Punti di luce chiazzavano il finestrino, o il profilo blu di una fabbrica o di un villaggio, e Barrow s'immaginava le rotaie che fendevano l'oscurità un metro sotto di lui.

Quando Petra lo svegliò, era ancora buio. Prese lo zaino di Barrow. Sotto lo stesso braccio teneva la custodia dell'oboe. Il treno era silenzioso.

« Siamo già a Berlino? » chiese lui.

Anziché rispondere, Petra lo guidò lungo il corridoio. Nello scompartimento accanto, i passeggeri dormivano. In quello successivo, un uomo con un abito azzurro scintillante da cabarettista da nightclub li guardò mentre passavano. Barrow non diceva nulla. Lei lo prese per mano e lo fece scendere dal treno, su una banchina deserta.

I riferimenti visivi di Barrow erano ancora sul treno che si allontanava e così inciampò all'indietro su dei gradini. Petra gli mollò la mano. Teneva ancora in mano lo zaino di Barrow – il proprio l'aveva sulle spalle – e l'oboe. Gli consentì di recuperare l'equilibrio necessario per camminare e poi gli disse: « Andiamo ».

Barrow stava ancora sognando di un concerto; aveva male alle braccia e gli bruciavano gli occhi. Dovevano essere a Berlino, Berlino Ovest, in una qualche zona periferica.

Petra sembrava aspettare che lui tornasse in sé. « Perché non ti chiamano Cooper? »

« Non lo so ».

« Però la tua amica Patricia Levy ti chiamava Cooper ».

«Sì».

Erano entrambi ubriachi di sonno, in attesa che la sabbia finisse di scorrere e la clessidra si girasse prima di fare la prossima mossa.

«Vorrei trovare una *Pension*. Ho bisogno di dormire. A Kassel è entrato un tipo strano nel nostro scompartimento».

«Avresti dovuto svegliarmi».

«Questo è il confine. Cerchiamo un posto dove riposare per qualche ora prima di tornare indietro».

«Tornare indietro?»

La seguì fino in fondo alla banchina, dove dei gradini portavano a un piccolo parcheggio da cui si aveva una vista più ampia sui dintorni. Vi si fermarono per un po'. Un lembo di cielo grigio correva lungo l'orizzonte, dietro gli edifici. L'alba. Una cittadina. Come poteva aver pensato che fosse Berlino? «Che ora è?»

«Circa le sette, penso». La voce di Petra era morbida e aveva in sé qualcosa del vecchio conforto, come dopo il bagno in piscina a Bad Herrenalb. O forse dipendeva semplicemente dal fatto che fosse la *sua* voce.

«Eccolo» esclamò lei, puntando il dito. I riflettori illuminavano una piccola area a circa duecento metri di distanza da loro. Una doppia recinzione. Poteva essere il recinto di una prigione, con una strada che vi correva attraverso. «*Die Grenze*» disse.

Il confine. Una cosa semplice.

«Puoi tenere questo, per favore?» Gli restituì lo zaino, mentre Barrow fissava in silenzio la recinzione lontana. «Ehi, mi senti?» disse. «Cooper Barrow?», e lui prese lo zaino. Pensava che Petra sarebbe corsa a gambe levate verso il recinto, e invece si avviò lungo il marciapiede. Non si fermò a contemplare il confine, lei.

In fondo alla strada c'era una piccola insegna gialla: PENSION. Una lampada smerigliata illuminava i gradini. Barrow si sentiva tremendamente sveglio ma anche avvolto in quella meravigliosa pesantezza dei muscoli che sopraggiunge dopo aver dormito una minima parte del sonno richiesto.

«È meglio che aspetti qui» disse Petra, e lui non sollevò obiezioni. Entrò nella *Pension* lasciandolo sulla soglia.

Era successo qualcosa: lei aveva rifiutato Berlino. Non riusciva ad affrontarla, o non ne aveva bisogno.

Un brivido gli corse lungo la pelle delle braccia, quasi una sorta di premonizione. Lasciò cadere lo zaino nell'incavo del braccio, tirò fuori il maglione e se lo avvolse sul collo alla bell'e meglio. Probabilmente sarebbe riuscito a dormire anche in piedi. È uno schema ricorrente, pensò: stare fuori dalle porte in attesa di Petra. Fuori dallo studio del suo maestro, fuori dal rock club a Stoccarda. Mi deposita fuori dalle porte. Imitazione all'ottava, alla quinta, alla seconda.

La sua mente saltava di palo in frasca.

La porta si aprì mostrando una donna di mezza età dalla faccia larga e i capelli di un biondo impossibile. «Sua moglie l'aspetta di sopra» disse, sebbene la parola tedesca per *moglie* significasse anche *donna*, una dei tanti difetti che aveva imparato ad accettare. «Stanza numero tre». Stava allacciandosi un grembiule grigio e rosa. «Caffè?» chiese.

«No, grazie».

La donna diede una stretta severa al nodo del grembiule. «Avete solo quattro ore» disse, e scomparve in un corridoio a sinistra di una scala rivestita di moquette. Barrow chiuse gli occhi, si premette le palpebre con le dita e salì i gradini uno alla volta. Provava una sorta di tensione al petto e lungo la superficie delle cosce. Un irresistibile desiderio di lasciarsi andare completamente, di sciogliere ogni articolazione, di fondersi in qualche maniera con questa ragazza che una volta l'aveva baciato, una vita fa. Quando arrivò alla stanza numero tre, Petra stava abbassando la seconda di due tapparelle, dispositivi tanto diffusi in Germania, pensati apposta per isolarsi dall'esterno con raffinata perfezione. Barrow non obiettò. Stavano per lasciarsi cadere entrambi nell'unico letto della stanza, su un austero piumino bianco.

La porta obbedì alla sua spinta e si chiuse. Erano avvolti da una cella, profondamente incassati nel luogo che li ospitava, isolati dal mondo, al riparo da ogni giudizio. Una lampada scaldava un angolo del letto. Petra vi si fermò accanto e si tolse il cappotto con lo sguardo sempre rivolto altrove. Lo lasciò cadere sul pavimento. Barrow diede un'occhiata all'armadio angusto vicino alla porta, che insieme col letto e col tavolo costituiva l'unico arredo della stanza. Poi tornò a guardare Petra. Lei si sedette sul bordo del letto per togliersi le scarpe. Barrow avrebbe dovuto dire qualcosa. Una volta spenta la luce, il buio sarebbe stato totale. L'occhio non avrebbe potuto abituarsi all'oscurità, poiché le tapparelle non avrebbero fatto filtrare nemmeno uno spiraglio di luce. «Sono stanco» disse lui.

«Anch'io».

«Quante ore abbiamo dormito in treno?»

«Tre ore, più o meno».

«Dove siamo?»

«In una città».

Petra si alzò di nuovo, sempre senza guardarlo, a piedi nudi, e Barrow le osservò la parte inferiore delle dita che sbucavano dalle lunghe maniche del maglione. Quelle della mano destra giocavano con un filo di lana penzolante. «Ci hai mai provato prima?»

«Sì» disse.

Pausa.

«A tornare a casa, intendo».

«L'avevo capito» disse lei, senza dar segno d'insofferenza.

Si voltò e lo guardò. Non aveva intenzione di spegnere la luce. Si tolse il maglione sfilando le braccia dalle maniche e poi spingendo il collo sopra la testa, dall'interno. Sotto, indossava una sottile T-shirt di cotone. L'improvvisa apparizione della pelle nuda – pallida e liscia – lo sgomentò. La dolce conca dell'ombelico. I capelli che crepitavano d'elettricità statica scivolando attraverso il collo della T-shirt. A quella sensazione, Petra sorrise. Barrow provò qualcosa di simile in fondo alla gola, una carica secca, un morsetto di batteria sulla lingua. Lei raccolse i capelli in una mano, li spostò dietro il collo e lo guardò.

«Ti prego, non addormentarti vestito» disse, e Barrow sentì una scossa quasi violenta scorrergli lungo i nervi. «A meno che tu non voglia dormire sul pavimento» continuò Petra.

«No» disse lui.

Aveva così tante domande da farle.

Barrow si girò dall'altra parte e si levò le scarpe e i jeans, il maglione e la camicia. Quando si voltò, Petra si era tolta i jeans e il reggiseno e mentre lei si chinava sulla lampada per spegnerla – era piegata sulla luce calda – Barrow vide che il suo petto comprendeva più sfumature di colore di quante ne avesse immaginate, bianche e rosate, un azzurro pallido pallido. Le lenzuola erano ruvide come asfalto. Lui sentì freddo per quelli che gli parvero minuti; si muoveva rigidamente. Lei gli si fece vicino fino a essere avvolta dal suo corpo; Barrow provò lo stupido desiderio di piangere ma gli passò. Nel giro di brevissimo tempo furono colti entrambi dal sonno, avvinghiati in quel modo, come un'unica ferita nel letto scuro.

19

Quando si svegliò, scoprì di essere solo e si vestì. Le cose di Petra non c'erano più. Su un biglietto infilato nella porta c'era scritto: *Sono andata a fare un giro.*

Lasciò un biglietto a sua volta e ripercorse la strada che avevano fatto al mattino presto fino alla stazione. Passò il ponte che attraversava i binari e scorse in lontananza il confine e delle specie di installazioni minori. Aveva la sensazione – una sensazione forte – di doverla cercare lì.

Un tratto di strada inutilizzata s'interrompeva bruscamente ai limiti di un'ampia fascia erbosa, contrassegnata da un cartello che diceva semplicemente HALT! e da un bizzarro palo di calcestruzzo verniciato a strisce ben marcate – rosse, oro e nere – che pareva saltato fuori da un luna park. Oltre la fascia erbosa correva un'alta recinzione metallica. Dall'altro lato si levava un silo di cemento, svasato in cima, con delle fessure che facevano da finestre.

Barrow guardò da una parte e dall'altra il recinto che si prolungava all'infinito con il suo vasto bordo d'erba falciata, orlato di campi di granturco sul lato tedesco-occidentale. Petra non era in vista ma Barrow notò un varco nella recinzione, un alto cancello di maglia d'acciaio. Era aperto di una trentina di centimetri.

Ignorando i cartelli che intimavano HALT!, s'incamminò per il campo. Trovò un punto in cui l'erba era appiattita formando uno stretto passaggio che arrivava fino al cancello. Vi si infilò dentro e alzò gli occhi sulla torre di guardia, quasi s'aspettasse di sentire dei colpi d'arma da fuoco. Il silenzio era impressionante. Dal cancello partiva un sentiero che attraversava prima un profondo fosso e poi una stretta strada carreggiabile che correva parallela alla recinzione.

Rallentò il passo per ammirare i terreni immacolati – sembrava un 'country club' – quando all'improvviso il silenzio fu infranto dal latrato di un cane.

Barrow s'irrigidì e girò i tacchi. A cinque metri da lui, un pastore tedesco dal pelo folto tirava il guinzaglio cercando di strapparlo; gli incisivi bianchi scintillavano sulla criniera nera. Nello stesso istante, un fischio acuto fendette l'aria, due sedicesimi accentati, e l'animale si sedette sulle zampe, le orecchie ritte, la lingua fuori, ansimando.

Il cuore di Barrow batteva forte.

Una guardia di confine con il berretto militare e un cappotto pesante era appoggiata al muro della torretta. In una mano aveva una sigaretta, l'altra era posata sul caricatore del fucile che aveva a tracolla. Rispose allo sguardo di Barrow con un cenno del capo. Barrow ricambiò il cenno e la guardia gli fece segno di passare.

Un centinaio di metri più avanti c'era una seconda barriera, un massiccio muro di calcestruzzo; anch'esso correva parallelo al confine, anch'esso era provvisto di un cancello. In lontananza, appena visibile oltre il muro alto tre metri, Barrow intravide il campanile squadrato di una chiesa.

Il cancello era aperto.

Prese il sentiero di ghiaia che portava al villaggio, e dopo circa un chilometro udì il suono dell'oboe di Petra.

Sorrise. Il suo sospetto era giusto. Lo studio dello strumento era come l'ora della mungitura. Petra doveva essersi svegliata con quella necessità in corpo ed era stata colta dal panico nella cameretta buia. Barrow conosceva bene quella sensazione.

Respinse l'impulso di provare ad aprire la porta della chiesa, e seguì invece un muro diroccato che conduceva a un minuscolo giardino sul retro dell'edificio, a riposo per l'inverno: fasci di rametti tagliati, ramoscelli secchi avvolti a spirale intorno a tralicci di filo metallico. Un trio di cornacchie frugava il terreno in cerca di semi, mentre Petra snocciolava le sue scale procedendo nel circolo delle quinte; maggiore, minore, e poi giù di una terza maggiore per portarsi alla successiva armatura di chiave: tutto questo donava una piacevole certezza.

Concedile altri cinque minuti.

Seguì una strada carrabile lungo una breve salita fino a una macchia di pini e di alberi decidui, da dove poté osservare il villaggio e chilometri di Germania, sia orientale sia occidentale. Aveva sentito descrivere *die Grenze* come una cicatrice che solcava il paese. Ma c'era pure un che di elegante, quasi naturale, nel confine. Meno lacerante di un'autostrada, seguiva le curve del terreno. La fine simmetria della doppia recinzione, la terra di nessuno dalle misure precise che sfumava in lontananza...

Il vento trasportò un frammento di Bach.

Si guardò intorno in cerca di colori e ne trovò pochi. La terra era bruna e gli aghi di pino che frusciavano dolcemente erano più grigi che verdi o blu. Osservò una tozza Fiat arancione proveniente da Est fermarsi nella piazza; una chiazza di verde carico su una corda per il bucato allentata. Il cielo incombeva sopra la terra, bianco e senza giunture o strappi. Quanto poco calore bastava a un'anima per tirare avanti, pensò Barrow. Ogni boccata d'aria che prendeva, conteneva gli elementi importanti: campagna, terra, pini. Non aveva bisogno di più tepore, né di più colore, di quanto non ne avesse trovato nelle ultime dodici ore.

Colse un altro sussurro d'oboe, un frammento più lungo trascritto da una delle suite per violoncello di Bach. È questa la prospettiva del direttore d'orchestra, pensò: lasciar fluire la musica una pagina alla volta. Sono nato per questo, per stare in cima a un osservatorio e badare allo sterminato paesaggio.

Merda. Quali erano le parole che aveva fatto riecheggiare nella Foresta Nera? Le aveva pronunciate ad alta voce solo per sé. «La prova è finita».

Si lasciò guidare dai suoi piedi sul sentiero che portava alla chiesa, rallentando solo sul viottolo erboso che, tracciando una curva, lo riportò sulla strada. Una volta arrivato davanti alla chiesa, aprì la porta. L'oboe di Petra esplose riempiendo il vestibolo, e Barrow la intravide suonare nella vicina oscurità. Dopo poche battute si fermò, ma ci volle qualche secondo prima che il suono si affievolisse. Era avvolta in un maglione e un cappello di lana, il suo viso, venendo alla luce, era delicato oltre ogni previsione, un cerchio grande come una monetina al centro delle labbra, arrossate dallo strumento.

Si tolse il cappello e lo gettò per terra. Barrow le si avvicinò e le prese la mano libera: era fredda. Le baciò la mano e poi il viso, ritrovandosi tra le sue braccia. «Aspetta, aspetta» disse lei, e indietreggiò per appoggiare verticalmente l'oboe sul cuscino polveroso di una panca, tenendolo per l'ancia. Gli occhi di Barrow si abituarono alla luce, e per un attimo fu preso dal terrore: si ritrasse da se stesso, vide lo spettro del coinvolgimento, temette di sbagliarsi sul conto di quella tedesca dell'Est. Petra intanto posò l'oboe su due cuscini con le chiavi all'insù e rimosse l'ancia con cura, come un'infermiera premurosa. Ma poi si girò su se stessa, afferrò il braccio di Barrow appena sopra il gomito, premette la bocca aperta su quella di lui e lo inchiodò lì, con le labbra ancora calde di musica, mentre le mani lottavano con qualcosa che Barrow capì essere il suo maglione e la sua camicia; gli posò le mani fredde sulla pelle dei fianchi senza allontanare le labbra, al che Barrow afferrò con i pugni il pullover di flanella che Petra indossava sotto il maglione e glielo sfilò dai jeans in modo che anche lui potesse raggiungerle la pelle, sentire sotto le dita il grasso delle sue natiche. Mentre le mani di Petra gli correvano sulla schiena, la avvolse completamente tra le braccia fino a poter toccare con la punta delle dita le prime rotondità del suo seno, poi si strinsero forte andando in cerca di qualcosa che non si poteva trovare in tutte le miriadi di battute di musica, Bach, Mahler, o chiunque altro. Barrow sapeva che quello che provava avrebbe causato dei problemi, era consapevole della pressione che questo coinvolgimento esercitava su di lui. Anche lei doveva esserlo, poiché al momento giusto semplificò tutto: gli infilò la mano nei pantaloni, gli afferrò il membro e spinse la mano avanti e indietro fino a farlo venire, e lui venne sui propri vestiti e sul polso di lei. Petra strillò quando le ginocchia di Barrow cedettero, e lui barcollò rischiando di cadere sull'oboe. Petra continuò a baciarlo mentre Barrow allungava un braccio all'indietro, pieno d'imbarazzo, trovando infine il muro.

Tenendosi l'un altro, si appoggiarono alla parete di pietra della chiesa, dove, sopra le loro teste, l'americano notò una stretta mensola di legno che correva lungo tutta la cappella. Sopra v'erano piccole foto incorniciate della Terra Santa: Gerusalemme, le rive della Galilea... luoghi che un tempo dovevano sembrare lontanissimi a chiunque frequentasse regolarmente quel posto.

* * *

Uscirono all'aperto sotto quel cielo magnifico.

«Una volta sono venuta qui in tournée con un ottetto di legni del conservatorio. Non avevo mai visto il confine, a parte il Muro, ovviamente. Poi, non appena ho potuto, mi sono fatta prestare l'auto da un'amica e ci sono tornata. Per tutto il tragitto da Berlino a qui ho pensato: forse oggi se ne dimenticheranno, forse lasceranno il cancello senza sorveglianza e non dovrò fare altro che passarci attraverso con l'auto. Cercavo perfino di escogitare un modo per restituire la Trabant della mia amica a Berlino».

«Ci hai mai provato?»

«A scappare? Non ho potuto nemmeno passare la barriera, quella che impedisce a chiunque, tranne che agli abitanti della zona, di avvicinarsi al confine per un raggio di cinque chilometri. Quand'ero in tournée, non l'avevo neanche notata».

Parlava in tedesco, ed era ciarliera. Barrow s'immaginava che sarebbe stata silenziosa e meditabonda, dal momento che quello era il suo primo giorno in Germania Est dopo la fuga e invece era un vulcano di spiegazioni, descrizioni, storie.

«Evidentemente i nostri documenti ci consentivano di passare la barriera. Abbiamo suonato proprio in quella chiesa. La gente dei dintorni ha fatto chilometri per venirci a sentire. C'era una folla che era rimasta fuori, e così abbiamo dovuto ripetere l'intero concerto una seconda volta. Sono venute perfino le guardie di confine, in uniforme. Ho sentito dire che anche in Israele, durante guerre brevi come la Guerra dei Sei Giorni, capitava che un quartetto d'archi andasse a suonare in un bunker».

Erano fermi nella piazza del paese: una comunità agricola con stalle di pietra che insistevano sulla strada. Si sentiva l'odore delle vacche.

«Ma tu... dove hai appreso cose come questa? Dall'Occidente?»

«È solo una recinzione. Filtra tutto...»

La piccola panetteria sulla piazza era chiusa, ma dentro c'era la luce accesa, e così bussarono alla porta. Comprarono qualche panino: il proprietario accettò i marchi tedeschi occidentali senza battere ciglio. Barrow chiese di andare in bagno per pulirsi.

Poi si avviarono lungo il chilometro di strada che portava al confine e si fermarono in cima a un'altura. Davanti a loro si stagliava l'apparato essenziale della Germania Ovest: strumenti tecnologicamente avanzati della ferrovia, cabine di manovra, la stazione di una cittadina, le strade dentro e fuori la città, una foschia sottile sopra un edificio, forse una fabbrica di birra, ai margini opposti della città, tutti quei fabbricati che sono indice di prosperità. Ora faceva più freddo, o forse era solo un effetto del vento che sferzava la cima dell'edificio.

«In realtà» disse Petra, «l'ho saputo quando ho visitato la sinagoga di Berlino Est».

«Hai saputo cosa?»

«La storia del quartetto d'archi nei bunker israeliani».

«Davvero?» disse Barrow, e rimase in attesa.

«A Berlino Est, abitavo a Prenzlauer Berg. Nel quartiere c'era una sinagoga, in Rykestrasse, e io ogni tanto ci andavo». Barrow la guardò, e lei anticipò la domanda che stava per farle. «Così, per curiosità».

«Raccontami di quel gruppo per cui Alexandra ti prendeva in giro. I giovani comunisti».

«La Libera Gioventù Tedesca».

«Tu ne facevi parte?»

«Chiaro. Ci facevano marciare per le strade con in mano delle fiaccole accese. Era emozionante».

Barrow la osservò mentre rievocava il passato. «Credevo che stessimo andando a Berlino» disse.

Petra lo guardò facendo una smorfia. Si tolse i capelli dagli occhi. Poi afferrò il gomito di Barrow e lo girò nella direzione opposta.

* * *

Il ragazzo e la madre erano *Wessis* in gita per il fine settimana, in onore alla svolta storica. Avevano varcato la frontiera della Germania Est in un punto d'attraversamento situato a sud, e ora stavano cercando una strada per tornare dall'altra parte, decisi a non rispettare le barriere stradali che si snodavano a cinque chilometri dal confine, a costo di spingere fuori strada la loro minuscola Fiat arancione.

Erano affascinati da Petra e cercavano di carpirle più risposte di quante lei volesse darne. «Il tempo ce l'abbiamo, mamma» disse il ragazzo brandendo una cartina della Germania

Est. «Possiamo portarli a Berlino». Seduta nell'angusto sedile posteriore, Petra disse nell'orecchio a Barrow: «Siamo stati sequestrati».

Pareva via via più turbata.

Ora sfrecciavano a tutta velocità verso est, superando villaggi e città di pianura, ciminiere fumanti e brutti casermoni. Passarono sotto un'autostrada recintata da entrambi i lati. «Quella è l'autostrada che parte dal confine di Helmstedt» disse la madre. «Non ci si può entrare né uscire fino a Berlino Ovest». Era una professoressa universitaria che insegnava letteratura francese a Würzburg.

Petra afferrò il braccio di Barrow con entrambe le mani; avevano i piedi e gli zaini compressi nello spazio ristretto tra i sedili anteriori e quello posteriore.

«Vedi, mamma, per entrare a Berlino dobbiamo passare dall'altra parte, da Berlino Est, e poi di lì attraversare tutta la città».

Barrow chiese di vedere la cartina. Le distanze erano più brevi di quanto si aspettasse: tra il confine e Berlino, tra Berlino Est e la frontiera polacca. Dopo tre ore costretti sul sedile posteriore della Fiat raggiunsero i cartelli che annunciavano Brandeburgo, una cittadina a ovest di Berlino.

«Ci lasci qui» disse Petra.

«Eh?»

«Ci lasci qui, per favore. Magari ci può portare alla stazione».

«No, ma ci mancherebbe. Troveremo il modo di entrare in città».

Petra era pallida, quasi bianca, per la paura. Barrow non si era accorto di quel mutamento, e forse nemmeno Petra se n'era accorta. Ma una sorta di panico si era insinuato in lei.

«Preferirei di no».

* * *

Attesero sulla banchina il treno che li avrebbe portati all'Ostbahnhof, la principale stazione ferroviaria di Berlino Est. Di lì avrebbero potuto proseguire a piedi e passare dall'altra parte del Muro, al Checkpoint Charlie presumibilmente, oppure alla

Porta di Brandeburgo, e quindi prendere un treno ad alta velocità per la Germania Est alla stazione di Berlino Ovest.

Petra seguiva con gli occhi due soldati armati che passeggiavano lungo la banchina. Sembrava attendessero lo stesso treno.

«Non controllano più i passaporti» disse Barrow. L'aveva letto sul giornale il giorno prima.

«Siamo come due mosche in una bottiglia» fece lei. «Ci siamo volati dentro e non riusciamo più a uscirne. Andiamo a sbattere contro il vetro».

Ed era vero – curiosamente – che c'erano pochi passaggi per entrare o uscire da quel posto, da quel paese grande come l'Ohio dove ogni strada e ogni ferrovia sembravano finire cinque chilometri prima del confine.

«So che tieni ad andarci, al Muro» disse Petra. «Mi dispiace».

La stazione di Brandeburgo era grigia, niente pubblicità allettanti, niente manifesti di film. Un portariviste conteneva quattro o cinque pubblicazioni. Il libero mercato portava un sacco di colore con sé.

«Non ci andremo» disse Barrow.

Non sentiva il bisogno di sfidare le paure di Petra: la massiccia presenza della Stasi a Berlino Est, i ricordi geografici, la gente che avrebbe potuto biasimarla, altri che potevano essere stati feriti dalla sua fuga.

L'umore di Petra si rasserenò.

Il loro piano alternativo consisteva nel prendere il treno per Magdeburgo il mattino dopo e poi un autobus per una cittadina di confine dove avrebbero passato la frontiera a piedi. Petra aveva sentito parlare di una città di nome Böckwitz che era stata tagliata in due dalla *Grenze* e, dato che ormai era il 27 novembre, lì, quasi certamente, ci sarebbe stata via libera.

Presero stanza in un albergo di fronte alla stazione, scialbo ma accogliente. Petra suggerì di lavare la biancheria come turisti vecchia maniera, lui nel lavandino della stanza, lei nel bagno in comune in fondo al corridoio. Barrow la lasciò sola a fare un bagno e uscì in cerca di una *Kneipe* dove acquistare un paio di sandwich. Quando tornò, Petra stava pettinandosi i capelli. Mangiarono i panini al formaggio che era riuscito a recuperare: in quelle circostanze sembrava deliziosi. «In Germania non trovi formaggio cattivo da nessuna parte» disse lei.

Poi anche Barrow si concesse un bagno e gli parve di aspettare un'eternità nello stanzino angusto prima che l'esile getto d'acqua calda riempisse la vasca. Immergervisi fu la seconda esperienza deliziosa nel giro di un'ora. Si appoggiò all'indietro sul metallo freddo, terribilmente sveglio e consapevole che anche lei era altrettanto sveglia, si preparava. Da quando era tornato dalla *Kneipe*, entrambi avevano evitato di rivolgersi lo sguardo.

Petra aprì la porta di sorpresa brandendo il pettine come una bacchetta. «Lo vuoi?»

Barrow si tirò su di scatto con un tonfo sonoro, coprendosi le parti intime.

«Certo» disse, e lei lo gettò nell'acqua.

Anziché andarsene, si sedette sul bordo della vasca, a piedi nudi e con indosso i jeans, la T-shirt che le si sollevava sul seno. Si chinò in avanti come per lavarsi.

«Volevo chiederti...»

«Sì?»

«Di Saratoga».

«Eh?» Barrow non aveva ancora accettato il fatto che lei fosse lì, di fronte alla sua nudità scomposta. «Saratoga?»

«Quello di cui parlava Patricia Levy».

«Stavi ascoltando?»

«È successo qualcosa che ti ha fatto smettere».

«È stata una combinazione di cose».

«In genere non è 'una combinazione di cose'. In genere è una cosa soltanto. Poi, dopo, uno dice 'È stata una combinazione di cose', e se ne dimentica».

Era intelligente. E bella, soprattutto adesso, con le guance e il naso ancora rossi per il bagno. S'inginocchiò all'estremità della vasca, il mento appoggiato sulle mani, le mani sul bordo. Barrow non sapeva cosa pensare del pudore prima dimostrato, quando gli aveva proposto di lavare la loro biancheria in stanze separate.

«Allora?»

Lui si schiarì la voce. «Ero stato invitato a dirigere la Philadelphia Orchestra lassù dove trascorrevano l'estate, vicino a Saratoga Springs, nello stato di New York. Ho diretto in un concerto con altri due vincitori di concorso e ho perso la testa o giù di lì, perché non mi sono inchinato al pubblico».

«Non ti sei inchinato?»
«No».
«Che cos'hai fatto?»
«Me ne sono andato».
«Pensavi di non meritarti l'applauso?»
«No, no».
«E allora perché?» Petra aveva una mano nell'acqua e la agitava intorno alla caviglia di Barrow.
«Non me lo ricordo» disse.
«Non è possibile».
«Vuoi davvero saperlo?»
«Altrimenti perché ti torturerei in questo modo?» Le sue dita erano scivolate sul polpaccio di Barrow e il suo petto premeva sul bordo della vasca. Aveva immensamente più esperienza di lui.
«Cos'è, una tecnica speciale d'interrogatorio usata nella Germania Est?»
«Mi ha sempre dato ottimi risultati, in effetti».
Mentre la fissava, Barrow si chiese quanti segreti di effettiva importanza fossero stati rivelati nel corso di un bagno caldo in uno squallido alberghetto della Germania Est.
«È una lunga tradizione» disse.
Lei annuì.
«Non mi sono inchinato perché quella non era la *mia* esecuzione». Petra, comprensibilmente, sembrava perplessa. «Era l'esecuzione del primo violino. L'orchestra seguiva lui. Io ero solo una specie di marionetta».
«È sempre così».
«Lo so».
«E non ti sei inchinato per questo? È una stupidaggine».
«Peggio». Lei aspettava, con le dita immobili che lambivano appena la superficie dell'acqua. «Era la Prima di Beethoven, e naturalmente erano in grado di suonarla a occhi chiusi».
«Sì?»
Barrow ricordò la collera muta – la collera stupefacente – che ribolliva nel suo io di ventunenne, la sua totale dissociazione da Beethoven. Il primo violino e gli altri primi strumentisti erano stati molto cortesi con lui prima del concerto e, durante l'esecuzione, non l'avevano quasi degnato di uno sguardo.
«Me ne sono andato prima che finisse».

Attese la reazione di Petra, ma lei non disse nulla.

«A una ventina di battute dalla fine. Ho smesso di dirigere e ho abbandonato il palcoscenico».

Lei lo guardava senza compassione né rimprovero.

«Ti sei dato la zappa sui piedi da solo».

Lui annuì.

«Dovevi essere consapevole di quello che stavi facendo».

«Sì» disse lui. L'aveva capito già molto tempo fa, che dietro lo schermo della sua rabbia si muoveva la fredda mano di un giocatore di scacchi.

«E sei stato cacciato dalla Juilliard?»

«Me ne sono andato via prima che potessero farlo».

Petra gli prese in mano il piede. «Di che cosa avevi paura?»

«Perché mi fai tutte queste domande?»

«Perché voglio sapere».

«L'acqua si sta raffreddando» disse lui fingendo di guardarsi intorno in cerca dell'asciugamano. Ma lei aveva una salda presa sul suo piede.

Barrow ricordò la reazione di sua madre quando le telefonò per comunicarle che si trasferiva a Fishkill. «Splendido, figlio mio» aveva detto lei, in un raro affondo sarcastico, «così, se per caso dovessi dar prova di avere talento, quelli non ti troveranno mai».

Petra gli premeva forte il pollice sul collo del piede. «Di che cosa avevi paura?»

«Avevo paura di non avere talento».

«È una buona ragione».

* * *

La loro biancheria era stesa sulla griglia del riscaldamento sotto il letto, strizzata e ormai quasi asciutta. Una lama di luce filtrava da sotto la porta.

La voce di Petra era bassa e roca. «Perché te ne stavi alla larga da me?»

«Eh?»

«Ti ho offerto un passaggio fino alla fermata del tram. Ti avrei portato a Ettlingen, se volevi».

«Tu eri così speciale...»

Lei lo baciò.

Barrow si muoveva timidamente. Il corpo di lei era un tale dono... un ulteriore motivo d'imbarazzo. «Non importa» sussurrò lei, e lui osò spingersi fino all'areola rosa intorno ai suoi capezzoli, pur sapendo di avere il mento non rasato. Quando Petra fece lo stesso con lui, dovette mordersi l'interno della guancia per non urlare. Si lasciò sprofondare, abbandonandosi a quella sensazione dimenticata, perse ogni senso di coerenza, ogni senso del proprio posto al mondo, ogni senso perfino della presenza di lei come entità separata nel letto, finché, forse un po' impaziente, lo afferrò, lo spinse verso di sé e lo guidò dentro, facendolo scivolare millimetro dopo millimetro, mentre con le ginocchia gli sfiorava i fianchi. Poi, prima di continuare, si fermò, sorrise, e furono di nuovo due estranei, vecchi di un giorno, protesi sopra un oceano e mezzo continente, perfetti sconosciuti, senza nemmeno la comodità di parlare la stessa lingua. Petra riprese a muoversi, appena un po', e fedele al patto che aveva fatto con se stesso, Barrow non gridò, le sue mani trovarono i bordi del materasso e vi si aggrapparono, e poi le spalle snelle da nuotatrice di Petra, il morbido guscio delle sue labbra... Come sul treno, il piacevole dondolio, il tranquillo gemito delle rotaie un metro più sotto.

20

Al mattino, mentre erano ancora a letto, Petra esaminò lo zaino di Barrow come un'amante intenta a catalogare il contenuto del portafogli del proprio uomo. Una sciarpa scozzese dimenticata; una partitura tascabile dell'Ottava di Beethoven; un piccolo dizionario Langenscheidt; una tazza da thermos non lavata. Annusò nella tazza. Contò le matite nel suo astuccio – la rossa, la blu – «È il tuo nido d'infanzia?» chiese. Tirò fuori un grosso libro rilegato che Barrow aveva infilato nello zaino due sere prima, prima di uscire per andare al concerto, come lettura amena per il tram. Aprì la copertina e vide una dedica a penna. «'Ah, quello che avrebbe potuto esserci'. E questo cos'è?» chiese.

«Un cliché. È una dedica scherzosa, visto che non avrebbe mai potuto esserci niente».

«Niente in che senso?»

«Una relazione».

«Con te?»

«Sì».

«E chi l'ha scritto?»

«Un'amica. Una direttrice d'orchestra».

«Che voleva avere una storia con te?»

A un certo punto della notte, Petra aveva preso possesso di Barrow e non aveva incontrato ribellioni.

«No».

«E tu con lei?»

«Non proprio».

«Non proprio?»

«No di certo».

In realtà si era preso una cotta passeggera per Carleton, una pianista poi divenuta direttrice d'orchestra che aveva conosciuto a Eastman. «Scoperò con te una volta, ma niente coinvolgimenti» gli aveva detto, intuendo i sentimenti di Barrow. «Sono lesbica». Gli aveva regalato il libro poco dopo che entrambi erano stati ammessi alle lezioni di Gil Shanahan alla Juilliard, un evento del tutto insolito, visto che provenivano dalla stessa scuola. «Noi siamo gli eletti» disse Carleton aprendogli la porta, «siamo gli israeliti in cammino verso la terra del latte e delle puttane».

Petra lesse qualcos'altro sul frontespizio. «'Che cazzo aspetta Hollywood?' Il resto non lo capisco» disse.

«Intende dire che ci si potrebbe trarre un bel film». Il volume era una raccolta di documenti sulla biografia di Clara e Robert Schumann, un compendio di pagine di diario e di lettere scritte da loro, a loro e su di loro. E su Brahms, che era loro amico intimo.

«Troppo melodrammatico» commentò Petra. «Troppo pateticamente romantico».

«Troppo tedesco?» Barrow si stupì nel sentirselo dire.

«Non più».

«Perché?»

«Ormai siamo il popolo più antiromantico del mondo, no? In Germania non c'è più traccia di romanticismo».

Era seduta a gambe incrociate. Si era messa il maglione ma per il resto era nuda. Barrow era sdraiato sul fianco sotto le coperte.

«Quante sottolineature». Lesse in inglese: «'... un uomo, il cui destino dovrebbe essere quello di esprimere lo spirito del nostro tempo nel modo più alto e ideale...'»

«Robert Schumann».

«Già».

«Che scrive di Brahms, allora diciannovenne».

«Sei un ragazzo sveglio».

«L'ho letto milioni di volte».

«La tua amica ha... come si dice...»

«Sottolineato?»

«La tua amica ha sottolineato questo: 'un uomo che non rivelerà la sua maestria con uno sviluppo graduale ma sbucherà, come Minerva dalla testa di Giove, armato di tutto punto'».

«Che cagata». Il commento di Barrow suonava tutt'altro che convincente.

«Cagata?»

«*Scheisse*».
«Lo credi davvero?»
«*Ja*».
«Parli come Tano Popescu».
«Sul serio?» chiese lui.
«*Ja wohl*».

Barrow esitò. «Tu devi conoscerlo bene, Tano». Scrutò la faccia di Petra in cerca di qualcosa, un indizio.

«Nessuno conosce bene Tano. E questo cos'è?» Carleton aveva scarabocchiato qualcosa a margine. «'Abbiamo tutti bisogno di un mentore'».

«Pupillo, mentore. È una battuta sarcastica».

«Ah» disse Petra. Il suo viso aveva un'aria delicata sotto la scarsa luce che filtrava dalla finestra.

«Schumann» disse Barrow, «che è il compositore più famoso in Germania, presenta Brahms come se fosse un dio. Lei vuole dire che farebbe comodo a tutti una presentazione come questa».

«La tua amica ama il sarcasmo».
«Cominci a capire».
«Comincio a capire?»
«Mi pare di sì».
«Ma va' al diavolo».

Petra continuò a sfogliare il volume in cerca di altre annotazioni di Carleton. «Pensi che Brahms abbia mai fatto l'amore con Clara?»

«Non lo so».
«Per me l'ha fatto».
«No» disse lui.
«Solo perché tu non l'avresti fatto?»
«Cosa vuoi dire?»
«*Tu* non saresti andato a letto con lei».

Barrow decise di ignorare quel commento sarcastico.

Un tempo questa era stata più di una semplice curiosità per lui, e apparentemente era lo stesso anche per Petra. E poi, chi non sarebbe stato almeno curioso di saperlo, conoscendo la storia? Dopo che Robert Schumann morì, Clara e Brahms andarono in vacanza in Svizzera, una vacanza con una questione ben precisa all'ordine del giorno: che ne sarà di noi, adesso che Robert è morto? Al loro ritorno, nel giro di pochi giorni, dopo essere rimasto a fianco di Clara durante tutt'e due gli anni del suo calvario con Robert – la follia intermittente del marito, il tentato suicidio –, dopo aver stazionato nel suo salotto suonando con lei ogni genere di musica da camera, notte dopo notte, Brahms all'improvviso se ne andò.

«Tu sei americano, e per te una cosa del genere è inimmaginabile. Credi che Clara non possa aver fatto del sesso con lui solo perché avevano addosso tutti quei vestiti larghi? Magari una sera, mentre suonano al piano la musica di Brahms, e lei gli dice che è un genio? Clara era una donna molto sensuale, sai, fa parte della passione musicale, non credi? Era un po' più vecchia di lui e aveva tutti quei bambini: tanto meglio!» Nella voce di Petra si era insinuato un tono nuovo, una tipica variante tedesca dell'arroganza, sua o della lingua, Barrow non avrebbe saputo dirlo. «La Germania esiste da molto più tempo dell'America. La religione sa stare al proprio posto, qui».

«A parte il fatto che non ci sono prove che siano andati a letto insieme» ribatté Barrow, «penso solo che reprimersi e buttare tutti i suoi sentimenti nella musica facesse parte della personalità di Brahms».

«A proposito di cliché...»

«E poi tieni presente il rispetto che provava per Robert Schumann, il rispetto che provava per lei».

«Sì, certo, è vero. E questo rendeva la faccenda assai più *pericolosa*». Petra amava lottare. «Perché credi che se ne sia andato così di punto in bianco? Doveva esserci una ragione dietro quella partenza brusca. È partito perché, dopo essersi represso per tanto tempo, alla fine è andato a letto con lei. Era disgustato da quello che aveva fatto e così l'ha lasciata e se n'è andato al Nord, ad Amburgo, e questo è quanto».

Barrow annuì, pur essendo più convinto che mai di capire Brahms: all'ultimo momento, Brahms aveva abbandonato l'unico e potentissimo amore della sua vita, era fuggito a casa sua ad Amburgo e si era messo a scrivere una delle più grandi musiche del diciannovesimo secolo. Alzò lo sguardo su Petra – il suo volto immerso nel libro, il suo profumo dappertutto – e comprese la tentazione di trovare ogni cosa di cui uno aveva bisogno in un'unica passione. Come sarebbe stato facile sostituire le sue rinate ambizioni con una donna.

« È tanto tempo che non andavi con una donna, eh? » chiese Petra, fingendo di essere ancora assorta nel libro.
« Si vede? »
« Da quanto tempo? »
Barrow fece spallucce. « Da qualche anno, forse ».
« Gesù » esclamò Petra. « Ecco perché pensi questo di Brahms ».

21

Seguirono il piano di Petra: riuscirono a riattraversare il confine a Böckwitz e arrivarono a Karlsruhe poco dopo le due del mattino. Ubriachi di sonno, raggiunsero a piedi l'appartamento di Petra in Schützenstrasse, nel quartiere di Südstadt. Wolf era seduto in cucina a leggere un libro di testo. Alzò gli occhi e sorrise. Barrow avrebbe voluto varcare quel territorio per gradi, ma Petra non si fermò. Lo trascinò in fondo al corridoio e lo depositò nella sua camera da letto. Lui lasciò cadere a terra lo zaino e stese il suo corpo stanco sul futon, per tutta la sua lunghezza, affondando la faccia nel piumino.

* * *

Ziegler sospese le lezioni per due settimane – correva voce che fosse andato a riposarsi in Svizzera – e Barrow passò le ore libere curiosando tra gli scaffali ben forniti di un negozio di musica chiamato Franksmusik mentre Petra studiava, o provava col suo quintetto. Al pomeriggio facevano l'amore. Poi, lui andava a comprare qualcosa per cena nelle panetterie e nei negozi di formaggio vicino a casa di Petra. A volte Wolf lo accompagnava mentre Petra e Alexandra rimanevano a studiare, nelle loro stanze.

La sera gironzolavano nel quartiere di Südstadt parlando senza sosta di cose di poca importanza. Lei gli descriveva il fascino che provava per le hall degli alberghi o indicava un balcone dove qualcuno aveva ammassato una decina di paia di vecchi sci di legno: «Sai sciare?» «Sì» rispondeva lui, e partiva a raccontare di suo padre che ogni inverno li trascinava in una vacanza di tre giorni in una località turistica di montagna. «Povero il mio americano» commentava lei. Esigeva descrizioni di ogni posto in cui lui era stato negli Stati Uniti, e Barrow gli parlò del Michigan, dei grandi laghi nel Nord, delle vaste dune scaldate dal sole di luglio, al punto che non ci si poteva camminare sopra a piedi nudi. «Camminare a piedi nudi è un lusso da fascisti» disse lei ridendo. Lui le chiese di parlargli dei libri tascabili accatastati sul parquet, con i Penguin arancioni disseminati tra loro come i tasti neri del pianoforte. Lei gli riassunse i suoi preferiti. «Se potessi leggere tutto il giorno, sarei felice» disse. E se anche lui non era d'accordo, aveva poca importanza.

Parlavano poco di musica, e lui non le disse mai che prima di incontrarla non pensava quasi ad altro.

Verso la fine della settimana andarono a piedi alla Hochschule a prendere delle partiture che Messer-Eichen aveva lasciato per Petra. Lo Schloss Gottesaue di mattoni rossi si stagliava nel cielo nero, come una fortezza, un ultimo bastione difensivo. Barrow glielo fece notare, e lei affermò che, subito dopo la guerra, quando torreggiava sulle macerie di Karlsruhe, il palazzo doveva essere assai più imponente. «L'unico punto di riferimento rimasto della città» disse.

Il guardiano li riconobbe a prima vista, e loro salirono le scale per recarsi nello studio di Messer-Eichen. Le partiture di cui Petra aveva bisogno erano sulla scrivania dell'insegnante, in una busta di cartone. Barrow le chiese il permesso di vederle. Erano una serie di parti di primo oboe per alcuni pezzi di Brahms per coro e orchestra, per il balletto *Fancy Free* di Bernstein e per la sinfonia *Sorpresa* di Haydn.

Si era scordato che Petra sostituiva Messer-Eichen a Francoforte. Provò una sorta di gelosia ripensando alla sua ventilata relazione con Werner Schott.

«Che c'è?» chiese lei.

«Lo sostituisci di nuovo?»

«Sì».

«E non stai più nella pelle?»

«È una buona occasione per me» disse lei. Barrow provò un certo fastidio. Erano tornati sulla scena di un crimine, e lui riconobbe lo stesso tono sfoderato da Petra l'ultima volta che si erano trovati insieme in quella stanza. Formale e posato, come se nello studio vi fossero delle microspie.

«C'è qualcosa che non va?» le chiese.

Petra era rivolta verso il pianoforte, e quando si girò a guardarlo aveva uno sguardo diverso, divertito, le sopracciglia leggermente incurvate.

«Conosci Eugenie?»

Lui annuì. Era l'oboista gobba che aveva preso il posto di Petra come primo oboe nella sinfonia di Brahms.

«Sono entrata qui una volta» disse Petra, «e ci ho trovato lei con il suo ragazzo. Sotto il pianoforte. Ero felice per lei».

«Ah» disse Barrow.

«Non è l'unico motivo per cui sono felice per lei» continuò Petra. «È stata brava, no?»

«Nel concerto?»

«Non è stata brava?»

«Non troppo».

Lei lo fissò e sorrise. «Ci stai pensando, vero?»

«Può darsi».

«Come Brahms e Clara».

Lui sostenne il suo sguardo. «Vieni» disse.

Petra chiuse a chiave lo studio; Barrow la prese per mano e la portò su per due rampe di scale fino all'ultimo piano, la discoteca: un acquario di vetro.

«Antonio dice che alcuni insegnanti hanno libero accesso» disse lui, ma Petra stava già provando le chiavi.

Dentro c'erano dieci gradi in meno rispetto al resto dell'edificio. Barrow s'infilò dietro il banco col registro dei prestiti e azionò un interruttore che fece accendere un solo tubo al neon negli scaffali in fondo. Trovò il CD che voleva, portò Petra alla sua cabina d'ascolto preferita e la fece sedere sul pavimento. Infilò il CD nel lettore e premette alcune volte il tasto che faceva passare al brano successivo. Lei disse «Henze», e Barrow ebbe un tuffo al cuore. Conosceva quel compositore! L'ultimo movimento della Settima Sinfonia di Hans Werner Henze, altalenante tra moderazione e pazzia, un'orchestra in fuga disordinata, e poi l'interruzione che precedeva la battuta conclusiva, indicata da Henze in 20". Venti secondi di silenzio.

Petra doveva aver visto la partitura; attese fino alla fine, uscì dalla cabina e tornò con un CD scelto da lei. La *Creazione* di Haydn, *Awake the Harp*. Quando il brano finì, fu lui a lasciare la cabina e a ritornare con un LP, la Terza di Mahler diretta da Jascha Horenstein, London Symphony Orchestra. Abbassò la puntina sul quinto movimento e una torma di bambini intonò

«Bimm bamm!», reinventando enfaticamente l'intervallo di seconda, un sessantesimo di minuto. Quando terminò, Petra sollevò il braccio del giradischi spostandolo sul solco precedente, il quarto movimento, e si ritrovarono in una cattedrale, poiché Mahler aveva inserito le parole «*Oh Mensch!*» su una cadenza plagale che le faceva suonare esattamente come «Amen». Solo che quelle erano le parole di Nietzsche. «Oh uomo, fa' attenzione!» cantava il contralto. «Che dice la mezzanotte profonda?» Fine del movimento.

Erano seduti per terra uno di fronte all'altra. Una luce pallida lattiginosa filtrava dall'esterno. Era un'altra cella, come la *Pension*, l'albergo a Brandeburgo, la stanza di Petra in Schützenstrasse. Lei allungò il braccio sopra le ginocchia e azzerò il volume, ascoltarono di nuovo «Bimm bamm!» direttamente dal vinile, in lontananza, come se l'orchestra e il doppio coro fossero racchiusi in una tazza d'alluminio.

Quattro minuti e la puntina scivolò nello spazio non inciso del disco. Lui la guardò, e lei ricambiò il suo sguardo. Petra per un attimo sembrò smarrita, raggomitolata come una creatura allo stadio larvale. Poi interruppe il sommesso ronzio delle casse: «Ci sono dei limiti a tutto questo».

«Limiti?» Barrow pensò che si riferisse alla musica, alla loro sciocca venerazione per essa; o all'utilità della musica come linguaggio, alla tentazione di lasciare che la musica esprimesse i propri pensieri, evitando di esporsi. *Quei* limiti.

«Tu sei innamorato di me».

Lo disse in tedesco, ma Barrow capì che cosa intendeva dire, poiché aveva fatto delle ricerche sulla differenza tra *innamorato* e *amore*. Si sentì mancare, distrutto dall'idea che Petra non provasse gli stessi sentimenti.

Stava per parlare, ma lei lo interruppe con una singola scossa del capo e seguitò a fissarlo.

Poi, vedendo l'espressione alla quale ormai era così avvezzo – gli angoli delle labbra tirati e la fossetta sulla guancia destra, percettibile sotto forma di una lieve ombra nella luce fioca – Barrow capì che non c'era ragione di preoccuparsi. Un secondo rovescio di fortuna nello spazio di un minuto.

Petra sollevò le ginocchia sul petto e premette la schiena sul muro. «È troppo tardi, vero?»

Barrow tacque, interrogandosi sul significato di quella domanda. Il disco di Mahler continuava a girare silenziosamente sul piatto, sospinto dalla cinghia.

«Per nascondere qualcosa all'altro» disse lei.

Barrow osservò il suo volto, imperscrutabile di nuovo, abbassato nell'ombra. «Non è mai troppo tardi per quello» ribatté, benché sembrasse più una frase detta da lei.

* * *

Un mattino, dopo colazione, saltò sul tram per Ettlingen e rimise piede nella sua mansarda dopo un'assenza di dieci giorni. Tirò fuori il violino, lo accordò, tese i crini dell'archetto, vi spalmò sopra la pece e suonò una lenta scala cromatica lungo tutta l'estensione dello strumento. Sin dal primo stridio dell'archetto si sentì percorrere da una vitalità che aveva dimenticato da un pezzo: la prima pressione del braccio destro, la flessibile resistenza della corda del Mi, i brividi che gli rimbalzavano fino al gomito, una zaffata di resina che saliva dal ponticello. Non era mai stato soddisfatto del suo strumento, un'imitazione Lupot a buon mercato, ma ora non aveva alcuna importanza. Per tre ore non suonò nient'altro che scale e arpeggi, come un forsennato. Era merito di Petra. Alcune sue rigidità si stavano sciogliendo.

A mezzogiorno, Elisabeth, la ragazzina di dieci anni, comparve in cima alle scale nello stesso punto in cui si era fermato il fratellino, due mesi prima. Barrow la guardò, ammutolito dall'eccesso di concentrazione. «Già a casa?» disse alla fine.

La bambina annuì con le dita avvinghiate alla ringhiera, gli occhi timidamente puntati all'insù.

«Faccio rumore?» disse Barrow.

Lei annuì di nuovo, puntando il dito sul suo viso. «Cos'è questo?» chiese, e Barrow d'istinto si toccò sotto la mandibola sinistra e fece una smorfia. Tre mesi senza suonare gli avevano reso il mento liscio e vulnerabile. Si era così concentrato sugli intervalli dell'accordatura, una piccola correzione dopo l'altra, da scordarsi della necessità di sviluppare un callo a poco a poco. Si passò una nocca sotto la mascella e fece un'altra smorfia. Guardandosi la mano, vide una macchiolina di sangue sul dorso del dito.

Quella sera, Petra lo raggiunse a Ettlingen. Andarono insieme alla piscina di Bad Herrenalb, e alla fredda luce del tram lei gli esaminò la ferita sotto il mento e poi riappiccicò il cerotto.

Nella piccola piscina all'aperto, recitarono di nuovo quella volta in cui Petra aveva salvato Barrow. Rimasero in piedi al gelo, sul bordo di cemento e, quando pensarono di non poter resistere oltre, indietreggiarono e si sedettero sul muretto che delimitava la terrazza, conversando amabilmente con un brutto accento britannico, fingendo che fosse una giornata estiva. Un vento gelido faceva evaporare l'acqua dalla pelle. I peli delle braccia erano dritti e asciutti. Ignorarono gli sguardi dei bambini che sussurravano e ridacchiavano, e gli altri bagnanti che li raggiungevano sul terrazzino e li imitavano incrociando le gambe gocciolanti e gommose. Sentirono la stretta del freddo irrigidire i bozzi dietro le orecchie. «Sei pronto?» disse Petra. «*Fertig*» le confermò lui. Rimasero seduti ancora un attimo, Barrow scorse un altro sguardo di sfida negli occhi di Petra, e poi scattarono insieme verso la piscina calda.

22

Sabato mattina, poco prima delle sette e mezzo, Wolf bussò alla porta della stanza di Petra e riferì un messaggio trasmesso dalla padrona di casa di Barrow. Doveva essere all'auditorium alle otto per una sessione straordinaria con Ziegler.

Barrow emise un gemito.

«Credevo fosse andato a far visita al suo cavallo in Svizzera» brontolò Petra. In due settimane, l'odore dei suoi capelli, delle sue lenzuola avevano invaso i meandri più reconditi dell'immaginazione di Barrow. L'impresa di dover lasciare il futon di Petra con un preavviso così breve non aveva equivalenti nella sua vita.

Wolf aveva una tazza di caffè che l'aspettava in cucina. Dappertutto c'era carta millimetrata con tracciati a matita e cancellature. «Cos'è, una sessione straordinaria?»

Barrow scrollò le spalle. «Non ne ho idea».

Una volta in strada, sentiva ancora il calore del letto di Petra sul suo corpo. Il selciato scuro e umido, i fari che passavano, tutto, pensò, richiamava alla sua mente l'unione di un uomo con una donna. Si fermò a comprare un quotidiano, in omaggio alla passione che provava da qualche tempo per la terra natale di Petra, per tutte le vicende che riguardavano l'Est. Lo lesse mentre camminava. C'era un articolo sull'arresto di Erich Honecker, l'ex leader della Germania Est. Era pieno di autocompiacimento giornalistico. Una pagina interna riportava una foto dell'uomo, presa dall'alto, che ricordava Karlheinz Ziegler sul podio, la fronte alta, lo sguardo rapace.

Stava ancora leggendo quando entrò nel Konzerthaus. I corridoi parevano deserti; Barrow sgusciò furtivamente nell'ingresso degli artisti per farsi un'idea della cosa da dietro le quinte. A dispetto degli ultimi eventi, gli era rimasto un desiderio servile di far colpo sul vecchio con la sua sollecitudine.

«Cooper Barrow?» La voce proveniva dalle ombre appena dietro il proscenio. «Credo che il maestro sia pronto».

«Per cosa, *bitte*?»

Uno studente, uno dei direttori non diplomati, comparve nella vaga penombra del fuori scena e fece segno a Barrow di uscire sul palcoscenico. Questi obbedì, entrando appena dietro la sezione degli ottoni bassi. Non c'era nessuno in vista, e Barrow sentì una forte scarica adrenalinica. Aveva in mano il giornale e, non sapendo che altro fare, si tolse lo zaino dalle spalle e lo infilò dentro.

Passarono diversi secondi. La sua vita pareva costellata di momenti simili: redini che sfioravano il fango senza nessuno che le tenesse.

«*Hallo*» disse.

Il palcoscenico era illuminato come per un concerto; il resto della sala era buia. Cominciò a distinguere un suono. Da quanto tempo c'era? Una serie intera di suoni, a basso volume, quasi subliminali, che poi crebbero d'intensità fino a diventare inconfondibili: il sommesso brusio di un pubblico brulicante. Un brivido gli corse lungo la spina dorsale.

«*Guten Tag!*»

Niente.

Il brusio veniva da quattro altoparlanti tirati fuori dalle quinte. Alzò gli occhi sulla cabina di controllo restando abbagliato dalle luci.

«Herr Ziegler?» Notò lo studente che s'infilava in una porta della platea, scomparendo tra i sedili.

Il brusio registrato si placò, e Barrow chiamò di nuovo: «*Hallo*, maestro Ziegler!» Udì dei passi, un rumore così concreto che non poté fare a meno di guardare nella direzione da cui proveniva. Un basso scroscio di applausi fu seguito dal La dell'oboe – suonato da un americano, a giudicare dalla secchezza del suono – al quale si unì tutta l'orchestra. Era tutto fin troppo reale, esattamente come sarebbe stato prima di un concerto dal vivo. Dal breve tempo richiesto per l'accordatura, capì che si trattava di un'orchestra professionale.

«Salga sul podio».

La voce di Ziegler, proveniente dal fondo della sala.

Sentì dei passi dietro di sé – erano quelli del direttore dell'incisione – e poi un'improvvisa tempesta di suoni in cui riconobbe un fragoroso applauso, di quelli normalmente riservati ai direttori celebri, i Maazel, i Solti, i Rattle.

«Cosa vuole che faccia?» urlò sovrastando l'applauso.

«Salga sul podio».

Impugnò la bacchetta, che non ricordava nemmeno di aver tirato fuori dallo zaino.

Salì sul podio insieme con la sua controparte nella registrazione, che nel frattempo, presumibilmente, aveva fatto un cortese inchino al pubblico. Sul banco del direttore c'era la partitura della Seconda Sinfonia di Brahms, aperta al primo movimento.

È il mio premio di consolazione per non essere stato scelto l'altra sera?

L'applauso si smorzò; d'istinto sapeva già quanti secondi ci sarebbero voluti per consentire a tutti gli spettatori e alla loro eccitazione di placarsi: la creazione di un permesso collettivo.

È un'altra lezione?

Non poteva indugiare ancora per molto. Presto vi sarebbe stato un respiro di gruppo dei violoncellisti, forse anche del direttore stesso, a segnalare il battito preliminare...

Ed eccolo, il respiro. Le sue braccia lo seguirono, e al suo battere si udì il suono proveniente dai violoncelli, o dal punto in cui avrebbero dovuto esserci i violoncelli: *di-ia-da-daaaa*. Guardò i corni, i leggii vuoti, e poi i fiati. Chiuse gli occhi – conosceva bene quelle battute – e il timbro professionale salì, avvolgendolo.

Passò un minuto, o forse minuti.

Il vecchio apparve dietro gli ottoni bassi; tra loro vi erano cinque file di leggii vuoti.

«Che senso ha?» urlò Barrow coprendo la registrazione.

Il vecchio gli fece segno di tacere.

«Maestro, è assurdo». Era uscito dalla sequenza ritmica e aveva deposto la bacchetta.

«Continui!»

«Ma è ridicolo!»

«È la Seconda Sinfonia di Brahms, non vuole dirigerla?»

«Maestro...»

«Se ne vada».

Barrow fissò il vecchio.

«Se ne vada!»

Gli erano successe cose più stupide. Era stato sbalzato di sella da un cavallo, per dirne una.

Raccolse la bacchetta e ne strinse l'estremità nel palmo della mano destra. Conosceva quel passaggio. Si inserì nello schema ritmico di base.

«Sta battendo il tempo».

Continuò nei suoi gesti cercando di metterci un po' di sentimento.

«No!» Il vecchio entrò nello spazio riservato all'orchestra, si fermò nel punto in cui avrebbero dovuto esserci le viole, se ci fossero state le viole. «*Espressivo!*» Si aggrappò a un leggio per sostenersi; la sua voce alta di baritono si librò sull'orchestra che suonava a tutto spiano. «*Espressivo!*»

Barrow abbassò le spalle e si tuffò nella sinfonia. La musica tornò ad avvolgerlo. Cercò di anticipare l'orchestra, di qualsiasi orchestra americana si trattasse, e l'orchestra non lo tradì. Chiunque fosse il direttore, non si discostava dai comandi di Barrow. Dove Barrow voleva molto, c'era molto; dove voleva poco, c'era poco. Pura bellezza dove voleva pura bellezza. Questo era Barrow all'età di quindici anni, le tende tirate, che ascoltava dischi fendendo l'aria, trafiggendo l'universo, completamente ripiegato su se stesso. Ziegler doveva aborrire quell'atteggiamento.

Il primo movimento terminò. Due o tre colpi di tosse isolati gli ricordarono la presenza del pubblico registrato: dovevano esserci degli altoparlanti anche nella sala. Attese un segnale che gli indicasse la fine dell'esercizio, ma il vecchio trascinò una sedia in fondo al palcoscenico e vi si sedette, guardando il pubblico alle spalle di Barrow, la testa leggermente piegata di lato. Dal tempo del secondo movimento – terribilmente lento – Barrow ipotizzò che il direttore di quell'incisione dal vivo fosse Leonard Bernstein. Un altro indizio sul proposito del vecchio? Ma qual era, poi?

«*Sostenuto, sostenuto!*» Il vecchio si era rialzato e andava su e giù lungo le linee laterali come un allenatore di football americano.

Barrow ci provò. Sostenne il suono con le braccia finché non fu in grado di entrare nella logica di quel tempo, di soddisfarne le modalità. Il secondo movimento si trasformò in uno studio in *adagio non troppo*, con Ziegler che sbraitava di continuo: *No, così lo lascia cadere, abbandona il campo. Diserta.*

Sostenuto, sostenuto!

Di più, di più, ancora di più!

C'era qualcosa che non quadrava. Questo non era il tempo di Ziegler. Era un tempo che l'avrebbe fatto andare su tutte le furie. L'esercitazione consisteva forse nel vestire i panni del nemico per conoscerlo meglio? Nell'infilarsi quatti quatti dietro le linee in un mattino nebbioso e prendere il comando delle truppe nemiche?

Prima che il movimento terminasse, Ziegler si alzò dalla sedia, scese i gradini che portavano nella sala e si allontanò nella foschia artificiale alle spalle di Barrow. Poi il secondo movimento terminò e vi fu una transizione silenziosa al terzo – la transizione registrata, corpi che s'agitavano tra il pubblico – ma l'intervallo fu più breve del previsto, e così perse le battute iniziali.

Non c'era più traccia del vecchio. Barrow era più a suo agio prima, quando Ziegler era visibile e tuonava contro di lui. Ora forse era rimasto solo nel teatro, a svolazzare come un uccello in una stalla vuota. Continuò a memoria, concentrandosi maggiormente sulla tecnica rispetto ai primi due movimenti, che conosceva meglio. Cercava di non commettere errori, si sentiva come una marionetta trascinata dall'incisione. Le braccia e la schiena gli dolevano a furia di dirigere un'orchestra che non si piegava alla sua volontà, che non aveva bisogno di lui...

E d'un tratto capì. Saratoga. Ziegler sapeva.

L'idea lo invase come una scarica di adrenalina, e di colpo si ritrovò a lottare con il demone che aveva incontrato tanti anni prima. La collera montò. *Quella* precisa collera.

Questa è una lezione di cui non ho bisogno. Che cazzo ci sono stato a fare otto anni a Fishkill, se non per seppellire quel ricordo?

I polsi – tutti gli arti – gli tremavano violentemente. Si gettò nella coda finale, un ultimo sforzo di persuasione. Salutò la conclusione della Seconda di Brahms con i gomiti aperti e sollevati; i talloni gli si alzarono dalla pedana. Fermò l'orchestra, fermò l'incisione, fermò la cerimonia.

Ma il nastro non era ancora giunto al termine. Sentì un'onda alle sue spalle che lo travolse, facendolo sbattere contro il banco del direttore. L'applauso. Non riusciva a respirare. E Ziegler era tornato, la sua voce sovrastò il rumore: « *Verbeug dich!* »

Inchinati! Vuole che mi inchini.

Barrow si girò. Ziegler era a tre metri da lui e gridava. L'applauso tuonava alle loro spalle, fragoroso. Le cascate del Niagara nel Konzerthaus. *Come fa a saperlo? Come cazzo fa a sapere di Saratoga?*

« *Verbeug dich!* »

Barrow rimase immobile, svuotato di ogni resistenza.

« *Verbeug dich!* »

Guardò Ziegler negli occhi rendendosi conto con orrore che i propri si stavano riempiendo di lacrime.

« Non ci riesci, eh? » urlò Ziegler.

Barrow guardò la sala vuota, si curvò a partire dalla cintola, costrinse se stesso a quel movimento, si dette una spinta in avanti e quindi si raddrizzò.

« Ancora ».

Anziché obbedire, Barrow afferrò il suo zaino.

Fuggì via bruscamente andando a sbattere contro i leggii dei primi e dei secondi violini. Con suo orrore, vide l'uscita d'emergenza spalancarsi. Uno studente l'aveva aperta proprio in quel momento. Barrow si fermò, ansimante. Lo studente lo guardò come un funzionario governativo di basso livello. « Devi tornare indietro » disse.

« Eh? »

« Per un altro inchino ».

Nella sala, l'applauso proseguiva in un anello di adulazione senza fine. Ziegler era in piedi accanto al podio con una mano in tasca.

« Devi uscire di nuovo » insisté lo studente.

Barrow guardò in faccia il ragazzo, un musicista serio. Nel superarlo, gli urtò la spalla quasi senza volerlo, sbalzandolo mezzo metro più in là. S'incamminò a grandi passi nell'oscurità dietro le quinte, distanziando finalmente l'applauso. Avrebbe dovuto scusarsi, ma non si girò nemmeno. Trovò l'ingresso degli artisti, aprì la porta con un calcio e si dileguò nel corridoio esterno.

23

Scosso fin nel profondo, saltò su un tram per Ettlingen.

Voleva solo fuggire.

I suoi padroni di casa si stavano preparando per la loro consueta uscita del sabato. Non erano ancora le dieci. Andavano a pattinare sul ghiaccio in una pista al coperto e insistettero perché si unisse a loro; Elisabeth e Johannes lo presero per le braccia. *Bitte, bitte, bitte.* La sua collera non si era placata e non c'era modo di sfogarla, e così stupì se stesso accettando l'invito. Per la prima volta in tre mesi si gettò nelle braccia di quella famiglia. Una volta in auto, Renate Schwalb gli diede da mangiare un sandwich di pane nero al formaggio e un succo di frutta. Barrow noleggiò i pattini e raggiunse i bambini sul ghiaccio; applaudì Elisabeth, la maggiore, per le sue figure e rise quando Johannes gli andò a sbattere contro a tutta velocità. Scoprì di essere ancora capace di pattinare e si lanciò intorno all'ovale. Poi se ne rimase in disparte con Helmut Schwalb, il padre, e venne a sapere dell'ultima crisi familiare: Johannes a scuola picchiava i compagni, e così doveva andare due volte alla settimana dallo psicologo, il quale aveva assicurato ai genitori che non c'era niente di cui preoccuparsi, « ma che brutta storia! », Renate ne era rimasta turbata, Barrow se n'era accorto?

No, non se n'era accorto ma egoisticamente aveva ascoltato i loro problemi con crescente gratitudine. La storia di Johannes portò il discorso sulla faccenda degli skinhead, accaduta più di due settimane prima: il pestaggio del giovane violinista rumeno, il coinvolgimento di Barrow e della ragazza della Germania Est. La polizia aveva preso la cosa sul serio e aveva fatto un elenco di sospetti. Barrow aveva seguito gli sviluppi? No, non li aveva seguiti.

Nel tardo pomeriggio, l'episodio del mattino era stato parzialmente accantonato.

Quando fece buio, Barrow andò a piedi alla fermata del tram e tornò a Karlsruhe.

* * *

Quella sera andò al cinema con Petra e i suoi coinquilini a vedere *Batman*, doppiato in tedesco. Uno di quei film leggeri che tiravano su il morale.

Mentre tornavano a casa, Wolf, che si dava arie da studioso di cultura pop americana, riempì Barrow di domande: «Cos'è tutta questa preoccupazione per il *criminale*, in America? In questo film, per esempio, qual è il personaggio più interessante? Il criminale, ovviamente. Chi è al centro dell'interesse? Joker. Chi domina? La città stessa, questa... come si chiama?... *Gotham*. Che è un po' come essere rinchiusi nella testa del criminale, di nuovo! Da dove nasce tutto questo fascino?»

Barrow – in una certa misura ancora scosso dagli eventi del mattino – rispedì la domanda al mittente: «Tu cosa ne pensi?»

«Secondo me è un senso di colpa irrisolto. Gli americani sono affascinati dal proprio lato oscuro... prendi anche *Guerre stellari*. Non riescono a decidersi: 'Siamo colpevoli?' 'Non lo so, Jack, lo siamo?' 'Mah, vediamo un po'».

«E i tedeschi?» chiese Alexandra.

«Noi abbiamo risolto la questione della colpa» disse Wolf.

Barrow abboccò all'amo. «Come?»

«Accettandola» disse Wolf, sollevando la mano. «Colpevole».

Anche Alexandra sollevò la mano. «Colpevole» ripeté.

«Colpevole» disse Petra, e le loro risate si propagarono nella strada.

* * *

«Cos'era poi quella sessione straordinaria?» chiese Petra quando si separarono dagli altri.

Le raccontò tutto. Lei non disse nulla. Quando arrivarono alla loro enoteca preferita, lo prese per il braccio impedendogli di aprire la porta.

«Ho avuto una storia con lui. Per breve tempo».

«Con chi?»

«Con Ziegler. Ho avuto una storia con Ziegler. L'anno scorso. Per breve tempo».

Barrow era convinto di avere capito male.

«Volevo dirtelo».

«Con Ziegler?»

«Sì».

«Eh?»

«Avevo già deciso di dirtelo».

In una sorta di inversione di coscienza, la musica proveniente dall'interno del bar s'impadronì della mente di Barrow: un preludio di Bach suonato alla fisarmonica, quello famoso in Do maggiore. «Entriamo?» le chiese. La sua voce pareva distante.

«È successo poco dopo il mio arrivo qui da Parigi» disse Petra. «È una cosa che dovrebbe avere poca importanza per te. *Voglio* che abbia poca importanza».

Barrow sapeva che avrebbe dovuto annuire, ma non ci riuscì. «Quant'è durata?»

«Un paio di settimane».

Ancora incredulo, fissava l'espressione seria sul volto di Petra, che aveva le mani infilate nelle tasche del montgomery.

«Mi spiace» disse lei.

«Dio mio».

«Mi spiace davvero».

«Dio mio. E com'era?»

Petra se ne uscì col suo solito sorriso appena accennato. «Okay» disse.

«Era okay?»

«No. Okay, ti racconterò tutto».

Entrarono nell'enoteca, acquistarono una bottiglia di vino al banco e si sedettero a un tavolo lontano dal fisarmonicista.

«Hai presente Gandhi?» chiese Petra riempiendogli il bicchiere. «Lo sai che Gandhi dormiva in compagnia di giovani ragazze indiane? Le faceva sdraiare accanto a lui per mettere alla prova la sua forza di volontà. È stata una cosa del genere».

Barrow scosse la testa. Non capiva di che diavolo stesse parlando Petra.

«Quanti anni pensi che abbia Ziegler?»

«Settanta. O poco più».

«E non essere così serio, dài!»

«Scusa».

«Gli piaceva farsi fare il tè da me. Era l'epoca della Quarta di Brahms, l'anno scorso. Ero fortunata a suonare nell'orchestra perché, quando ero arrivata al conservatorio, il semestre era già cominciato. Ma a lui piaceva come suonavo, e così, anche se non ero il primo oboe, mi aveva notato per la mia bravura. Sono andata un paio di volte nel suo studio di Lessingstrasse per delle lezioni individuali. Una volta mi ha chiesto di fermarmi a prendere un tè. Io ero abbastanza lusingata. Tieni conto che ero in Germania Ovest solo da poche settimane ed ero facilmente influenzabile».

Barrow annuì, benché non riuscisse a immaginarsela in quei panni. Petra era l'opposto di una ragazza facilmente influenzabile.

«Mi ha fatto un sacco di domande su Berlino Est e su Prenzlauer Berg, il quartiere in cui viveva prima della guerra. Lui suona un po' il flauto, e così abbiamo suonato insieme. Era una frana, e lo sapeva. Ma poi ho cominciato a rendermi conto che ogni scusa era buona per farmi suonare l'oboe. Una sera abbiamo fatto tardi e mi sono fermata da lui. Provavo una certa curiosità, e direi anche un certo affetto per lui. E poi non sapevo... ero dell'Est... forse il fatto che gli piacessi poteva rappresentare un vantaggio per me. Ho dormito con lui nel suo letto. Non è successo nulla. Quella stessa settimana mi sono fermata da lui un'altra volta, e di nuovo non mi ha toccata, nonostante dormissimo insieme in quel letto stretto».

«Tu avresti voluto che lo facesse?»

«Ora ti metti a fare lo scemo?»

Barrow sorrise; Petra stava vincendo.

«Ti sto raccontando queste cose, che prima avevo paura di dirti... pensavo...»

«Continua».

«Pensavo che così sarebbe stato meno difficile per noi».

«Ecco perché mi hai mentito sul gatto» disse lui.

«Sul gatto?»

«Mi avevi detto di non sapere che Ziegler avesse un gatto, la prima volta che abbiamo parlato insieme. A Bad Herrenalb. Quando ti ho detto che il suo gatto aveva fatto un agguato alla mia bacchetta».

«Sì» ammise lei. «Colpevole», e sollevò dal tavolo le dita della mano destra. Solo le dita.

Lui la guardò in volto. Il mento elegantemente inclinato all'insù. Le macchioline scure negli occhi castani e la scriminatura disordinata dei capelli. Aveva in sé tratti di selvatichezza non domata. Barrow provò a parlare. «Sono davvero...»

«Sì» fece lei, «anch'io sono davvero...»

Si fissarono negli occhi reciprocamente. Quando allungarono il braccio per prendere i bicchieri di vino, vi fu una tale sincronia nei loro movimenti che si misero a ridere.

Osservarono il fisarmonicista che cominciava a incespicare in un tango. Barrow versò altro vino girando il collo della bottiglia dopo l'ultimo rivolo, come aveva visto fare ai camerieri.

Petra ne bevve un sorso. «È solo che non mi piace vederti così... in inglese c'è una bella parola... così *debased*, 'svilito', da lui».

«*Erniedrigt?*»

«Questa è una parte del significato».

«A volte mi stupisci» disse Barrow. «Il tuo inglese...»

«Quando una va a letto con un americano, si va a cercare la parola giusta sul dizionario». Aveva gli occhi scintillanti, pieni di ironia.

Barrow fu sorpreso da quella frase, nonché dalla reazione violenta che generò dentro di lui. Bevve un altro sorso di vino.

«E così» disse, «pensi che Ziegler sia geloso di me? Perché sto con te?»

«No».

«No?»

«Credo che sia geloso di *me*». Gli lanciò un'occhiata divertita. Stava trattenendo un sorriso. «Perché è di te che è innamorato».

«Ziegler?»

Lei annuì.

«Tu sei pazza» disse Barrow.

«È omosessuale».

«Eh?»

«Come dite voi...?»

«Gay? È gay?»

«*Schwul*, diciamo noi a volte».

«Te l'ha detto lui?»

«No».

«*Also*» disse lui sottovoce.

Petra lo guardò, lasciando che digerisse l'idea. «C'era... a volte sentivo che c'era complicità. Una volta, per esempio, ha lasciato delle foto sul tavolo della cucina. 'Ho trovato queste' si è limitato a dire. Erano tutte di...» Esitò e lanciò un'occhiata a Barrow prima di continuare. «... di un uomo. Sempre lo stesso. Una foto pubblicitaria; una di quell'uomo e Ziegler ventenni, in montagna, che facevano una specie di duello con dei cappelli... hai presente quei cappelli tirolesi? E poi una foto dello stesso uomo insieme a Wilhelm Furtwängler. Erano con dei cavalli, li tenevano per le redini. Quello dev'essere il Tiergarten di Berlino, ho pensato, e poi gliel'ho domandato. 'Sì, è il Tiergarten' mi ha risposto. 'E quello è Erich Blumenfeld?' gli ho chiesto. E lui: 'Sì, è Erich Blumenfeld'».

Guardò di nuovo Barrow. «Quello che suonava nell'incisione di Ziegler... Ti ricordi?»

«Sì».

«Quelli che l'hanno sentito dicono che sia stato il miglior oboista del secolo. Fu ucciso in un campo di concentramento».

«È quello che mi avevi detto tu».

«Una volta Ziegler mi fa: 'Tu suoni in modo molto simile a lui', ed è stato lì che mi è venuto il sospetto».

«Che fossero amanti?»

«Già».

«E se fossero stati semplici amici? La gente pensa sempre...»

Petra scosse la testa. «Non mi toglievo dalla testa che me l'avesse detto di proposito, che mi lasciasse volutamente dei piccoli indizi. Tu sai bene che con Ziegler non c'è mai niente di casuale. E quello non era un uomo che fosse interessato al corpo di una donna, nemmeno in senso puramente estetico, forse. E poi ha cominciato a parlarmi spesso di Blumenfeld, a farmi sentire incisioni, a spiegarmi cose che sapeva a memoria, perfino a insegnarmi alcuni fraseggi di Blumenfeld. 'Erich suonava così' mi diceva».

S'interruppe per bere un sorso.

«Dagli occhi di una persona che ricorda qualcuno, si capiscono tante cose!»

Dall'altro lato del locale, il fisarmonicista stava riponendo lo strumento nella custodia.

«Quindi tu pensi che sia questo il motivo per cui era detenuto?» chiese Barrow. «Perché era omosessuale?»

«Ti ha detto del suo arresto?»

«Me ne ha accennato».

Nel bar era sceso il silenzio, e Petra abbassò la voce. «C'era l'articolo 175. Era nel codice penale fin dai tempi di Bismarck e del Primo Reich tedesco. Articolo 175. Era lì bell'e pronto per i nazisti, e loro ci andarono a nozze. E rimase anche nel codice della Germania Ovest. Fino al 1969, quando fu abrogato».

«Che cosa diceva?»

«L'omosessualità è un reato federale».

«Blumenfeld era gay?»

«Ufficialmente no». E qui, curiosamente, Petra ebbe un attimo di esitazione. «Credo che avesse una famiglia, dei figli».

«Questo non vuol dire niente».

«Lo so».

«Né in un senso né nell'altro».

«Giusto. E io non ne ero certa» disse, sempre a bassa voce. «Finché non sei arrivato tu. Il direttore d'orchestra americano».

Barrow scosse la testa. «No».

Lei sorrise, quasi imbarazzata. «Dovresti vedere come ti guarda mentre dirigi».

«Io non...»

«Un po' gli assomigli pure. A Blumenfeld, intendo. Hai tutti i requisiti».

«Non ci credo».

«Tu sai essere ingenuo, quando vuoi» disse Petra. «Questo credo che l'abbiamo capito».

* * *

Mentre tornavano in Schützenstrasse, Petra ricapitolò le prove che avevano in mano. La gelosia di Ziegler, la punizione che le aveva inflitto, il suo atteggiamento mutevole nei confronti di Barrow. Il trattamento speciale che questi aveva ricevuto, nel bene e nel male.

«Ora capisci perché ha chiesto ad Antonio e non a te di sostituirlo durante il concerto?»

«No».

«Per fugare ogni sospetto».

«Non c'erano sospetti».

«Ne sei convinto?»

«Antonio era più preparato di me».

«Tutti sanno che tu sei il migliore» disse lei. «Scegliendo Antonio, Ziegler ha preso due piccioni con una fava, e tu sei davvero ingenuo se non lo capisci. In primo luogo ha provato a te, e a sé stesso, e a chiunque stesse guardando, che lui non ti favorisce in alcun modo. E in secondo luogo, si è trattato di un altro sabotaggio. Come quando ha scordato il pianoforte a Bruxelles».

«Non so più se ci credo ancora, alla faccenda del sabotaggio».

«È quantomeno possibile».

Raggiunta la via in cui abitava Petra, Barrow si fermò. «È questo che intendevi l'altra notte? Quando hai detto che era troppo tardi per nascondere delle cose?»

Lei lo guardò e sorrise. «Sì» disse; si alzò in punta di piedi e lo baciò.

24

Lunedì mattina, Barrow passò dalla segreteria della Hochschule a vedere se c'erano messaggi per lui. Frau Heim, la segretaria del direttore, lo scorse da dietro la scrivania. «È una cosa orribile» disse ad alta voce in inglese.

«*Bitte?*»

«Quello che è successo a lei, a Herr Popescu e a Fräulein Vogel. Era sul giornale, la settimana scorsa. Se ne parla parecchio, sa?» Era una donna ben piantata, una sciatrice olimpica degli anni Cinquanta, che indossava maglioni attillati. «In genere a Karlsruhe non girano questi neonazisti».

Gli porse un ritaglio di giornale, una mezza colonna dal quotidiano locale. «Non sono di Karlsruhe» disse.

Barrow notò le parole *Occhio allo zingaro!* nel sottotitolo.

«È terribile» continuò la Heim, «ma sa, certi rumeni somigliano ai turchi, e i turchi non sono visti di buon occhio da un mucchio di gente».

«L'hanno chiamato zingaro» disse Barrow.

«Sì, perché gli zingari vengono dall'Egitto, che è vicino alla Turchia».

Prima che Barrow riuscisse a raggiungere il contenuto della sua casella, la donna gli mise il ritaglio in mano. «Non abbiamo niente contro i rumeni» disse.

Barrow si sentì posseduto da un demone che di solito ignorava: «E contro i turchi?» chiese.

«Io, personalmente, no» disse Frau Heim. Sul collo le erano comparse delle chiazze rosse.

«Certo».

«Io... è chiaro che non ho niente contro i turchi, e comunque a Karlsruhe non ce ne sono molti. Quello che sto cercando di dirle, Herr Barrow, è che Tano non deve rimanerci male e pensare di essere stato aggredito perché è rumeno, perché viene dall'Est. È stato un errore. Noi siamo solidali con le persone che vengono dall'Est. Sono solo quei ragazzi, quei fascisti... »

« Sì, certo, capisco ». Fece per restituirle l'articolo.

« Lo tenga pure ».

« Grazie » disse Barrow.

Uscì dalla segreteria e attraversò il vialetto per recarsi nell'edificio principale. Nella casella c'erano due messaggi: una chiamata di Pat Levy e un appunto di Tano che gli chiedeva di raggiungerlo alle dieci e mezzo al commissariato centrale di Karlsruhe. Erano passate da poco le dieci. Si fermò nell'atrio per controllare il programma delle prove per l'opera e scese in fretta le scale che portavano al vecchio *Keller*, la cantina, ora trasformata in sala studenti. Il telefono di Pat suonò quattro volte: evidentemente filtrava le chiamate. Sollevò il ricevitore non appena Barrow ebbe cominciato a lasciare il messaggio. « Coop » disse.

« Starai studiando... »

« Sono terrorizzata. Il recital è sabato. Verrà anche Boulez, è ufficiale. Mi sento come se fossi a un'audizione ».

« C'è qualcuno che ti ascolta? »

Pat ebbe un attimo di esitazione; Barrow cercò di distinguere dei suoni in sottofondo, ma non udì nulla. « Come va? » disse lei. « Non ne abbiamo nemmeno parlato ».

« Non male ». Passò in rassegna gli eventi dell'ultimo periodo. La recinzione doppia. La piccola chiesa oltre *die Grenze.* « E tu che mi racconti? »

« Si dice che Barenboim non abbia tempo di studiare il nuovo pezzo di Boulez, quello che sto suonando. Ha troppi impegni, o che so io ».

« E allora? »

« E allora Boulez potrebbe cercare qualcun altro per inciderlo ».

« Cazzo! »

« Già ».

« Pat, ma è straordinario! » Due studenti lo stavano guardando da un tavolino del bar. « E il pezzo com'è? Bello? »

« Sono troppo coinvolta per giudicare. Werner dice che è molto bello ».

Barrow dovette ricordare a se stesso che Pat viveva con

Werner Schott. Sembravano passati mesi da quando era stato a casa loro. « È Boulez ».

« Chiaro » disse Pat. « È un pezzo splendido. Una cosa più grande di me ».

« Ne dubito » ribatté Barrow. « È il momento del passaggio del testimone, eh? Alla generazione successiva. Parte la staffetta... »

« È buffo che tu dica questo ». Pat fece un'altra pausa.

« Cioè? »

« Devo chiederti una cosa, ma che rimanga tra noi ». Barrow attese. « È chiaro? »

« Certo ».

« È una cosa strettamente confidenziale. Werner, in particolare, non deve sapere niente di questa nostra conversazione ».

Barrow annuì. « Certo ».

« Conosci le opere corali di Brahms? I pezzi per coro e orchestra? »

« Certo ». Il caso voleva che in quei giorni fossero proprio sul leggio di Petra, nella sua stanza. « *Nänie*, *Rapsodia per contralto*, *Canto delle Parche*... » Ce n'era anche un quarto.

« Li conosci bene? »

Barrow esitò; c'era solo una ragione per fare una domanda del genere. « 'Bene' quanto? »

« Abbastanza bene da poterli dirigere tra cinque giorni ».

Barrow attese. Se voleva mentire, questo era il momento. Lo sapeva. E anche lei lo sapeva. Barrow sentiva già le orecchie pulsare. « Dove? » chiese.

« Dimmi prima se li conosci bene ».

Merda.

« Quanto bene li conosci, Coop? »

« Che cosa vuoi dire? »

« Non voglio dire niente. È solo una domanda ».

« Cioè, intendi 'dirigere una prova' o qualcosa di più? » Non ottenne risposta.

« Cazzo, non mi dire! » disse Barrow.

« È un'occasione incredibile... irripetibile, capisci? Werner non ha mai saltato un concerto in vita sua, figuriamoci un concerto trasmesso in televisione ».

« Cosa...? Sarà... sarà trasmesso in televisione? »

« È una cosa tra noi due. Tra me e Werner ».

«Devi dirmi di più, Pat. Verrà a Londra con te o no?»

«In realtà, succederà che... sarà bloccato a letto... con una febbre da cavallo. Un'influenza improvvisa, o qualcosa del genere».

«Stai scherzando!»

La linea rimase silenziosa.

Ora si sentiva addosso una febbre da cavallo pure lui. Un'influenza improvvisa. Non c'era nessun posto dove sedersi; si sentiva esposto, appoggiato a uno degli archi catacombali del *Keller*, sabbiati e dipinti di bianco. Gli studenti lì intorno, il caffè, i tramezzini al formaggio del distributore... «Dimmi che è uno scherzo».

«Non è uno scherzo».

«È pazzo. Non mi ha mai visto dirigere».

«Werner è strano in queste cose. Punta tutto sul suo istinto. È una specie di droga per lui».

Barrow esitò. «Che altro c'è in programma?»

«La Sinfonia 101 di Haydn e *Fancy Free* di Bernstein, il balletto».

«Pat. Stammi a sentire. Abbiamo studiato i pezzi di Brahms con Marty a Rochester, e poi di nuovo a New York. Io ci ho passato su dei mesi. Li conosco come le mie tasche. Ho persino eseguito la *Rapsodia per contralto*».

Vi fu una pausa, diverse battute. Aveva fatto pena. E poi per lei sarebbe stato facilissimo verificare con il suo ex marito. Idiota. *Idiota.*

«Se la cosa si fa» disse Pat, «Werner ti chiamerà mercoledì, o al più tardi giovedì. Lui dirigerà la prima esecuzione venerdì, e poi...» Di nuovo, Barrow sentì il sangue affluire alle orecchie; la voce di Pat suonava metallica, addirittura microscopica, intrappolata in una lattina. «E noi non ci siamo mai parlati, intesi?»

«Certo». Barrow non aveva nient'altro da dire. La sua mente era in un altro paese. Le opere corali... ricordò il nome del quarto pezzo: *Schicksalslied.* Ovvero il *Canto del destino.*

«Ehi, Coop?»

«Sì?»

«Questa non è, ripeto, *non* è una cosa campata per aria».

«Okay».

Le diede il numero del suo padrone di casa di Ettlingen. Renate Schwalb sapeva che doveva chiamare Petra ogni volta che aveva un messaggio importante da riferirgli.

Dopo aver riagganciato, sentì qualcosa di esplosivo dentro di sé. Lui stesso era l'esplosivo. Doveva stare lontano dal calore. La coppietta al tavolo del bar lo chiamò, e lui annuì. «Abbiamo sentito di quello che è successo» disse il ragazzo in inglese.

Barrow lo guardò e vide solo lo strumento che suonava. Secondo corno. «Grazie» disse.

Fece i gradini a tre a tre. Attraversò l'atrio e uscì fuori di lì, rituffandosi nell'aria fredda e luminosa del mattino.

25

Si incontrò con Tano sotto il portico del *Polizeirevier* ed entrarono insieme. Diedero le loro generalità a una donna seduta dietro un bancone. «Sono le dieci e trenta» disse la donna.

«Avevamo appuntamento a quest'ora» disse Tano.

«Avreste dovuto arrivare prima. Non sapevano se sareste venuti».

Tano la fissò, e la prospettiva di una scenata imminente risvegliò Barrow dal suo stupore, dal tentativo, cioè, di ricostruire mentalmente l'unico brano che conosceva del programma di Schott: la *Rapsodia per contralto* di Brahms.

Miracolosamente Tano fece marcia indietro. «Si può fumare qui dentro?» domandò.

«No» rispose la donna.

Si allontanarono. Sottovoce, Tano disse: «Abbiamo dato un senso alla sua giornata».

Si sedettero nella sala d'aspetto. Tano lanciava occhiate in giro, analizzando i dettagli della stanza come se fosse un ispettore di polizia venuto in visita dalla Romania, e non un violinista esule. «Davvero impressionante» disse. «Ecco come fanno a prendere così in fretta i criminali. In Romania c'è il caos».

«Davvero».

Barrow non riusciva a pensare ad altro che a tornare in biblioteca, alle partiture di Brahms e al *Fancy Free* di Bernstein, che non sarebbe stato facile da reperire.

«Hai ripreso a suonare».

«Cosa?»

Tano indicò il callo ancora fresco provocato dal violino sotto la mascella sinistra di Barrow.

«Un po'» rispose questi, e ricordò una cosa a cui aveva pensato mentre andava alla stazione. «Credi che dovremmo chiamare Petra?»

«Non verrebbe mai, la conosco. Odia la polizia, e tutto ciò che ha a che fare con la polizia». Poi, con un gesto aggiunse: «Odia tutto questo».

«Davvero?»

«È nata in uno stato di polizia». Si appoggiò allo schienale, con uno sguardo divertito. «Così state insieme? Da quanto, dieci giorni? Le sei sempre rimasto appiccicato?» Rieccolo, quell'atteggiamento di Tano che induceva alla confidenza, o almeno a dire la verità – le gambe incrociate, le dita intrecciate appoggiate sul ginocchio – qualcosa nel suo modo di porsi che sembrava dire 'quello che dirai resterà fra noi, io non so cosa farmene'. Oppure: 'non ho amici, non hai niente da temere'.

«Siamo stati in Germania Est».

«Dove?»

«A dire il vero siamo finiti a Brandeburgo».

«Non a Berlino?»

Furono interrotti. Dopo essersi presentato, un certo Herr Froelich li accompagnò in un ufficio stipato e diede loro dei moduli da firmare. Tano era in piedi accanto alla finestra, indicava fuori e sparava domande a raffica: quella è una guardina? Quante celle ci sono? Quanti arresti per notte? Froelich elargì risposte come un diplomatico, poi consegnò un rapporto a ognuno di loro. Ne posò un altro sulla scrivania, forse quello di Petra Vogel. «Fatemi sapere se si discosta da quanto ricordate, anche se solo in un particolare» disse.

A un altro piano dell'edificio Froelich li affidò a una donna in uniforme, coi capelli biondi tagliati come un ragazzino e gli occhi azzurri. Tano era rapito. La nuova agente si rivolse a loro come fanno le assistenti di volo quando danno un annuncio, con le mani sui fianchi. «Ci saranno tre gruppi: potete riconoscere più di un uomo in ogni gruppo, o potreste non riconoscere nessuno che sia implicato nel fatto. Vi raccomando, non sentitevi obbligati a identificare qualcuno a tutti i costi. Vedrete i sospetti separatamente». Sarebbero stati l'uno la macchina della verità dell'altro.

Tano, ormai innamorato, la seguì per primo.

Barrow si sedette sull'unica sedia disponibile, dall'altra parte della stanza.

Tornò immediatamente a pensare alla *Rapsodia per contralto*, all'estremo bisogno che aveva di prepararsi.

Si ricordò di una ricerca che aveva svolto mentre studiava il pezzo con Weissberger: soprattutto ricordò che Brahms, poco più che trentenne, era di nuovo innamorato, stavolta di Julie Schumann, terzogenita di Clara. Non affrontarono mai l'argomento fra loro, ma Clara, divertita dall'ironia della faccenda, sembrò accettare di buon grado la sua infatuazione. Johannes non aveva speranze di successo. Due generazioni entrambe irraggiungibili, due frutti maturi che pendevano dall'albero: da una parte Clara che aveva passato i quarant'anni, dall'altra Julie, una sedicenne appassionata. Brahms non prese mai l'iniziativa, non si rivelò nemmeno, tranne che ai suoi amici più intimi, e a un certo Hermann Levi, il direttore ebreo di Wagner: un particolare spaventoso, a ripensarci. La giovane Julie, la dolce Julie rimase all'oscuro di tutto – o forse non proprio di tutto – ma in ogni caso Brahms rimase ad aspettare, restò con le mani in mano come uno stupido. Quando Julie annunciò di essersi fidanzata con un conte italiano, Brahms si considerò platealmente tradito, e fuggì nella Foresta Nera per comporre la *Rapsodia per contralto*, un brano di una bellezza struggente, il suo riscatto.

Coglione.

Tano riemerse. La sua espressione non lasciava trasparire niente. Stava al gioco, e il gioco era il poker tedesco.

«Herr Barrow» disse l'agente. Portava un'uniforme semplice, senza decorazioni. La stanza in cui entrarono era poco illuminata, come uno studio di registrazione, i 'talenti' visibili solo da quella parte del vetro: cinque teste rasate, occhi e guance incavati, alcuni sorridenti, altri no, alcuni con i primi accenni di una barba, nemmeno uno di loro in qualche modo familiare. Naturalmente non poteva esserne certo, e lo disse.

«Grazie» disse la donna, senza mostrare emozioni di alcun genere.

«Niente?» domandò il rumeno quando uscirono.

«Un gruppo di controllo» disse Barrow.

Tano era seduto sulla sedia, Barrow indietreggiò fino alla parete di fronte e si accovacciò.

«Come ti senti?» domandò Barrow.

«Le dita sono tutte a posto, come vedi» rispose il rumeno aprendo le nove dita a titolo di conferma.

«A parte quello, voglio dire».

«In che senso, a parte quello?»
«Il resto».
«Quassù, intendi?» domandò dandosi una pacca sulla testa. Barrow alzò le spalle.
«Benissimo» continuò Tano. «Tu, piuttosto, hai un aspetto di merda».
Barrow sorrise.
«Lei come sta?» domandò Tano.
«Bene, credo».
«Perfetto, allora stiamo tutti bene. Tranne te». Tano tirò fuori una sigaretta, la strinse fra il pollice e il medio come per sottolineare il dito mancante. Barrow non l'aveva mai visto così di buon umore. «Forse ti ha detto che per un certo tempo siamo stati insieme, l'anno scorso».
«Me l'ha accennato» disse Barrow, tentando di fingersi indifferente. Petra aveva affettuosamente definito Tano uno dei suoi errori.
«Siamo stati insieme per poco tempo» disse Tano adeguandosi al tono dell'americano, come se dovesse spostare con una pedata un piccolo ostacolo che li divideva. «Però è una donna adorabile, penso di avertelo già detto».
«Sì» disse Barrow.
«Una ragazza piena di segreti, e questo è sempre irresistibile».
«Lo avete detto tutti e due: è un vizio dell'Est».
Tanno annuì.
A un altro piano dell'edificio una porta sbatté violentemente.
«Quando si passa dall'altra parte non è mai senza rinunce».
«Dall'altra parte del muro, intendi?»
«Della cortina di ferro, chiamala come vuoi. Di sicuro, nel caso di Petra Vogel, avevano qualcosa in mano, altrimenti non l'avrebbero mai lasciata andare a Parigi».
«Dev'essere un grosso sacrificio» disse Barrow nel modo più casuale possibile. «Lasciarsi tutto alle spalle».
«Anche per gli altri».
«Per quelli che l'hanno aiutata?»
«No, non parlo di questo. Voglio dire che non ti lasciano andare via, non ti danno il visto se poi non possono farti del male in qualche altro modo nel caso in cui non torni. E dato

che tu non ci sei più, il male deve essere fatto per procura, diciamo così».

«A un ostaggio».

«Sì, è lo stesso concetto» disse Tano.

«Allora Petra aveva un 'procuratore' in Germania Est?»

«Non so, non me l'ha mai voluto dire».

«Ma gliel'hai domandato?»

«Siamo capitati sull'argomento».

«Sua madre lavora per la televisione della Germania Est» disse Barrow, «in un programma molto famoso, te ne aveva parlato?»

«*Aktuelle Camera*. Anche il fatto che non abbia perso il lavoro ha del miracoloso».

«Forse le cose sono cambiate».

Il rumeno alzò le spalle. Si passò la sigaretta sotto le narici; un gesto che a Barrow, in quel momento, parve inutilmente affettato.

«E il tuo procuratore chi era?» domandò.

«Non ne avevo uno».

«Nemmeno un parente?»

«Ho soltanto uno zio, a Timisoara. Fa l'imbianchino, quindi non aveva molto da perdere».

«Amici?»

«Stavo ben attento a non averne».

Una voce di donna. «Herr Popescu?» L'agente si scusò per l'attesa, poi Tano la seguì nell'altra stanza.

Barrow non riusciva a stare seduto e camminò fino in fondo all'atrio. Fissò i quaranta o cinquanta metri di corridoio davanti a lui e pensò a Werner Schott, ricordandosi delle loro brevi conversazioni, poche delle quali di argomento musicale, nessuna significativa. Avevano parlato di Bruckner, ascoltato la Prima di Brahms. Perché ha scelto me? si domandò. Non mi ha mai nemmeno visto dirigere. Perché proprio me? Si incamminò lungo il corridoio, un'altra andata e ritorno. Dal piano di sopra giungevano dei rumori smorzati.

Uscì Tano, insoddisfatto, ma nemmeno stavolta disse qualcosa. Barrow rientrò per il secondo giro. Altre cinque facce, non una riconoscibile. Si voltò verso l'agente e scosse la testa.

«È sicuro?» domandò lei. Gli parve di sentire un lieve tremito nella sua voce, una prima piccola piega nella compostezza fino a quel momento perfetta della *Polizei* di Karlsruhe. Erano sotto pressione. Sperando in un colpo di fortuna avevano messo insieme un gruppetto di neonazi già noti, ma né l'americano né il rumeno collaboravano.

«Perché è così importante?» domandò Barrow sottovoce, come se i sospetti dall'altra parte del vetro potessero sentirlo. «Non si è fatto male nessuno».

«A dire il vero è estremamente importante».

Si pentì di aver fatto quella domanda, e di aver dimostrato un'altra volta la sua ignoranza. Le fece la cortesia di passare in rassegna di nuovo quei volti. Tutti ragazzi, e tutti prevedibilmente scontrosi. «Mi dispiace» disse.

L'ultimo giro di Tano durò meno di un minuto. Quando tornò fuori borbottò: «Ci vediamo all'uscita» e si incamminò nell'atrio con la sigaretta pronta.

Barrow entrò nella stanza. Per quel che ne sapeva potevano essere lì tutti e cinque, ma come aveva potuto illudersi di saperli riconoscere? Non per niente si chiama rabbia cieca, quella che lo aveva spinto addosso a quel muro di skinhead, col risultato che si era preso una gomitata in faccia.

Barrow scosse la testa. «Naturalmente non posso esserne certo» disse.

La città tentava disperatamente di darsi una ripulita, e lui non poteva aiutarla. Nemmeno un po'.

«Capisco» disse la donna. «Le dispiacerebbe riguardarli con molta attenzione? Magari immaginandoseli vestiti diversamente?»

La accontentò.

«Il numero quattro?»

«No, non mi pare».

26

Si congedò da Tano davanti all'entrata di Franksmusik, dove trovò le partiture di tutti i pezzi messi in programma da Schott eccetto quello di Bernstein, che gli venne promesso per mercoledì, due giorni dopo; forse sarebbero bastati. Haydn poteva rivelarsi meno semplice del previsto ma lo conosceva bene. Per ora si sarebbe dedicato completamente a Brahms.

Divideva i pomeriggi fra la discoteca e una delle aule di studio della 'caserma', un edificio di fronte alla scuola di musica. Alle sette usciva dal complesso per andare a mangiare qualcosa, ed era sorpreso di trovare le strade affollate di gente che faceva acquisti. Mancavano tre settimane a Natale.

Mentre camminava cominciò a pensare al testo del *Canto delle Parche*, immaginandone una versione inglese non troppo fedele. Le parole gli uscirono di bocca come fumo impalpabile:

Così cantavano le Parche.
Laggiù nella buia caverna,
le ascolta il vecchio esule.
Immagina i suoi figli e i nipoti
e scuote la testa afflitto.

Si infilò in un fast food, ordinò un hamburger e un frappè continuando a ripassare mentalmente il testo. Quando il commesso gli chiese che gusto preferiva, lo guardò distrattamente.

«*Schokolade?*» suggerì il ragazzo.

«*Ja, ja*».

Mangiare lo risvegliò dal suo torpore. Cominciò a passare in rassegna i tavoli, affollati soprattutto di ragazzi che ridevano e ingurgitavano patatine fritte. Lanciò un'occhiata a un gruppo di skinhead, senza riconoscerne nessuno.

Sarebbe stato un Natale memorabile, no? Il Muro ormai era

entrato nella storia, il secolo era concluso. E quel brontolone di Brahms ne sarebbe stato soddisfatto? Aveva qualche dubbio. Il genio si era crogiolato nella sua *Angst*, nel suo impagabile senso di rovina e di terrore, e adesso dov'erano finiti? La terra ferita era stata reclamata. I sei milioni, le loro voci, soprano-contralto-tenore-basso, sempre meno udibili, *al niente*. O almeno lo erano in questo posto, sommerse dal chiasso di quei marmocchi ingordi e ben provvisti di viveri. Tutto il resto, l'Olocausto, andava scomparendo dalla memoria, poteva andare solo così, mentre il sangue filtrava sempre più in profondità nel terreno, sempre più lontano dagli occhi e dai pensieri della gente. La storia scompariva, la stessa storia che si profilava immensa e spaventosa all'orizzonte di Brahms: era venuta, e ora se n'era andata.

A Brahms le cannucce e le posate di plastica non sarebbero piaciute.

Il vecchio
Immagina i suoi figli e i nipoti
e scuote la testa afflitto.

Una fitta di panico colpì Barrow improvvisamente, il segno più riconoscibile dell'ansia che lo prendeva prima di un'esecuzione. Tirò fuori la partitura e in tutti e quattro i pezzi di Brahms appiciccò un'etichetta adesiva in corrispondenza di ogni transizione. Era nei punti di passaggio fra metri e tempi diversi che la sua ignoranza sarebbe stata smascherata. Poi scelse un'etichetta a caso e aprì la partitura: era la battuta 116 del *Canto delle Parche*, da 4/4 a 3/4. A tempo, senza *ritardando*, coro *a cappella* in sei parti, sottovoce, tenero, e *legato*, senza soluzione di continuità...

E dalla futura progenie
lo sguardo benigno distolgono i Numi

Fissò la pagina. Come aveva fatto a non accorgersene? Non c'era cambiamento di tempo, ma il nuovo metro era sospeso, leggero come una danza rallentata si librava sulle parole e le rinchiudeva nell'immaginazione dell'ascoltatore. L'effetto era prorompente. L'istinto perfetto di Brahms, la sua concezione perfetta.

L'idea lo lasciò senza fiato.

Esattamente un secolo prima, da milioni di versi di poeti tedeschi, da intere biblioteche di poesia tedesca, Brahms aveva scelto questi versi, scritti un secolo prima da Goethe:

rifiutando di vedere nei nipoti
l'immagine un tempo amata degli avi.

«Merda» sussurrò. «I nipoti sono i nazisti».

Alzò gli occhi dalla partitura e si guardò attorno. Uno stupido fast food pieno di tedeschi. Un ristorante assurdo, per questo paese. Un luna park.

Pensò: no, troppo scontato, non può essere.

Ma in effetti era scontato, perché Brahms era stato profetico. Aveva capito cosa sarebbe successo, aveva capito cosa il nuovo secolo avrebbe portato, i figli e i nipoti. Scegliendo quelle parole scritte cent'anni prima del suo tempo aveva immaginato il secolo a venire. E adesso quel secolo era passato, e la Germania era finalmente, forse per la prima volta, pronta a riunificarsi, a voltare pagina. Forse.

Parole, nient'altro che deboli parole, eppure la musica le catapultava in alto, le scagliava in un altro regno. E lui, Barrow, sapeva mettere in azione il meccanismo.

Gli tremavano le mani. Chiuse la partitura e la infilò nello zaino; sentì improvvisamente tutto il peso di quel segreto, che soltanto sul podio avrebbe potuto soppesare. Soltanto sul podio. Un pomeriggio di studio appena, e già ne sentiva un bisogno così intenso da fargli temere di morire prima di riuscirci.

Uscì dal fast food per ributtarsi nella Kaiserstrasse in pieno fervore prenatalizio. Aveva bisogno di muoversi. A un isolato di distanza il tram per Ettlingen stava caricando i passeggeri, e Barrow si mise a correre per prenderlo. Avrebbe lasciato il bagaglio dagli Schwalb, avvertito personalmente Renate che aspettava una telefonata importante da Francoforte, chiedendole di farlo richiamare al numero di Petra.

Si unì agli altri passeggeri che si facevano largo a gomitate, dopo essersi lasciati alle spalle il lavoro o lo shopping, allettati dalla prospettiva di un pasto caldo, vino fresco e una cucina accogliente. Schivò le porte che si chiudevano, e un frammento del *Canto del Destino* di Brahms emerse nella sua mente – non se ne sarebbe mai liberato, non prima di averlo diretto – il triste lamento di *Hölderlin agli dei*:

Vi aggirate lassù nella luce su un soffice suolo
Beati spiriti...
Indifferenti al fato

E poi, ancora:

Invece a noi manca un luogo di riposo
Ci consumiamo, cadiamo...

Stronzate, pensò. Siamo noi quelli che si aggirano lassù nella luce. I nipoti dei nipoti. È questo il soffice suolo.

Indifferenti al fato, scriveva Hölderlin dei cosiddetti dei, degli spiriti *lassù*, eternamente irraggiungibili. Brahms e Hölderlin che alzavano pateticamente lo sguardo verso il cielo, soffocando nell'invidia.

Schickallos, indifferenti al fato.

Solo in tedesco avrebbe potuto essere una sola parola.

27

Il giorno successivo Ziegler gli diede appuntamento a metà mattina nel suo appartamento, senza dare spiegazioni.

Il vecchio gli andò incontro sulla porta di casa, fatto senza precedenti, e lo accompagnò nel suo *sancta sanctorum*, la cucina, dove aveva preparato un vassoio di formaggio e würstel. Barrow disse che aveva già fatto colazione. «È sicuro?» domandò Ziegler.

«Sì».

Ziegler indicò il vassoio. «Si serva pure, se vuole».

Barrow annuì e si mise a osservare il gatto, fermo in una pozza rettangolare di luce sul pavimento.

«Non le ho mai chiesto come si chiama».

«César» rispose Ziegler, riempiendo un piatto per sé. «Stavo preparando la sonata in la maggiore di Franck quando si è presentato alla mia porta».

«Quasi una visita del compositore».

«Più o meno».

Guardavano entrambi il gatto, il semplice ritmo binario della sua pulizia, un piccolo rito accompagnato dal flebile raschiare della sua lingua.

«È un segno della nostra intelligenza» disse Ziegler.

«Prego?»

«Accorgersi del ritmo. È questo che ci differenzia da loro, no?»

Barrow annuì. Avrebbe voluto che la conversazione si spostasse sul loro ultimo incontro al Konzerthaus, per scoprire cosa diavolo era successo, capire se davvero il vecchio aveva sentito parlare di Saratoga. Avrebbe potuto metterci una pezza, pensò. Forse avrebbe potuto tirare in ballo i pezzi corali di Brahms, naturalmente senza nominare il concerto di Francoforte.

«Solo gli esseri umani scelgono di danzare» disse Ziegler.

Barrow alzò lo sguardo, sbirciò il suo insegnante di sottecchi. La parola danzare, sulle labbra del vecchio, era fragorosa come una pentola che cade nel lavandino.

«Si dice che gli animali danzano, che si muovono con grazia, si parla di danza dell'accoppiamento, ma è una proiezione idiota dell'animo umano. Va bene per la televisione. Solo gli esseri umani danzano, solo loro sanno manipolare il ritmo. Non ci sono cani che dirigono un'orchestra, ne ha mai visto uno? Nemmeno un pastore tedesco».

Barrow si sforzò di sorridere.

«Non sanno neppure tenere il tempo» aggiunse Ziegler nel prendere una fetta di pane nero.

«Mi scusi?»

«I cani, gli animali in genere, non sanno tenere il tempo».

«Certo».

«Non è una cosa da sottovalutare, perché un'altra caratteristica che ci differenzia da ogni altro mammifero è l'intelligenza, la consapevolezza, l'ego. Giusto? Dunque dobbiamo chiederci quale relazione lega il ritmo e l'intelligenza».

«Capisco».

«No, non capisce».

Barrow prese un pezzo di formaggio. «La ascolto».

«Sottovalutiamo il fatto che per la psiche il ritmo non è meno essenziale dell'intelligenza. L'intelligenza si rivolge all'esterno, alle stelle, cose simili, mentre il ritmo si rivolge all'interno, agli intestini, allo stomaco. Dire che questa è una regressione allo stato animale è di nuovo irrazionale. L'animale non ha niente a che fare con tutto questo. Riguarda soltanto l'uomo, è profondamente umano come l'intelligenza, e collegato alle emozioni. Intimamente collegato alle emozioni. Come può una canzone portare alle lacrime nel giro di un minuto? Oppure come fa Beethoven, nella Pastorale, a generare euforia in appena sedici battute?»

Euforia? Un'altra pentola che cadeva.

Il vecchio spostò l'attenzione sulla finestra, con le dita in movimento. Gli occhi gli luccicavano, sembrava nel pieno di un'esecuzione.

«E questo, naturalmente, è Brahms».

Barrow si sentì avvampare in volto. Sapeva di Francoforte? C'era almeno una cosa che non sapeva?

«Mi sta ascoltando?»
«Sì».
«Lei ha una debolezza».
«Prego?»
«Una debolezza».
Die Schwäche. Un punto debole, una mancanza.
«Herr Ziegler, avevo intenzione...»
«In Brahms, bisogna spingere sul pedale delle emozioni, ma il sentimento deve venir fuori dal ritmo: renderlo esplicito in certi punti, attenuarlo nel resto del pezzo, tenerlo in movimento, vederlo in orizzontale... come un inseguimento, sì?»
«Sì».
«E i colori? I colori possono cambiare strada facendo, però mai fermarsi in un punto solo, mai picchiare, mai sforzare un accordo soltanto... Spingere al massimo l'emozione, invece, quello e basta. Però al contempo dev'esserci una forza assolutamente uguale e contraria, e si chiama intelligenza. La forza 'a', il sentimento, sempre in evoluzione, contro la forza 'b', l'intelligenza. Mai disperazione totale, come in Čajkovskij, mai un'eruzione bell'e buona come in Beethoven. Esuberanza sì, certo, ma sempre con questa tonalità tenue» sfregò la mano destra chiusa a pugno nel palmo della sinistra, «questa moderazione, questa intelligenza straordinaria, contro la quale si va a scagliare l'emozione, che governa il tutto, ossessivamente».
Barrow alzò lo sguardo dalle mani di Ziegler e guardò il suo volto. Gli luccicavano gli occhi, era sicuro di quello che diceva.
«Qual è il mio punto debole?»
«Il punto dove si incontrano».
«Esiste una soluzione?»
«Non esiste».
Barrow deglutì. La barriera della lingua. La leggera incertezza. «Intende dire che per me, in particolare, non esiste una soluzione?»
«Proprio così».
«Perché no?»
«È difficile dirlo».
Barrow lanciò un'occhiata fuori dalla finestra della cucina. Dall'altra parte del cortile una donna stava scuotendo uno zerbino.
«Perché non posso trovarla?»

«Non sono la persona giusta per risponderle».

La sconfitta gli risuonò nelle orecchie, e così forte che la sua voce gli sembrò provenire da un altro corpo. «Si riferisce a... a che cosa si riferisce, maestro?»

«Non mi riferisco a niente di particolare, Herr Barrow». Il volto del vecchio era sorprendentemente calmo, malgrado gli toccasse annunciare una tale sventura. «È questione di personalità».

«È per questo che ha scelto Antonio per il concerto?»

La domanda restò sospesa nell'aria per qualche istante, con il suo osceno accento di vittimismo. «Antonio era più adatto a quel ruolo».

Barrow spinse via la sedia dal tavolo.

«Dove sta andando?»

«Lei ha chiuso con me».

«Non è vero».

«Quella che ha descritto è una situazione disperata».

«Non ho descritto niente di simile. Il punto è che bisogna essere consci dei propri limiti».

Ziegler si alzò, aprì un'anta sopra al frigorifero e ne estrasse una bottiglia di liquore. Era limpido. Prese due bicchierini da un altro mobiletto.

«L'altro giorno ha quasi ferito uno dei miei allievi. Perché l'ha fatto?»

Dunque era questo il motivo? Avrebbe dovuto fermarsi all'ingresso degli artisti, tornare indietro e chiedere scusa allo studente e a Ziegler.

«Mi dispiace» disse Barrow. «È stato un errore, ero sconvolto».

«Lo sa che certi scienziati, gente seria, sono convinti che le persone, la loro personalità, sono incapaci di cambiare? Tranne che in qualche aspetto secondario. Ma quelli essenziali no, sono assolutamente inalterabili. Lo pensa anche lei?»

«Forse hanno ragione».

«Allora se in passato si è commesso un errore, diciamo da giovani, quell'errore, e la personalità che lo ha consentito, è inalterabile?»

Saratoga.

Il vecchio stava girandoci attorno, ma doveva saperlo.

«Oppure, per dirla in un altro modo, esiste la possibilità di una redenzione?»

Barrow lo guardò con gli occhi sbarrati. Redenzione, un'altra parola fragorosa. Buona per il lavandino.

«Voleva essere una domanda, Herr Barrow».

«Sì, naturalmente. Credo che la redenzione sia possibile».

«Capisco. Quindi, per quanto riguarda l'inalterabilità della personalità, sta dalla parte degli scienziati, mentre per quanto riguarda la redenzione, sta da quella dei preti».

«Non so».

Barrow si guardò le mani e sentì su di sé lo sguardo di Ziegler, insolitamente penetrante. Sbirciò la bottiglia del liquore. *Aquavit*, diceva l'etichetta.

«Ci siamo allontanati dallo scopo di questo incontro».

«Che sarebbe?» domandò Barrow, consapevole della nota di falsa insolenza nel tono della sua voce, una sua vecchia forma di difesa.

Ziegler versò l'acquavite, si chinò per controllare di averne versate due parti uguali. Porse uno dei bicchieri a Barrow. «Prenda questo, la prego».

Il liquore sapeva di stantio, e Barrow non aveva nessuna voglia di berlo.

«L'ho invitata stamattina per congedarmi da lei».

«Mi scusi?»

«Mi trasferisco all'estero».

Doveva essere uno scherzo...

«Ho accettato un incarico al conservatorio di Seoul. Capisco che per lei sarà un problema, perciò ho deciso di parlargliene personalmente».

L'annuncio era stato improvviso. Una sforbiciata. «Sì, certo».

«Corea del Sud».

«Sì».

«Lei è un allievo promettente, malgrado i suoi problemi».

«Sì».

«Le chiedo scusa».

Il vecchio non avrebbe potuto immaginare un addio più perfetto. «Le mie congratulazioni, maestro Ziegler».

«La prego di non parlarne con nessuno».

«Naturalmente».

Barrow cambiò posizione sulla sedia, facendo del suo meglio per allontanare l'emozione. «Maestro» disse con l'acquavite che gli tremolava nella mano, «perché ha deciso di andarsene?»

Il vecchio sorrise e alzò il bicchiere. «Brindiamo alla più appassionante delle pestilenze» disse. «Una Germania unificata».

Senza pensare, Barrow seguì l'esempio di Ziegler e cacciò giù l'acquavite. Scosse la testa per il colpo.

«Un'altra?» domandò il maestro mentre già gliela versava.

28

Barrow vagava lungo Lessingstrasse. Svoltò in Kaiserstrasse e si ritrovò dritti in faccia i raggi violenti del sole di metà mattina. Si fermò da Franksmusik, e stavolta ebbe fortuna: *Fancy Free* di Bernstein era arrivato il giorno prima. Saltò su un tram per la Hochschule e fece scorta di panini da una macchinetta nel seminterrato di Schloss Gottesaue.

Questo è il tuo problema. Non ha soluzione. Addio.

Attraversò il cortile fino alla caserma e si chiuse in un'aula di studio. Per quel che restava della mattina e tutto il pomeriggio studiò le partiture al pianoforte picchiando sui tasti, provò le sequenze di gesti. Capì di essere ancora padrone dei ritmi, e quando si mise alla prova sui passaggi studiati il giorno prima, quelli segnati con le etichette gialle, superò l'esame ogni volta. Era faticoso; alle otto decise che aveva bisogno di una pausa, e andò a rifornirsi di panini nell'altro edificio.

Il sorvegliante di turno lo salutò chiamandolo per nome e Barrow gli chiese se Petra Vogel era di sopra.

«Non so».

Salì gli scalini a tre a tre e quando arrivò nel corridoio degli strumenti a fiato udì, fievole come il miagolio di un gatto in un armadio, l'assolo d'oboe della *Nenia*. Andò alla porta dello studio di Messer-Eichen e bussò.

Nel giro di qualche secondo lei aprì. Trasalirono entrambi per quel contatto inaspettato, abituati com'erano a starsene soli tutto il giorno. Lei fece un passo indietro, invitandolo a entrare con la sveltezza del suo gesto, poi riprese posto davanti al leggio. La distanza sarebbe stata doppia, sabato sera.

«Posso ascoltare?»

Senza rispondere Petra suonò di nuovo le venti battute dell'assolo. Lui ne conosceva ogni nota e si immaginò l'accompagnamento. La melodia era semplice, ma il modo in cui la suonò ebbe su di lui un effetto dirompente.

Quando finì di suonare si tenne l'ancia fra le labbra per evitare che si seccasse. Tornò a posare lo sguardo su di lui, con la testa china e i capelli che le cadevano sulla fronte, con qualche ciocca che le carezzava la mascella. L'occhio sinistro sembrava affaticato, anche lei doveva aver fatto tardi, magari per spuntare qualche ancia fino a dopo mezzanotte, mentre Barrow condivideva il tavolo della cucina con Wolf.

Mentre lui si muoveva per la stanza, vide se stesso riflesso nell'oscurità della finestra: la camicia che spuntava dalla felpa, i capelli scuri troppo lunghi. Tirò fuori la panchetta da sotto il pianoforte e una delle gambe si impigliò in una piega del tappeto orientale e dovette aggrapparsi al pianoforte per non perdere l'equilibrio. Petra sorrise, con l'ancia ancora appoggiata sulla lingua. Lui sollevò una gamba e si sedette a cavalcioni sulla panchetta.

«Qualche suggerimento, Herr direttore?»

«Sì».

«Mi dica».

«Lo farei tutto più staccato». Un po' come disegnare la barba alla Gioconda.

«Sì, certo, un'idea brillante».

Qualcosa nel modo in cui si rivolgeva a lui, nel modo in cui lo guardava gli fece pensare che fosse al corrente della proposta di Pat Levy, malgrado non gliene avesse parlato. Petra fece un passo verso il pianoforte, si tolse di bocca l'ancia e la immerse a punta in giù in una fialetta piena d'acqua.

«Qualcos'altro, Herr Genius?» domandò.

«Lo sai già?».

«Sì».

«Come l'hai saputo?»

«Me l'ha detto M.E. stamattina».

«Ma davvero».

Dunque la voce era giunta fino al buon amico di Schott; doveva davvero essere una buona notizia, allora.

Petra appoggiò l'oboe vicino alla fialetta con l'ancia e si sedette di fronte a lui sulla panchetta. Aveva l'aria stanca, e sembrava gradire l'interruzione.

«È da un pezzo che suoni».

«Tu invece sembri un campo di concentramento».

Il paragone gli sembrò irrispettoso. Non capiva come prendere queste uscite. «Dormirò quando sarà passato sabato» disse. «Dormirò tutta la settimana prossima».

«Sei andato all'incontro con Ziegler?»

«Si trasferisce all'estero» rispose.

Lei fece il suo quarto di sorriso. «E allora?»

«Sapevi anche questo?»

«Vieni qui» disse, e lui scivolò avanti sulla panchetta.

«Lo sapevi?»

«Certo che no».

Lei si chinò in avanti appoggiandosi alle mani, gli sfiorò le labbra con le sue e il loro tepore gli si diffuse per tutto il corpo. Lei appoggiò una gamba sopra una delle sue e si sporse ancora più in avanti. A volte baciava voracemente, come un affamato davanti a qualcosa da mangiare, e quella volta fu così, con le ossa della mascella che si muovevano contro quelle di Barrow, le dita e i palmi delle mani che gli premevano contro la nuca.

Allontanò la bocca, ma non le mani.

«Hai un occhio un po' arrossato».

«Sì» disse lei.

«Se Ziegler se ne va cambierà tutto».

«Sabato sera cambierà tutto» rispose lei scostandogli i capelli dalla fronte, occupandosi di lui come una sorella. «Dimenticavo, ho identificato l'Anatra».

«Davvero?»

«Sì, da una foto segnaletica».

«Bene, no?»

«Ma certo, bene. Benissimo».

«Così sei andata al commissariato?»

«Mm-mm» annuì lei, poco propensa ad approfondire l'argomento.

«Tano mi ha detto che non ti piace avere a che fare con la polizia».

«Ne ho avuto abbastanza nell'Est».

Petra si alzò e spense la luce sul soffitto, lasciando accesa solo quella sulla scrivania nell'angolo. L'aria era viziata, faceva caldo, e lei socchiuse una delle finestre coi doppi vetri, lasciando entrare, insieme all'aria fredda, i suoni degli studenti che si esercitavano e del traffico sulla Durlacher Allee. Si sedette sul tappeto, oltre la curva del pianoforte, dove lui non poteva vederla.

«Cosa c'è?» domandò la sua voce, disincarnata.

Dalla finestra Barrow vide la striscia di negozi su Kaiserstrasse, in piena esuberanza natalizia. Il grande Schloss giallo sulla destra.

«Sono agitato per il concerto».

«È naturale».

«Conosci il testo del *Canto delle Parche*?» domandò. «Parla di un esule, come te».

«Non l'ho mai letto».

«È di Goethe».

Una pausa.

«Sto tentando di immaginare come dovevi essere a Berlino Est» disse.

«Tu cosa ne pensi?»

«Penso che dovevi fare una paura matta a molta gente».

«Hai ragione».

«Quando manifestavi con le torce accese, con la tua Libera Gioventù Comunista».

«Libera Gioventù *Tedesca*. Vuoi venire qui, per favore?»

«Quando hai smesso?»

«A un certo punto si diventa troppo vecchi».

«Allora non hai mai smesso davvero?»

Lei si spostò in mezzo alla stanza, dove lui poteva vederla.

«Cos'è, non ti va una comunista del cazzo?»

Si era tolta il maglione e aveva i capelli in disordine; portava una camicetta bianca semplice, con molti bottoni aperti. Quella mattina l'aveva osservata mentre la indossava. «Ti dispiace venire qui?»

Provava un piacere un po' perfido nel disobbedirle.

«Perché non rispondi alla mia domanda?» le disse.

«Se vieni qui, magari».

«È così che spaventi le persone».

«È ridicolo» ribatté lei. «Chi è che ha paura di me?»

«Io».

«Tu hai paura di tutte le donne». Era seduta sul pavimento, apriva e chiudeva le dita dei piedi. «Non è vero?»

«Forse hai ragione».

«Ti do io qualcosa di cui aver paura» disse. Chiuse le labbra come se stringesse un'ancia, poi le lasciò andare.

«Che cosa?»

«Sei sicuro di volerlo sapere?»

«Certo».

Lo studiò per un attimo, con gli occhi che le luccicavano alla luce della lampada.

«Ero un'informatrice» disse.

Non era sicuro di aver capito. «Non so...»

«*Inoffizielle Mitarbeiterin*».

«Non so cosa vuol dire».

«Lo sai».

«*Inoffizielle Mitarbeiterin?*»

«I.M.» disse lei.

«Per la polizia segreta?»

«La Stasi».

Lui rise. Lei alzò lo sguardo; le sue emozioni, quali che fossero, intrappolate dietro un sorriso a fior di labbra.

«Ti pagavano?»

«Aha».

«Bene?»

«Non ero una professionista. Lo facevo per patriottismo. Continua con le domande».

Era senza parole. Aveva creduto di scherzare, ma lei stava facendosi seria.

«Vai avanti» gli disse.

«L'hai fatto spesso?»

«Due volte. La prima quando ero una ragazzina furba».

«E la seconda?»

«Appena prima di arrivare qui».

«Prima di Parigi?»

«Per poterci andare» rispose lei in un tono insolitamente piatto. «Per avere il visto».

Lui si fermò di nuovo per raccogliere le idee. Era chiaro che lei voleva parlarne.

«E poi cosa accadde? Voglio dire, eri una 'patriota', ma poi hai disertato».

«Detestavo l'Est, l'ho fatto per andarmene».

«Non eri preoccupata per tua madre?» domandò.
«Se la cava benissimo da sola».
La guardò, confuso.
«Conosce un mucchio di segreti, su altri ufficiali». Adesso tremava, la sua voce si era fatta tesa. «Continua».
«Sei ancora in contatto con lei? Con tua madre?»
Scosse la testa. «Mi ha denunciata pubblicamente per defezione. Continua».
Si alzò dalla panchetta, andò alla finestra e la chiuse.
«Continua con le domande, per favore».
Si inginocchiò davanti a lei e tentò delicatamente di farla voltare.
«Continua con le domande» ripeté lei, resistendogli.
«Non ne ho più».
Aveva le guance umide. «Sì che ne hai». Stava quasi implorandolo. «Per esempio, chi ho denunciato».
Lui scosse la testa.
«Chi ho denunciato?»
«Basta con le domande».
Lei alzò lo sguardo per guardarlo negli occhi.
«D'accordo» rispose. «Dimmi di quando eri una ragazzina furba».
«Quando si è bambini si vuole a tutti i costi accontentare gli altri. È una domanda troppo facile, fammene un'altra».
Le aveva messo le mani sulla nuca.
Lei sibilò: «Barrow, fammi delle domande».
«Va bene. Perché?»
«Perché cosa?»
«Perché l'hai fatto?»
«Te l'ho detto» rispose. Poi passò all'inglese, scandendo le parole: «Stavo soffocando».
Il suono della sua lingua madre lo sconcertò.
«*I was suffocating*».
Le parole schioppettavano di elettricità.
Sembrava senza fiato, sul punto di scoppiare in lacrime. Allungò la mano e le toccò il colletto sgualcito della camicetta, il piccolo incavo alla base del collo. Le strinse le spalle, che si irrigidirono, allentarono la tensione, poi si afflosciarono fra le sue mani. La avvicinò a sé.
In dieci giorni aveva imparato una tecnica rudimentale, sem-

pre lasciandosi guidare da lei, ma adesso era lei ad arrendersi a lui, che sentì la differenza di quell'autorità in più, sentì la forza delle proprie mani. Senza simulare delicatezza le sfilò i jeans e la fece voltare a faccia in giù. Le passò le mani su per le cosce, le aprì, allungò le dita, esplorò il suo tepore.

Lei strisciò sotto al pianoforte e lui la seguì.

Distesa sulla schiena mormorò qualcosa di incomprensibile. Il tappeto gli sfregava contro le ginocchia. Le baciò le labbra, i capelli. Lei piegò il collo per guardarlo mentre le entrava dentro, aiutandosi con una mano; a tastoni lei cercò i pedali del pianoforte, dietro la sua testa. Per sostenersi lui afferrò una delle traverse dorate sopra di sé. Dovette chiudere gli occhi, per il modo in cui i suoi seni si alzavano, fremevano e poi fremevano ancora; sentiva il suo palmo umido che gli premeva appena sotto il costato, per ricondurlo al proprio ineluttabile ritmo. Da lei imparava ad abbandonarsi all'urgenza, e digrignò i denti, con le ginocchia che gli bruciavano, aprendo gli occhi di tanto in tanto per vedere il corpo di lei che tremava sotto il suo, i suoi respiri bruschi. Quando all'improvviso lei gemette e si spinse indietro, nella stanza si alzarono grida che non aveva mai sentito. Si sentì più idiota che mai, e il piacere si protrasse ancora per un certo tempo prima di arrivare a godere; lei sembrava non smettere più, i suoi strattoni non si fermavano.

Una felicità a cui non riusciva a credere. Gli afferrò le braccia e lo fece stendere su di lei. Da qualche parte, a un piano più basso dell'edificio, un quartetto d'archi era stretto in un braccio di ferro infuocato con Beethoven. Rimasero distesi lì a lungo, mentre il calore che li univa continuava a crescere, restio ad andarsene.

Rivestirsi gli sembrò un oltraggio: le escoriazioni sulle ginocchia e sui gomiti, la grossa bruciatura sulla natica. La guardò nello specchio: si era infilata nella tasca dei jeans il reggiseno e stava abbottonandosi la camicetta quando lui dovette baciarla ancora, farle scivolare le mani sotto i vestiti.

Uscirono stremati da Schloss Gottesaue. Lei gli si cacciò sotto una spalla e rimase così, nella notte gelida, finché arrivarono a Schützenstrasse: la mano nuda di lei sotto il colletto della camicia di lui, vicino alla sua pelle, per ricordargli tutto. Si fermarono sul marciapiede di fronte all'edificio in cui viveva Petra.

Nella cucina del suo appartamento la luce era accesa, due piani più su. «Che cosa farai?» le domandò.

«Me ne andrò in una città qualsiasi, purché mi voglia» rispose lei, e lui si rallegrò fra sé che avesse capito la domanda, che avesse capito a cosa si riferiva. «In Germania» continuò lei, «ma non è detto. Ad Amsterdam, in Svizzera. E tu?»

«Un direttore può essere felice dappertutto».

29

Barrow dovette presenziare alla prima prova completa di *Hänsel und Gretel* nel tardo pomeriggio di giovedì, un esercizio inutile durante il quale restò seduto su una poltrona dell'ultima fila, a ripassare a mente la sinfonia *Sorpresa* di Haydn. Dopo la prova, Tano insisté per offrirgli da bere. Petra era partita per Francoforte il giorno prima per provare con la Radio-Sinfonie; durante le ultime trentasei ore lui era restato solo con le sue partiture e gli sembrava di potersi permettere quarantacinque minuti di pausa.

Presero un tavolo da scacchi in fondo alla Kneipe, dove faceva più caldo. Tano ordinò una bottiglia di schnapps e Barrow si allontanò per chiamare il suo padrone di casa di Ettlingen, sperando in un messaggio di Werner Schott o di Pat. Non c'erano messaggi. Tornò al tavolo.

«Petra ha identificato l'Anatra, lo skinhead fascista» annunciò Tano porgendogli un bicchierino pieno fino all'orlo.

«Lo so».

Tano doveva essersi aspettato una risposta più vivace. «L'hanno arrestato».

Barrow cacciò giù lo schnapps. In un momento simile, quella roba era perfetta. «Davvero».

Tano riempì i bicchieri per un altro giro. «E poi, il secondo motivo per bere questa grappa di patate» disse alzando il bicchiere e aspettando che Barrow lo imitasse, «è sabato sera».

Barrow fissò il rumeno, che sorrideva. «Ti ha parlato lei del concerto?»

Tano fece un sorrisetto furbo. «Gliel'ho strappato».

«Una questione d'onore fra disertori?»

«Buona, questa, Herr Amerikaner».

«*Ich lerne*».

Tano si mise più comodo e tirò fuori una sigaretta. «Naturalmente sono molto contento per te» disse.

«Ti ringrazio».

«Sei preoccupato?»

«Terrorizzato. Dovrei studiare, invece di essere qui».

«È meglio se non ti preoccupi» disse Tano. «Altrimenti ti carichi troppo, e non va bene».

«Forse non succederà nemmeno. Non ho più avuto notizie».

«In effetti è strano che un direttore dia forfait, no? Io non l'ho mai sentito prima».

Barrow alzò le spalle.

Tano, l'arbitro di tutte le angosce, si appoggiò allo schienale della sedia. «Ti piace molto?» domandò, e qualcosa di lui, il dito mancante, il modo pomposo in cui manovrava la sigaretta e la situazione, la sua capacità di riassumere in un solo gesto tutta l'assurdità di un momento... una qualsiasi di queste cose, o forse tutte, continuavano a ispirargli fiducia.

«Un bel po'» disse.

«Anche tu le piaci un bel po'».

«Non ho ben capito perché me lo domandi».

«Una volta mi ha detto che sarebbe stata felice soltanto con un americano. Io non ero tanto sicuro che sapesse com'è fatto un americano, e le ho risposto che forse intendeva dire che sarebbe stata felice soltanto in America. E lei ha detto: in California. Ci aveva già pensato».

«A Cape Mendocino».

«Te ne ha parlato».

Barrow annuì. Gliel'aveva mostrato su un atlante: il posto più lontano possibile, il più a ovest.

Tano continuò. «Se n'era fatta un'idea molto precisa, da un libro che doveva aver letto: alte colline erbose che digradavano fino al mare. Te l'ha detto, questo? Il clima è mite, e lei sapeva tutte le temperature. Ne parlava molto seriamente, e io morivo dal ridere».

«Dubito che il clima sia tanto mite» disse Barrow, poi bevve un sorso. Ancora una volta la grappa gli scese giù per la gola lungo lo stesso percorso rovente.

«Non ti va?» domandò Tano, riferendosi alla grappa.

«Te l'ho detto, devo lavorare».

«Te l'ho detto, non preoccuparti. Lo sappiamo tutti che avrai successo. Diventerai un nuovo... un nuovo Michael Tilson Thomas, o qualcuno di simile». Come di consueto, Barrow non riuscì a decifrare cosa pensasse Tano di Michael Tilson Thomas. «Il punto» riprese Tano, «è che vuole disperatamente lasciare la Germania. Di questo non ti ha mai parlato?»

«Non proprio».

«Non mi sorprende».

«Perché?»

«Forse, a questo riguardo, sei l'ultimo con cui parlerebbe».

Barrow si sentiva stanco, e lo schnapps lo privava di quel poco spirito combattivo che gli rimaneva. Era in piedi dalle cinque per il terzo giorno consecutivo, a dirigere a memoria, a dirigere il CD, a fare incetta di tempi e poi di entrate, entrate e ancora entrate, per poi tornare alla partitura per correggersi.

E questa assurda prova d'opera.

«Stai cercando di dirmi» domandò, perché dopo tre mesi che stavano insieme, che scopavano, che stavano svegli nel letto a parlare, no, non gli era ancora venuto in mente, e perché mai avrebbe dovuto, «che le interessa soltanto il mio passaporto?»

«A dire la verità no. Non solo. Se fosse solo per quello non avrebbe bisogno di te, potrebbe sposarsi col timpanista, con qualsiasi americano tutto contento di aver vinto una Fulbright». Distolse lo sguardo e sorrise, come immaginandosi la scena.

Barrow pensò che forse avrebbe dovuto mandarlo affanculo, ma in fondo che male faceva?

«Non credo che tu capisca qual è il costo» disse Tano, «di attraversare certi confini».

«Il fatto che non ti permettono di andare se non lasci un ostaggio? Me l'hai già spiegato, la faccenda della procura».

«Sì, ma questa è solo metà della storia. Quando ho lasciato la Romania non riuscivo a pensare ad altro che ad andarmene. Di continuo. Le ragioni non sto nemmeno a spiegartele... Conosci Samuel Beckett?»

«Qualcosa».

«Tutto quello che fai, che hai il diritto di fare, è respirare e raccontare barzellette. Anzi, è un po' come vivere in uno specchio, come quando ti tagli i capelli da solo, ci hai mai provato? Credi di muovere le forbici da un parte e invece vanno dalla parte opposta, l'effetto è sempre il contrario di quello che volevi. La vita in Romania è così». Fece un lungo tiro di sigaretta, buttò fuori il fumo. «Il voler capire, forse è questo l'aspetto più importante. Capire qual è la verità, che cosa è accaduto. Adesso, ieri. Che cosa è accaduto davvero? Che cos'è la Storia? Stavo impazzendo, ero fuori di testa, e forse era un problema solo mio, perché mi pareva che tutti gli altri se la cavassero benissimo. Magari è perché non avevo quello che ci vuole per sopportare una situazione del genere. Una madre in gamba, un grande amore. È ovvio che non sono un grande amante, nemmeno della musica».

«Della musica tedesca» disse Barrow.

«Di qualsiasi genere di musica. Così volevo andarmene da quel mondo, l'ho fatto ed eccomi qua. E porca puttana, adesso mi manca». Cacciò giù quello che restava nel bicchiere e se ne versò un altro. «È questo che cerco di spiegarti della Vogel».

«Sarebbe?»

«Che se scappi a gambe levate da una cosa, è perché dev'essere ancora molto viva dentro di te».

Barrow aveva caldo, si tirò giù il collo del maglione. Forse Tano sapeva tutto di quando Petra era stata un'informatrice, e forse stava tastando il terreno per capire se anche lui ne era al corrente. Preferiva che fosse lui a introdurre l'argomento, però. «Insomma pensi che Petra stia ancora scappando?»

«Non esattamente».

«Scusa tanto, ma che cazzo stai dicendo?»

«Giusto, che cazzo sto dicendo».

«Scusa».

«No, hai ragione» disse Tano, respingendo le scuse con un gesto.

«Cos'altro sai di lei?»

Il rumeno ripensò al passato, sembrò riflettere sulla domanda. «Mia madre era tedesca» disse, «te l'avevo mai detto?»

«E quando mai avresti dovuto dirmelo?»

Tano rise, alzando la bottiglia di schnapps. «Migliori di continuo, bevine ancora un po'». Barrow scosse la testa, ma si versò comunque un goccio di grappa. «Mia madre era tedesca, ma non vide mai il suo paese. In Romania apparteneva a una minoranza etnica, e lo stesso potrebbe valere per me qui, ma in realtà vale molto più per il caso di Petra. Ovviamente questa è solo la mia teoria. C'è una cosa che non devi sottovalutare... »

« Cosa? »

« Che venire di qua è molto emozionante ».

« L'emozione del pericolo ».

« No. Anzi sì, certo, ma non è quella l'emozione di cui sto parlando. Per certe persone, e secondo me Petra è una di loro, venire da questa parte è come uccidere ».

« Uccidere cosa? » Barrow ripensò alle parole di Petra: aveva ucciso qualcosa che loro non avrebbero mai avuto occasione di uccidere.

« Qualcosa di... non so come spiegarlo, è molto soggettivo. Ma ripeto, questa è soltanto la mia teoria ». Si sporse in avanti, ma con fare tutt'altro che espansivo. « Come se sentissi una voce che ti dice: tu sei tedesco, sei tedesco, sei tedesco, e non smette mai. Una cosa del genere. 'Tu sei tedesco'. Una specie di smisurata armonia con il proprio ruolo, l'armonia di un essere vivente, capisci, qualcosa che ti porti dentro. Ci sono persone che non sopportano di identificarsi in quel modo. Alcune scelgono la strada del terrorismo per ucciderla, come il gruppo della Baader-Meinhof, e buttano bombe o roba del genere. Altre, come Petra, attraversano il confine, e nel farlo si strappano di dosso tutto quanto, capisci, come se la loro pelle restasse impigliata nel filo spinato e rimanesse appesa lì ».

« Il confine non c'è più ».

« Ah, già ».

« Sarebbe a dire? »

« Che questo nullifica il gesto ».

La temperatura era scesa e un vento freddo gli dilaniava il volto e le dita mentre infilava le monete nel telefono e componeva il numero di Pat Levy e Werner Schott. Aveva già verificato che non ci fossero state telefonate al suo appartamento. Niente.

« *Hallo* ». Era Pat.

« Sono Barrow ».

« Vuole chiamare qualcun altro, Coop ».

« Cosa? »

« Sta cercando un altro direttore ».

« Aspetta... »

«Sta dormendo».

Qualcosa ostruì la gola di Barrow, impedendogli di parlare. La cornetta era un pezzo di ghiaccio contro il suo orecchio. Deglutì dolorosamente.

«Mi dispiace» disse Pat.

«Ha già chiamato l'altro?»

«Non so, sono fuori di me, suono fra due giorni. E domani perdo tutta la giornata per il viaggio. Quando hai chiamato stavo studiando».

Barrow lanciò un'occhiata dall'altra parte della strada, dove Tano aveva cercato riparo in un portone. Se solo fosse potuto intervenire, come suo avvocato, per difendere il suo caso. «Pat, devo assolutamente fare quel concerto» disse, costringendosi a parlare un'ottava più in basso di quanto gli sarebbe venuto naturale.

«Non so cosa dirti. Comunque la sua era un'idea folle».

«La sua?»

«Che cosa?» Il tono era piatto, freddo.

«Non sei stata tu...» cominciò a dire, ma poi si rese conto del tono della propria voce. Deglutì, ci riprovò. «Non sei stata tu a convincerlo?»

«Sei pazzo? Chi credi che sia, Gesù Cristo? Quello non dà retta a nessuno, è un prussiano del cazzo, Coop, e per di più è un direttore! L'idea era sua. Capisci, congedare alla grande l'americano. Ma poi ha fatto marcia indietro, che posso dire».

Barrow cominciò a battere i denti.

«Devo dirigere quel concerto».

«Mi dispiace, Coop. Non avrei dovuto telefonarti. Mi sembrava una buona idea avvertirti in anticipo».

Stringeva la cornetta con la mano sinistra, mentre la destra vagava nell'aria in cerca di un puntello. Tentava di tenere a bada quello che era sul punto di buttar fuori. «Cos'è successo... perché...»

Ci fu un silenzio all'altra estremità della linea, il genere di pausa che può salvare o distruggere una vita. Lui si aggrappò a un pensiero involontario dopo l'altro: qual era la distanza esatta fra le loro bocche e la cornetta del telefono, come doveva essere calda la casa di Werner, il rassicurante panorama notturno di Francoforte.

«Deve pensare che non sei pronto».

«Come?»
«È un concerto importante, c'è anche la televisione».
Gli lacrimavano gli occhi dal freddo. Per un attimo riuscì a bloccare le lacrime sbattendo le palpebre, e a osservare, dall'altra parte della strada, il flebile arco formato dal fumo della sigaretta di Tano salire, fermarsi all'altezza del suo volto, ridiscendere.
«Ascoltami, Pat. Conosco quella musica. Sono quattro giorni che me la mangio a colazione, a pranzo e a cena. Sono stato su tutta la notte».
Un'altra pausa.
«Coop, è stato Ziegler».
«Ziegler?»
«Gli ha parlato male di te».
«Gli ha...»
«Werner gli ha telefonato, e Ziegler gli ha parlato male di te».
Era come se un lastrone di pietra, freddo e nero, si fosse staccato dal marciapiede e lo avesse colpito in pieno sulla faccia. Una scena da fumetto. Con tanto di stelle che gli giravano sopra la testa.
«D'accordo, Pat» disse sgarbatamente.
«Mi dispiace, Coop».
La sua voce suonò stipata di emozione, lì lì per esplodere. «In bocca al lupo per Boulez».
«Mi dispiace» ripeté lei.
Stava ancora parlando, ma lui dovette riagganciare. Tremava tutto. Per qualche secondo la cornetta restò muta, appesa al suo gancio. Poi Barrow capì di avere un'altra telefonata da fare.

30

Nel momento stesso in cui cominciò a comporre il numero capì che il telefono era il mezzo di comunicazione sbagliato. Scaraventò la cornetta nella forcella d'acciaio, sentì le monete che scendevano, diede un altro colpo all'apparecchio. «Cazzo» disse a denti stretti.

Tano si stava avvicinando, ma Barrow gli fece cenno di andarsene.

S'incamminò di buon passo, poi si mise a correre verso la fermata del tram più vicina, senza smettere di immaginarsi la discussione, di pensare a come dire una cosa o l'altra in tedesco, frugando nei meandri più remoti della sua conoscenza della lingua. Come si dice – che cos'è, un congiuntivo? – *vorrei una cazzo di spiegazione*. Come doveva rivolgersi a Ziegler? A pugni serrati? Pestando sulla scrivania, chinandosi verso il volto del vecchio, sbraitando? Oppure – la strada meno gratificante – spiegargli che aveva studiato a fondo tutti e quattro i pezzi di Brahms, che poteva farli, che, *cristo*, era perfettamente in grado di dirigerli?

Potrei dirigerli a occhi chiusi!

Saltò giù dal tram in Lessingstrasse. Cercò i guanti e si accorse di averli lasciati nella cabina del telefono. I suoi guanti buoni, quelli di pelle. Corse fino al numero 15 e bussò.

La porta si aprì.

Vedendo la coreana, si bloccò: il suo pullover bianco, la gonna grigia da scolaretta, il sorriso dolce, cortese. «Sarà qui tra poco ma deve uscire di nuovo» disse. C'era qualcosa di ipnotico nel sentire il tedesco che usciva da quel viso largo, asiatico. Lei lo invitò a entrare e gli offrì una tazza di tè. Lui la seguì in cucina, vi entrava per la seconda volta, e notò che la bottiglia di acquavite stava sul piano di lavoro, non era più chiusa nella dispensa.

«Lei» continuò in tedesco, «è Cooper Barrow».
«Sì». Non riusciva a tenere ferme le mani, se non avesse fatto attenzione avrebbe rovesciato qualcosa.
«Me l'ha indicata lui, una volta».
«E lei è...?» Le diede del lei, adeguandosi ai suoi modi formali.
«Maria Won. Ha studiato con Gilbert Shanahan?»
«Sì».
«Lo ammiro molto. L'ho visto dirigere a Seoul e a Tokyo, ma non sono riuscita a entrare nel suo corso».
«La prossima volta gli faccia il mio nome. O quello di Herr Ziegler. Può esserle d'aiuto».
Disse questa frase senza una ragione, notando soltanto che la tazza sembrava essersi materializzata dal nulla fra le mani della coreana, che l'acqua era uscita dal bollitore e l'aveva riempita senza nemmeno un fruscio, che lo zucchero era stato versato dal cucchiaino senza il minimo tintinnio. La cerimonia del tè in assenza del padrone di casa.
«Si ferma a lungo in Germania?» le domandò quasi dimostrando un certo equilibrio.
«Forse no. Lei è qui per un anno?»
«Sì».
Marie Won non si era voluta sedere e restava accanto al lavandino a guardarlo, a valutare gli effetti a breve termine del suo lavoro. La sua rigidità riempiva la stanza, e lui capì come quella donna potesse catturare l'attenzione di un'orchestra. Si domandò dove dormisse.
«Ha vinto una Fulbright?» domandò lei.
«No, una borsa di studio privata».
Si scaldò le dita sulla tazza e prima di poter bere un sorso di tè sentì la porta di casa che si apriva. Allontanò la sedia dal tavolo, percepì la presenza del vecchio alle sue spalle. La trappola era scattata. Marie Won accanto al lavandino, *Maestro, guardi chi è passato a trovarci.*
La voce di Ziegler: «Sto andando alla sauna. Se vuole parlare venga con me».
Un altro incontro truccato, abbastanza perché Barrow si domandasse se Pat aveva telefonato al vecchio per avvertirlo dell'imminente visita.
Ziegler scomparve in una stanza al di là della cucina, Marie

Won lo seguì. Barrow si mise la giacca e per non apparire irriconoscente cacciò giù il suo tè. Quando fece ritorno, il vecchio si versò mezzo bicchierino di acquavite, poi uscirono insieme senza dire una parola.

In fondo a Lessingstrasse svoltarono in Sophienstrasse e camminarono per un isolato. Barrow, che ragionava sulle possibili tattiche da adottare, non fiatò.

«È venuto per Werner Schott» disse Ziegler.

«Sì».

«Non me ne aveva parlato».

«Mi era stato chiesto di non parlarne con nessuno».

«Allora, qual è il problema?»

Barrow deglutì. «C'è ancora tempo prima del concerto. C'è tutto domani. Per rivedere la musica».

«È troppo tardi».

«Gli ha detto che non ero pronto».

«Lo è?»

«Conosco questa musica, se è vero che conosco qualcosa».

«Lei è *dell'Ohio*, e ha dimostrato il suo scarso impegno abbandonando il mestiere per dieci anni, durante i quali non ha fatto niente – oh, sì, mi scusi, ha insegnato violino ai bambini ed è andato in giro per il fiume Hudson – e si aspetta di arrivare in Germania e dopo tre mesi esitanti di studio, di pigrizia e distrazioni, si aspetta di dirigere un coro tedesco in un'opera di poeti tedeschi, *in Brahms*; si aspetta di spadroneggiare su persone che hanno due volte la sua età e hanno passato tutto quello che ha passato la Germania? Si aspetta di fare questo?»

«I direttori non spadroneggiano nessuno». Barrow tremava. «Ormai non lo fanno più». Il vecchio non aveva mai tirato in ballo il passato del suo allievo, non ne aveva mai tradito la minima conoscenza. Barrow riuscì a prender fiato prima di aggiungere: «Come si permette di rovinare la carriera di una persona? Per...»

«Sì? Per cosa?»

Barrow tentennò. «Per la sua debolezza».

Il vecchio si fermò di colpo di fronte alla vetrina di una panetteria, ai suoi vassoi vuoti in attesa del pane del mattino. Guardò verso la curva, farfugliò qualcosa. Non si aspettava un attacco così personale. «Lei è un ragazzino. Un bambino delle elementari. Buonanotte». Si voltò e attraversò la strada.

Barrow lo seguì.

L'atrio della sauna era piccolo e pulito, c'era un forte profumo di eucalipto. La donna dietro al plexiglass sorrise a Ziegler, all'americano, poi di scatto riprese un'espressione neutrale. Barrow compilò una tessera di iscrizione e passò una banconota da venti marchi alla donna evitando il suo sguardo. Intascò il resto senza contarlo.

Non c'era traccia del vecchio nello spogliatoio. Barrow prese un asciugamano pulito dalla panchina, si tolse la giacca e i vestiti e li infilò in un armadietto. Aprì l'asciugamano e se lo strinse in vita. Non sapeva che cosa avrebbe detto, confuso dalla geografia del luogo, dalla novità della situazione – un bagno turco tedesco – aveva perso di vista il suo obiettivo, eppure sapeva di avere qualche vantaggio. La sorpresa, innanzitutto, e qualcos'altro a cui aveva accennato Petra.

Si avvicinò all'unica porta disponibile. Aveva un oblò, una spessa maniglia di legno e, al di sopra, un termometro che segnava 80 gradi.

All'interno l'aria era pungente di eucalipto, e al primo respiro Barrow ebbe l'impressione che i suoi polmoni si raggrinzissero. La tripla fila di panche gli ricordò la platea di uno stadio di baseball. La stanza era più lunga di quanto si aspettasse, illuminata da un paio di lampade rossicce incuneate negli angoli della parete in fondo. Ziegler era seduto a una delle estremità, all'altra due donne; Barrow non aveva previsto la presenza di testimoni. Le due donne avevano tirato su le ginocchia, gli asciugamani le coprivano da appena sopra il seno in giù. Lanciarono un'occhiata verso di lui, poi ripresero a bisbigliare fra loro.

«Più in alto ci si siede più fa caldo» disse Ziegler in inglese. Era seduto dritto come una sedia, un asciugamano sotto le gambe e uno sulle cosce, le natiche in vista. La pelle del vecchio copriva tutte le gradazioni dal giallo all'arancio, e le mani stringevano il bordo della panca. Aveva gli occhi chiusi e un'espressione severa, ma tranquilla.

Ricorreva spesso a questa forma di terapia? A questo rito? Fin dai tempi di Berlino?

Barrow sedette al suo fianco, sulla seconda fila, avvolto nell'asciugamano, dando la schiena all'asse caldo della panca dietro di loro. Sbirciò la spina dorsale di Ziegler, lunga e ossuta, e pensò all'antica Grecia: il maestro e l'allievo alle terme. *Tu hai tutti i requisiti*, gli aveva detto Petra. Era questo il suo vantaggio – era stata lei ad accordarglielo – e non riusciva a non pensare che il suo insegnante avesse potuto sentirsi attratto da lui.

«Mi chieda pure» cominciò, interrompendosi per schiarire la voce, «mi chieda di uno qualsiasi dei pezzi di Brahms. Qualsiasi cosa».

«Sono certo che saprebbe rispondere» disse Ziegler, calmo malgrado tutto.

«Qualsiasi cosa».

«Li ha studiati, è naturale».

Barrow si costrinse a inspirare lentamente: due litri buoni di aria calda, il cui profumo gli bruciacchiò la sommità dei polmoni. Era impossibile andare in collera in un posto simile.

«Maestro, quello che ha fatto è ingiusto».

«No. Ingiusto è... sarebbe stato ingiusto che lei, un dilettante inesperto, dirigesse la Radio-Sinfonie-Orchester Frankfurt».

«E allora perché mi ha preso con sé?»

«Mi scusi?»

«Mi ha voluto come allievo».

«Le potenzialità, o la loro mancanza, si rivelano raramente prima di qualche mese, di un certo numero di lezioni».

Barrow notò che una delle due donne si era appoggiata alla schiena, incurante che l'asciugamano scivolasse giù scoprendole i seni, piatti come gelatina contro il costato.

Lanciò un'occhiata di traverso a Ziegler, che sedeva dritto e immobile, una goccia di sudore sul punto di staccarsi dal mento. Provò a deglutire per tenere a freno l'adrenalina.

L'elemento chiave, l'elemento vitale era il controllo.

«Perché ferisce Brahms?»

«Prego?»

«Quando dirige Brahms sembra quasi che...» si sforzò di trovare la parola in tedesco, «lo *danneggia*».

Beschädigen.

«Non lo farei mai».

«E invece sì, Herr Ziegler».

«È ridicolo».

«Non proprio».

Barrow premette i palmi contro il legno liscio, ne trovò la vena.

Esponi il tuo caso.

«È sotto gli occhi di tutti, lei sabota Brahms. Deliberatamente. Ogni volta. Il concerto di Bruxelles... lo scandalo del piano scordato. Fritz Poelzig, il cornista: si è liberato di lui e quello che ha preso per sostituirlo ha rovinato l'assolo della Quarta di Brahms, proprio come voleva lei».

Stava per bloccarglisi la mascella.

«È un'idea ridicola».

«È sotto gli occhi di tutti».

«Poelzig non era un buon cornista».

«È stato preso dalla Filarmonica di Berlino».

«Era insolente. Era un solista, non un musicista di fila. Se ne accorgeranno presto, a Berlino».

Avrebbe dovuto essere un caso di facile soluzione, ma Barrow aveva incasinato le prove.

«E cosa mi dice della nuova oboista, Eugenie? Non ha ritmo, e lei lo sa benissimo. L'ha voluta come solista quando nella stessa orchestra c'è Petra Vogel, che è una strumentista eccezionale, che farà carriera, sicuramente farà una carriera straordinaria».

«Sì, alcuni pensano che sia eccezionale...»

«Sì, Herr Ziegler, alcuni pensano che sia eccezionale». Fece una pausa d'effetto. «*Lei*, maestro. *Lei* lo pensava». Guardò il profilo del vecchio con la coda dell'occhio, mentre il suo corpo tremava per l'impudenza di quanto aveva detto.

Ziegler guardava avanti a sé. «Bruxelles» disse, «è stato il peggio, l'accordatore più irresponsabile del mondo». Il tono era monocorde, liscio come l'olio. «L'hanno sbattuta fuori. Non ho mai visto niente di simile. Di Poelzig naturalmente avevo detto che era un musicista straordinario, ma non un orchestrale, quello proprio no. Di questo si può discutere, se vuole. E per Petra vale lo stesso discorso. Ecco».

Di questo si può discutere. Doveva interpretarla come una concessione.

Barrow continuò. «E poi abbiamo ragione di...»

«Abbiamo chi?»

Un altro invito.

«Antonio e Berndt» altra pausa d'effetto, «e Tano Popescu».

Senza dubbio, al nome del primo violino, qualcosa nel vecchio si spense. L'angolo a cui teneva il mento si ridusse di un paio di gradi. «Soprattutto Tano» disse Barrow, «non è riuscito a capire la sostituzione di Petra con Eugenie».

«Non è compito suo».

«Lo notano tutti, il suo comportamento irrazionale».

La porta si aprì alle sue spalle, si voltò e vide le due donne che uscivano dalla sauna, con gli asciugamani intorno alla vita. Una delle due sorrise, restituendogli l'occhiata mentre la porta si chiudeva.

«Discutere davanti a due estranei» borbottò Ziegler.

«Mi ha tolto dalla lista dei candidati di Schott. Ne avevo... sentivo di averne diritto».

Ziegler lo guardò, non disse nulla. Si tolse l'asciugamano dalle gambe, lo appallottolò fra le sue mani robuste e si asciugò la faccia e la testa. Aveva le cosce insolitamente lunghe; Barrow notò una cicatrice, una lampo gialla dall'anca al ginocchio: un'ustione, o un taglio.

Il sudore gli faceva bruciare gli occhi. Si alzò per togliersi l'asciugamano dai fianchi e asciugarsi la fronte, dando le spalle a Ziegler. Le panche erano troppo calde per sedercisi sopra direttamente, così stese l'asciugamano, stavolta su quella più bassa, e si sedette con le ginocchia al torace, i piedi distesi sull'asciugamano, lo scroto delicatamente posato sulla spugna ruvida.

«Avete anche trovato un motivo» domandò Ziegler da dietro, «per la mia cosiddetta irrazionalità?»

«Abbiamo pensato che potesse dipendere da qualcosa accaduto durante la guerra, che ha provocato queste sue azioni».

Non proseguì. Restò ad attendere istruzioni, un po' come durante le ore di lezione.

«Per esempio?»

«Forse la reputazione di cui godeva presso gli altri direttori, soprattutto per Brahms. Werner Schott, per esempio, è convinto che lei fosse più promettente di... di chiunque altro. Prima della guerra».

«Prima di quella guerra di merda» disse il vecchio. Si schiarì la voce, se la schiarì ancora: uno straordinario frammento di emozione.

Barrow voleva voltarsi, osservare il suo volto, ma non lo fece. Non avrebbe dovuto sedersi nella panca più bassa, da dove non poteva leggere le espressioni del suo avversario. Era di nuovo il momento delle prove: Ziegler con le spalle all'orchestra, Barrow che dirigeva, completamente esposto, in attesa dello scoppio di mortaio, sgarbato e inclemente, lanciato dal retro del teatro: *Nein!*

«Continui, Herr Barrow, è molto interessante».

Barrow avvertì l'effluvio opprimente e umido di una nuova trappola.

«Leonard Bernstein diceva a tutti che dovevano assolutamente sentirla dirigere Brahms; l'ha detto anche al mio insegnante, Gil Shanahan. E al padre di Erika, la violinista».

«Il padre di Erika? E chi sarebbe?»

«Erika è nei secondi violini ed è ebrea: suo padre – no, mi scusi – suo nonno l'ha vista dirigere prima della guerra».

«E chi era mai, questo 'nonno di Erika'?»

«Un ebreo».

«Questo l'ha già detto. Ma chi era esattamente?» Era questo, il metodo di Ziegler, il metodo che utilizzava per rovistare nella capacità di analisi dei suoi allievi. «Era un musicista? Un critico?»

«Non proprio... non ricordo».

«E allora?»

«Disse...»

«Chi se ne importa!»

«... che...»

«Non me ne importa niente di cosa disse!» un'esclamazione più sibilata che gridata.

«Che non aveva mai sentito nessuno dirigere come lei, bene quanto lei, soprattutto Brahms. Se ricordo bene disse che la gente aveva addirittura *paura* di lei, tanto era bravo...»

Ci fu una pausa. Barrow soffocò un'altra volta l'impulso di voltarsi.

Ziegler disse: «Non ha senso, questa conversazione». Ecco di nuovo quel tono di concessione: appena una traccia, ma la voce del vecchio si era come spezzata.

«E anche» disse Barrow, ammorbidendosi, «che era stato fatto il suo nome per la Pittsburgh Symphony, prima di Steinberg».

Avrebbe dovuto voltarsi. Avrebbe dovuto girare il culo e guardare in faccia Ziegler, ma temeva che sarebbe sembrata una concessione, costretto come sarebbe stato a guardarlo dal basso. E anche se si fosse alzato per raggiungerlo sulla seconda panca sarebbe stata una concessione.

«Werner Schott» continuò Barrow, «è convinto che lei sarebbe potuto diventare il nuovo Furtwängler».

«Werner Schott è un coglione».

«Voleva che lo sostituissi» disse Barrow, insensatamente.

«È un coglione. Non c'è nessuno che salta i concerti. Se lo fai una volta sola sei morto. Lo fa per una donna, per quanto ne sa lei?»

«Non so perché lo faccia».

«Per una donna».

Stava accadendo qualcosa, qualcosa che concretamente stava producendo l'effetto desiderato: il calore prolungato, la mente di Barrow sembrava sciogliersi come un ghiacciaio, lasciando cadere grossi blocchi di stupidaggini.

«Herr Maestro, il punto non è quello che sta facendo Schott». Sentì la fragilità della propria voce, l'emozione latente. «Il punto è che lei, maestro, avrebbe potuto essere Furtwängler, e invece ha fallito».

Era tutto. Aveva colpito nel segno.

Non ebbe risposta.

Insistette. «Perché, Herr Maestro?»

Soltanto a distanza di un minuto – un minuto interminabile – lo scricchiolio di un asse gli confermò che il vecchio era ancora vivo, e che stava spostando il peso da una gamba all'altra.

Barrow doveva uscire, arrivare alla canna dell'acqua fredda. A partire dai piedi e delle caviglie, strali di dolore colpirono l'una dopo l'altra tutte le sue articolazioni, poi sentì una vitalità nuova, una rigenerazione. Sentì l'impulso di muoversi e riuscì ad appoggiare i piedi sulle tavole in legno di cedro del pavimento. Caricando il peso sulle ginocchia si staccò dall'asciugamano e si alzò. Vide finalmente Ziegler per la prima volta in dieci minuti o giù di lì: era seduto esattamente come prima; in apparenza – anzi, ovviamente – era il più forte dei due. La testa grossa, gli arti lunghi. Un uccello preistorico, spennato. Che aveva scelto la sauna come habitat.

«Forse» disse Barrow, con la voce impastata per il caldo, «faremmo meglio a uscire da qui».

Il vecchio parlò, e la voce che gli uscì dalla bocca pareva ghiaia. «E in nome di Dio, a chi mai potrebbe interessare?»

Barrow si schiarì la gola. « Mi scusi? »

« Al diavolo Werner Schott ». Poi, più forte: « In nome di Dio, a chi può interessare di essere il nuovo merdoso Furtwängler? »

« Non capisco ».

« A chi, in nome di Dio? » ripeté Ziegler, lo sguardo stranamente immobile. « Noi lo amavamo, riesce a capirlo? Lo adoravamo ».

« Non ci capisco niente ».

« Lo adoravamo » rispose il vecchio, appoggiandosi alla schiena. « Non potete sapere, voi americani, voi inglesi, quanto adoravamo i nostri direttori, con quanto trasporto. E Furtwängler... lo adoravamo più di tutti gli altri ».

Il vecchio non aveva finito. Sembrava in trance.

« L'amore per Dio non contava nulla. Per altri c'era l'amore per Hitler, ma non aveva niente a che vedere con il nostro amore per Furtwängler, perché lui era fatto di intelligenza e di perfezione, mentre nel caso del cancelliere, di Hitler, non c'era nessuna intelligenza, solo stupidità di massa. Nei confronti del maestro era tutto diverso. Potevamo amarlo per la purezza della musica, soprattutto, e potevamo lasciarci andare a qualche giudizio... Dunque essere lui era come essere Gesù Cristo, e non esagero... quindi è ovvio che volessi essere *lui*. Volevo essere Wilhelm Furtwängler. Naturalmente. *Naturalmente* ».

Barrow sentì un brivido salirgli su per il petto; le sue ghiandole lo avvisavano che il tempo a loro disposizione era scaduto.

« Maestro » sussurrò, « dobbiamo uscire ».

Il vecchio aveva un corpo troppo magro per la sua testa; le ginocchia erano due masse di ossa abborracciate. L'asciugamano in disordine sulle cosce, i peli pubici scoperti, duri e astiosi, più scuri dei capelli. « Studiammo il modo di incontrarlo in Tiergarten » sussurrò con voce roca. « Lui andava a cavallo, così andammo anche noi a cavallo. Aveva ragione, Herr Barrow, tramammo per andare a cavallo insieme a Furtwängler, e ci riuscimmo. Gli tendemmo un'imboscata, e cavalcammo insieme a lui ogni mattina per un'intera estate. Cavalcammo insieme a Dio. Parlavamo di musica e venivamo trattati da pari e, quindi, anche noi diventammo Dio, per un'estate ».

Barrow deglutì due volte prima di trovare un'altra domanda. « Che anno era? »

Nemmeno l'ombra di una risposta, così tentò un'altra strada. «Lei ed Erich Blumenfeld?»

«Fu negli ultimi anni del regime, sapevamo che era tardi, ma il maestro Furtwängler non aveva lasciato la Germania, quindi doveva essere tutto a posto. Doveva per forza essere così. Stavamo costruendo una fortezza all'interno. 'Una quarta cavità nel cuore a tre cavità della Germania!' dicevamo. All'interno della Filarmonica c'erano ancora degli ebrei, l'orchestra di Furtwängler. Era il 1935, e fatta eccezione per la Kulturband non c'erano più ebrei da nessuna parte, eppure nella Filarmonica ce n'erano. E Hindemith, anche lui era ancora qui. Ma era soprattutto perché Furtwängler non se n'era andato... perché Dio non se n'era andato, che eravamo sicuri che le cose non andassero poi così male, male quanto i nostri stessi occhi ci dicevano. Così restammo, restammo, restammo, e poi fu troppo tardi».

Si fermò. Faceva dei mezzi respiri, lo sguardo richiamato da un punto distante.

E poi?

Le cavalcate a Tiergarten. Alla sera i concerti di Furtwängler. Contando gli ebrei rimasti nell'orchestra.

E poi?

Ziegler lo stava osservando. «Che diavolo stiamo facendo? Moriremo, qui dentro».

Allungò la mano e Barrow l'afferrò, aiutò il vecchio ad alzarsi in piedi, aspettandosi fragilità e incontrando invece forza più che sufficiente per tener testa alla sua. Spinse il chiavistello e aprì la porta, mentre l'aria fredda li colpiva sul volto, sulla pelle. Uscirono.

«Qui, venga qui» disse Ziegler indicando tre tubi di gomma nera lungo una parete. «Meglio cominciare dai piedi. Ma forse lo sa già».

Barrow restò in piedi sulle piastrelle, ad assorbire lo shock del calo di temperatura.

«Dicono che è meglio farsi aiutare da qualcun altro, ma io dico al diavolo», Ziegler aveva preso una delle canne, da cui già usciva l'acqua, e indirizzò il getto prima sul collo di un piede, poi sull'altro. Il vecchio cominciò a emettere suoni che Barrow non aveva mai sentito: «ah-ah!» Risate abortite, «ah-ah!» Il getto andò avanti e indietro, fra caviglie e polpacci, mentre il vecchio trasformava i versi di un uomo sotto tortura in risate. Barrow prese un altro tubo e lo imitò, sopportando il dolore atroce prima che l'afflusso di sangue stenda sulla pelle il suo tiepido involucro.

«Piano!» gridò il vecchio, «lo faccia salire piano, ecco, aaa-hi-ahi!!!» e guaì quando il getto gli colpì le ascelle. Si portò la canna sopra la testa e lasciò che l'acqua gli scendesse giù sul volto e sulle orecchie – mentre la pelle gli diventava rosso fragola –, giù lungo il petto per colare via dall'estremità del pene, accomodando e riaccomodando senza sosta i pochi peli delle gambe. Barrow, vagamente preoccupato per i casi di infarto frequenti negli anziani e nei malati, si spruzzò il petto e gemette a sua volta, finché le loro voci, i loro strilli e le loro risate rimbalzarono sulle pareti di piastrelle disinfettate, sbattendo veloci come delfini contro i recessi più alti della stanza. Poi il vecchio girò il suo tubo di gomma verso l'americano, costringendolo a saltellare e facendolo ridere ancora più forte. «Dio, Dio, Dio è buono» disse Ziegler, «Ah, Dio è buono», lasciò cadere la canna e si chinò in avanti, con le mani sulle ginocchia. La canna era ancora aperta e spargeva acqua da una parte all'altra del pavimento finché si fermò, accontentandosi di inondare l'angolo della stanza.

Barrow chiuse entrambi i rubinetti, un tubo nero si piegò di scatto su se stesso, in un estremo spasimo di agonia. «Dio è buono» ripeté Ziegler sollevando la testa e raddrizzando la schiena, col lungo corpo pallido che gocciolava sotto la luce sfacciata dello spogliatoio. Si lisciò i capelli scompigliati, che gli spuntavano dalle tempie come quelli di un clown. «Vuole sapere» disse, «chi dirigerà sabato sera?» Rilassò le braccia lungo i fianchi. Era un uomo abituato alla nudità, un uomo che Barrow non aveva mai incontrato prima e lo immaginò in una fotografia di cinquant'anni prima, con un buffo cappello tirolese in testa, allungarsi verso il suo amante su uno sfondo di montagne innevate.

«Dirigerò io» disse il vecchio. «Dirigerò io il concerto».

31

Non fu tanto piacevole camminare di notte, con i cappotti sbottonati malgrado il freddo: una lenta ritirata silenziosa fino a Lessingstrasse, da dove avrebbe proseguito fino alla fermata del tram per Schützenstrasse. Avrebbe dormito nel letto di Petra ma senza di lei e – non avendo spartiti da studiare, esaurita l'urgenza – si sarebbe abbandonato al suo profumo, forse avrebbe preso un libro dallo scaffale pieno di tascabili e avrebbe letto fino a sprofondare in un sonno che quasi aveva dimenticato.

Superarono una cabina telefonica di un bizzarro colore floreale, fra il violetto e il lavanda – un'altra indefinibile stranezza europea –, sbucarono in Lessingstrasse e si fermarono al numero 15, sotto alle tapparelle abbassate per la notte. Il vecchio si voltò verso di lui, le mani ancora nascoste nelle tasche. Restarono lì come due amanti, sconvolti dalla gioia della serata.

Fu Ziegler a parlare e le sue parole caddero a una a una come sassi sull'asfalto.

«Cosa le ha detto Petra di Erich Blumenfeld?»

«Che eravate amici» rispose Barrow. «Che forse lei glielo ricordava».

«Erich Blumenfeld era un musicista molto migliore di quanto lei potrà mai diventare».

«Questo è tutto da dimostrare, direi» rispose Barrow.

Il vecchio gli lanciò un'occhiata. Era fermo sulla porta di casa, ma avrebbe potuto trovarsi sul podio, isolato, forse spaventosamente isolato, ad aspettare il momento magico in cui qualsiasi pubblico si rassegna, ogni individuo del pubblico a vantaggio di tutti: segno che lo spettacolo può incominciare. Perché è il pubblico, in fondo, a dare inizio al concerto, e nessun concerto è mai iniziato prima che il pubblico si sia dimostrato pronto.

«Non ha mai voglia di una birra?» domandò Barrow.

«Mai» rispose Ziegler.

Camminarono verso il centro di Karlsruhe, per le strade che aveva già percorso in tram quella stessa sera, in piedi accanto alla porta a meditare su come mettere a frutto la propria collera. La collera non c'era più. Con una mossa abile e disinvolta, malgrado fosse quasi sicuramente pianificata, Ziegler l'aveva messo al tappeto.

Giunsero in Ludwigplatz, in una zona di ristoranti. Ziegler si fermò e disse: «Questi non li conosco». Barrow ne propose uno dall'altra parte della strada, il Krokodil.

Era tardi, e solo pochi tavoli erano occupati. Si sedettero verso il fondo, ordinarono due boccali da un litro e restarono ad aspettare in silenzio. I tavoli erano apparecchiati con tovaglie bianche, un vaso con un fiore di serra, di provenienza quasi sicuramente olandese, e un portacenere di vetro. Avrebbe potuto essere un decennio qualsiasi del Novecento.

Quando arrivarono le birre Ziegler bevve una lunga sorsata della sua. Posò il boccale e si guardò attorno, come un bambino per la prima volta in una birreria. Non si era tolto il cappotto.

«Non le ha detto che...» disse Ziegler, senza alzare gli occhi dal boccale.

«Che cosa?»

«Che fui io a mandare a morte Erich Blumenfeld nel campo di Chelmno».

Barrow restò senza fiato.

«Era un musicista inarrivabile, di gran lunga migliore di noi».

Barrow bevette un goccio di birra. Non disse nulla, per non interrompere il flusso dei ricordi di Ziegler.

«Non ero né una guardia né un medico, ma ci sono molti altri modi per uccidere un uomo, o più uomini. Trentotto uomini». Si schiarì la voce e bevve un altro sorso di birra.

Doveva essersi preparato questo esordio fin dal numero 15 di Lessingstrasse, se non addirittura dall'uscita dalla sauna. Eppure, da quanto disse subito dopo, il sospetto che fosse tutto predisposto diventò via via meno fondato. Il tono della voce si fece piatto, privo di emozione, anche se da qualche parte doveva esserci una fonte, un combustibile che bruciava.

«Ero un direttore, nei campi, in diversi campi. Questo lo saprà».

«No, non lo sapevo».

«Bene, adesso lo sa».

Teneva il boccale stretto fra le mani affusolate.

«E per avermi, evidentemente, il modo migliore, il più semplice, era arrestarmi. E così fecero. Con il più stupido dei pretesti. Sulla base di una diceria. Anche se in realtà era a Furtwängler che davano la caccia. A Dio. Non parlo di Goebbels, naturalmente. Lui non ne avrebbe voluto sapere, e forse nemmeno Hitler, perché quei due amavano Dio e sapevano che la gente lo amava... ma Göring e i suoi, sì. Come sa, Herbert Karajan, Lucifero, era il direttore di Göring. Così Göring e i suoi volevano spodestare Furtwängler per far salire al trono il loro uomo».

Barrow cominciò a dire: «Non so molto di questa storia...»

«No, certo. Faccende politiche. Göring era il ministro degli interni, Goebbels il ministro della propaganda. Sempre in lotta l'uno contro l'altro. O contro gli uomini dell'altro. Göring fallì in molti propositi, uno dei quali era di arrivare per mio tramite al maestro Furtwängler. O per tramite di Erich Blumenfeld, come tentarono di fare. Mi arrestarono per interrogarmi su Furtwängler, perché a quei tempi c'erano uomini che si incontravano a Tiergarten per scopi disgustosi, e avevano scoperto che di tanto in tanto, durante quell'estate del 1935, io, Erich e Dio andavamo a cavallo insieme nel parco».

«L'articolo 175» mormorò Barrow nel momento di silenzio che seguì.

Ziegler sembrò sorpreso. «Sì» disse, «se vuole chiamarlo così. L'articolo 175. Sulla base di una diceria, gli uomini di Göring pensavano che li avrei aiutati a spodestare Furtwängler con l'aiuto di un articolo. Naturalmente la voce era infondata. Furtwängler si era scopato mezza Berlino, ma era la metà femminile». Sorrise, bevve un sorso e diede un'occhiata a Barrow. «Ha fame?»

«No».

«Mi dia una mano, per favore».

Barrow si alzò e lo aiutò a togliersi il pesante cappotto di lana. Poi lo piegò e lo appoggiò allo schienale della sedia accanto. «E così la arrestarono».

«Sì. Agli arresti costavo meno che come libero professionista».

Guardava fisso Barrow, dall'altra parte del tavolo, come se fosse un prisma che rifrangeva i suoi stessi ricordi.

«Prima mi misero in un campo, poi in un altro. A volte suonavo il flauto, altre volte dirigevo la banda. Suonavamo al mattino quando i prigionieri andavano a lavorare, e in altre occasioni. Venni rilasciato e mi stabilii a Berlino, ma un anno dopo mi arrestarono di nuovo. Mi portarono a Sachsenhausen, dove la mia presenza era stata richiesta espressamente. 'Ecco' mi dissero. 'Dirigi questi uomini, e questi altri e questi altri ancora'. Volevano un'orchestra. E visto che cominciavo a capirci qualcosa di politica, e c'era una certa rivalità con Theresienstadt e Ravensbrück, il giorno dopo dissi loro: 'Così non basta, mi servono dei fiati migliori', ma loro dissero di no, e io dissi: 'Fatemi parlare col Kommandant'. Restai di stucco: il giorno successivo il Kommandant mi mandò a chiamare, perché aveva scoperto che conoscevo Furtwängler. Insomma, avrà capito che Furtwängler era veramente Dio.

«'Kommandant' dissi, 'ho bisogno di un vero oboista'. Lui disse: 'Come devo fare?' e io gli dissi: 'Trovatemi Erich Blumenfeld', perché correva una voce: un prigioniero che suonava nell'orchestra di Sachsenhausen mi disse che aveva visto Erich a Buchenwald, se ricordo bene. Così dissi: 'Trovatemi Erich Blumenfeld', e naturalmente in meno di due settimane avevo Erich nella mia orchestra. Erano anni che non lo vedevo, avevamo perso il conto. Non stava bene. Il danno era già stato fatto. Avevano ignorato il fatto che era il miglior oboista al mondo e lo avevano assegnato a una baracca di articolo 175, e in più era ebreo. Gli domandai se era peggio portare il triangolo rosa o la stella gialla, e lui rispose: 'Il peggio è starsene su quel podio di merda e agitare la bacchetta tutta la vita'. Gli trovammo un oboe, e un po' di canna di bambù, cosa che fu ancora più difficile. Non gli permettevano di stare da solo con un coltello in mano, e ogni volta che preparava le ance una guardia lo stava a guardare. C'era da diventare matti, capisce, però avevamo Furtwängler, Dio, che vegliava su di noi.

«Dopo un certo tempo mi assegnarono un ufficio nel campo, che in realtà era uno sgabuzzino per le scope. C'era una piccola lampada, e ovviamente non aveva finestre, così di giorno mi chiudevo lì dentro finché non si ricordavano della mia esistenza. Cominciai a dormirci, malgrado non riuscissi a stendere le gambe in nessun modo e non fecero commenti. Considerando come andavano le cose, la situazione, i campi, non potevamo dire che fosse un brutto periodo. No, non fu un brutto periodo».

Ziegler serrò le labbra. Gli occhi gli si riempirono di lacrime e lui distolse lo sguardo.

Bevve una lunga sorsata.

«Il Kommandant era un mostro di nome Luechner, l'ennesimo dei tenori spaventosi che ci toccavano. Troppo nasale, troppi denti e niente petto. Abituato a gridare. Gli piaceva fare sfoggio di cultura dimostrandomi un rispetto inopportuno, e questo spiegava lo sgabuzzino delle scope e il fatto che potessi cavarmela col triangolo verde dei comunisti invece di quello rosa dei 175. Doveva aver visto dei cinegiornali con il cancelliere che sorrideva durante un concerto, o magari di Goebbels su una macchina scoperta insieme a un soprano o a un direttore, forse proprio Furtwängler. Tentava di fingersi ragionevole per far colpo su di me, ma poi il tono di voce lo tradiva. Un soprano leggero non si arrischia a fare Carmen, no?»

«No».

«Un giorno sono lì nel suo ufficio e lui mi domanda perché l'orchestra non suona mai Brahms. Io gli dico che non posso spiegarglielo, ma lui continua a farmi la stessa domanda, finché gli rispondo che non sono mai riuscito a farmi piacere una sola delle composizioni di Brahms. E il Kommandant Luechner risponde con la prima e unica risata convincente che sentii da lui, anche se non fu una risata di petto, restò confinata ai seni nasali. 'Per quanto mi riguarda disprezzo Brahms' dico io. 'Ovviamente lei sta mentendo' risponde lui. Io dico: 'Mi considererò fortunato se potrò continuare a dirigere Wagner e Beethoven, Herr Kommandant'. E lui: 'Si consideri fortunato di poter dirigere, e basta'.

«Fu a quel punto che avrei dovuto spingere più in là il mio rifiuto, ma non lo feci, e fu il più grande errore della mia vita, più grande di qualsiasi altro errore, perfino di essermi fatto arrestare.

«C'era un concerto della Croce Rossa tre settimane dopo, e Luechner suggerì l'*Ouverture Accademica* di Brahms, uno dei suoi brani preferiti, poi mi chiese se potevamo far arrivare le parti da Berlino, davvero una domanda assurda da fare a un prigioniero. Inoltre voleva sentire la Seconda sinfonia. 'Sempre che siamo all'altezza... Lo siamo?' Ci sono trentotto orchestrali, e due viole. No che non siamo all'altezza, ma lui si comporta come un impresario, come se fossimo nel foyer dell'Opera di Berlino, fra tappeti e candelabri, e a me viene da vomitare. In quel momento – anche se, come le ho detto, era troppo tardi – giuro a me stesso che non dirigerò mai Brahms per quell'uomo.

«Quella sera ho una discussione spaventosa con Erich. 'Brahms non è Dio' dice. Ormai ci siamo resi conto che Furtwängler non è Dio, se non per il fatto che Dio è estremamente pericoloso ed estremamente stupido. 'Gli dei sono dei, gli uomini sono uomini' dice Erich. Io aggiungo: 'E i mostri sono mostri', ma la cosa non lo fa nemmeno sorridere. Siamo nello sgabuzzino e solitamente lì dentro parliamo sottovoce, bisbigliamo, ma stavolta Erich sta gridando. 'Gli uomini non sono dei, gli dei sono lassù, gli uomini quaggiù. Tu sei un uomo, dirigi quell'ouverture di merda!'

«La musica fu ordinata dalla RMK. Il giorno che la ricevemmo fu come se fosse arrivato Brahms in persona. Come se fosse passato dai tre cancelli e adesso fosse lì nella piazza d'armi, anche lui macilento e grigio, con la barba tutta sporca e crespa, filata come lana. È questa l'immagine che mi viene in mente, se ripenso al momento in cui si sparse la voce che la musica era arrivata. Schatz, un 175 che fungeva da segretario per l'orchestra, venne a bussare alla porta dello sgabuzzino e mi consegnò le parti. Solo della Seconda sinfonia, però: l'*Accademica* era troppo richiesta e non era disponibile. «Manca la parte del secondo corno» disse. «Devo trascriverla?» Patetico, nella sua foga di dimostrarsi utile. Era stato violinista dell'orchestra sinfonica di Mannheimer, ed era scampato a Buchenwald e alle miniere. Erich e io pensavamo che soddisfacesse le richieste di una guardia».

Ziegler si interruppe per un altro po' di birra; una sorsata abbondante, stavolta, che gli spostò il pomo d'Adamo su e giù lungo il collo. Come doveva sembrargli quel liquido a temperatura ambiente, che gli bagnava le labbra dopo chissà quanto tempo?

Riappoggiò il boccale sul sottobicchiere. «Petra gliene ha parlato?» domandò con una rapida occhiata a Barrow.

«Sì».

«Cosa le ha detto con esattezza?»

«Di voi due» rispose Barrow, posando il tovagliolo di lino sul tavolo.

«E che altro?»

Barrow alzò gli occhi dal tovagliolo e guardò dritto negli occhi il suo insegnante, nelle pupille grigio-azzurre rannuvolate dall'età, eppure attive, cariche di informazioni.

«Le ha parlato della sinagoga di Rykestrasse?» disse Ziegler.

«Quella di Berlino Est?» domandò, e Ziegler assentì. «Mi ha detto solo che ci andava ogni tanto».

Non si staccò dallo sguardo di Ziegler, e credette di ravvisare un accenno di tensione nei muscoli della guancia, giusto il principio di un sorriso, o forse di una smorfia.

«Glielo domandi» disse il vecchio prendendo la sua birra. Fece mulinare una volta o due quel che ne restava, lo bevve in un sorso e riappoggiò il boccale sul tavolo.

Lo sforzo di ricordare si impossessò del suo volto. «Erich era andato a dare lezioni di oboe a una delle figlie del medico. Ci eravamo sistemati così bene, eravamo convinti di avere avuto fortuna... e io ero solo con Brahms. Riconobbi subito certi segni e capii che Weingartner, Felix Weingartner, che era molto anziano e al quale avevo avuto occasione di fare da assistente una volta, a Vienna, era stato l'ultimo a usare quelle partiture, o se non lui, uno dei suoi protetti. Questo mi sconcertò e mi parve una rivelazione fantastica allo stesso tempo: l'idea che quella musica circolasse fra i campi e il mondo esterno, fra una rete di musicisti che stavano dentro e fuori dai campi. Dopo un mese ti dimentichi completamente cosa c'è all'esterno, e ormai era passato quasi un anno.

«Stavo per cominciare a smantellare le indicazioni di Weingartner, che mi aspettavo di trovare detestabili, però avevo anche deciso, malgrado il litigio con Erich, che non avrei diretto quella musica almeno non nel campo di concentramento, per Luechner, in Germania. Sentivo di volere questo, ma non era facile, perché davanti a me avevo quella musica. Brahms in persona».

Si interruppe. «Immagino» riprese, «che sia un po' come

trovarsi una ragazza nuda nel letto, che sussurra il tuo nome, ma hai deciso di non toccarla».

Smise di parlare, quasi a omaggiare le umane debolezze. *Gli dei sono dei, gli uomini sono uomini.* Attraversò con gli occhi il ristorante vuoto e guardò in strada. Una stasi che durò abbastanza perché Barrow si immaginasse Petra a letto con il vecchio. Aveva provato a sussurrare il suo nome?

Il vecchio si schiarì la voce rumorosamente e con un cenno ordinò un altro litro di birra. Sembrava incapace di tenere le mani ferme, e le strinse attorno al nuovo boccale come per scaldarsele.

«Luechner fu immediatamente informato dell'arrivo della musica, e non vedeva l'ora di farci iniziare a provare. Senza parlarne con nessuno, nemmeno con Erich, io avevo già deciso il da farsi. Non sarei diventato come Furtwängler. Ero giunto a questa decisione dopo aver esaminato le circostanze ed essermi immaginato la situazione, coricato là sul pavimento del nostro ufficio a costruire quel momento unico. Per me sarebbe stato un momento di gloria immensa.

«E quando arrivò seguii la mia costruzione alla lettera. Salii sul podio, che era stato costruito dai prigionieri, e rimasi lì, capisce, davanti a quell'orchestra assurda: trentotto elementi di triangoli rosa e soprattutto stelle gialle, più un paio, mi pare, di comunisti. Restavo lì col soffitto a una spanna dalla testa e, come sempre, contro la parete di fondo c'era il personale della cucina, con in mano mestoli e attrezzi simili... Poi era arrivato Herr Kommandant. Sorrideva. Così orgoglioso che quasi piangeva: *la Seconda sinfonia di Brahms qui a Sachsenhausen, nel mio campo.* Le parti, come avevo predisposto per accrescere ulteriormente l'attesa, erano aperte sui leggii. Aprii la partitura al primo movimento e guardai i violoncelli: erano solo cinque, capisce, con due leggii e mezzo, poveretti. Tutto secondo il piano che avevo predisposto, grazie a Dio, perché tremavo. Lanciai un'occhiata ai corni – era un miracolo che fossero quattro, un vero miracolo – e la bacchetta si alza, e capisce, tutti sono pieni di gratitudine all'idea che per qualche momento ce ne andremo via, via dal quel luogo in cui ci stiamo consumando, dove i nostri corpi stanno avvizzendo, dove siamo tutti pazzi. Li condurrò via come Mosè, capisce, verso Brahms. Avevo preparato tutto, nella mia mente.

«E il mio sguardo è determinato: questo è il momento, il momento immenso, e quando alzo gli occhi dalla partitura non è sui violoncelli che li punto ma sulla parete di fondo, vicino alla porta a vento, dritto su quell'essere spregevole, Herr Kommandant Luechner. Lo fisso negli occhi per otto, dieci, quindici secondi – li conto, capisce – poi con cautela la bacchetta va giù, e la lasciò lì, sulla partitura. Sotto gli occhi dei miei uomini abbandono il podio, capisce, senza mai guardare Erich, nemmeno una volta, perché sono certo che è furioso. Passo vicino a Herr Kommandant Luechner e distolgo lo sguardo solo all'ultimo momento. Nessuno si è mosso, e io spingo la porta a vento, esco nell'atrio, grande a malapena per due persone, ed esco nella piazza d'armi, dove c'è fango dappertutto, ma un fango gelato che, se cadi, può spaccarti una rotula. E trovo Brahms ad accogliermi, questo vecchio, gli prendo la mano e lo lascio andare per la sua strada, fuori dai cancelli, libero».

Nel silenzio del ristorante echeggiò una risata proveniente dalla cucina.

«Io venni consegnato, gli orchestrali dovettero unirsi ai gruppi di lavoro come gli altri prigionieri». Prese la birra, ne bevve un sorso e la riappoggiò sul tavolo.

Barrow parlò. «Erich?»

«Gli ebrei finirono a Chelmno».

Restò seduto a lungo mentre i ricordi gli turbinavano nella mente, gli sfilavano davanti l'uno dopo l'altro. Si alzò, sfilò una banconota dal portafoglio e la depose sul tavolo.

Fuori, in strada, Barrow provò a impuntarsi, ma Ziegler non si lasciò convincere: sarebbe tornato a casa a piedi, da solo. Andarono ognuno per la propria strada, lungo Kaiserstrasse, l'uno a est e l'altro a ovest.

32

Venerdì Barrow prese il treno per Francoforte. La sua idea era di assistere al concerto, prendere nota mentalmente di quello che sentiva e poi passare la notte con Petra, che badava alla casa di Messer-Eichen in sua assenza.

Decise di saltare il concerto, anche se sarebbe stato enormemente istruttivo sentire Schott interpretare la musica in cui era rimasto immerso per tutta la settimana. A ogni angolo, in ogni vetrina si scontrava col proprio disappunto. A sera tarda, quando avvistò la sagoma massiccia e inarcata dell'Alte Oper, la fontana che spruzzava acqua anche in dicembre, si voltò e camminò per un isolato nella direzione opposta.

Comprò un caffè in un chiosco e si avvicinò di nuovo. Era una costruzione elegante, con grandi finestre ad arco su due piani, i lampioni in ferro battuto che rilucevano tutto intorno al suo perimetro. All'interno Schott stava dirigendo. Il mattino dopo si sarebbe svegliato ammalato, per un forte attacco di influenza, e la segreteria dell'orchestra avrebbe convocato Karlheinz Ziegler. Barrow si sedette su una panchina da cui vedeva chiaramente l'ingresso degli artisti, tolse il coperchio al bicchiere di carta e si scaldò il naso e il volto col vapore. Si abbandonò all'idea di veder uscire Petra sottobraccio a Werner Schott. Nemmeno sottobraccio, fianco a fianco, nel tentativo di passare inosservati. Ostentando un distacco professionale, il direttore avrebbe fermato prima un taxi per lei, poi un altro per sé, entrambi diretti allo stesso indirizzo. Un piano d'azione che aveva tutte le circostanze a proprio favore, dal momento che Pat Levy si trovava a Londra: era inevitabile, logico e sicuramente ironico. Individuò una possibile via di fuga: il vialetto che avrebbe imboccato, il gruppo di alberi spogli fra cui sarebbe passato per tornare alla stazione ferroviaria, magari attardandosi per un po' nel quartiere a luci rosse.

Fu lei a vederlo per prima. Lo salutò con la mano dall'ingresso degli artisti e gli venne incontro di buon passo. «Sto morendo di fame, dove andiamo a mangiare?» domandò. Era infagottata nella sciarpa e nel montgomery con l'abito nero da concerto che scendeva dritto fino alle pietre del selciato.

«Domani sera non dirigo» le disse senza alzarsi dalla panchina.

Lei lo fissò. «Merda».

«*Ja*».

«Sei amareggiato?»

«È una presa in giro». Si strinse nelle spalle.

«Andiamocene» disse lei, tirandolo su dalla panchina.

Passarono accanto alla fontana, attraverso la nebbiolina che da lì si alzava nella notte e bruciava i loro volti con la sua umidità ghiacciata. Il buonumore di Petra, malgrado la brutta notizia, il piacere evidente che aveva dimostrato nel vederlo, lo tirarono su di morale.

Gli diede una spintarella verso Hochstrasse, la via dei negozi più frequentati, lungo la quale gli ambulanti stavano chiudendo le bancarelle di Natale.

«È andato bene il concerto?»

«Sì». Lei gli strinse la mano.

«Insomma non ci sei rimasto troppo male, per il fatto di non dover dirigere?»

«Sono distrutto».

«È un peccato. Mangiamo una pizza».

In genere, anche quando era del suo umore più allegro, era assillata da qualche pensiero. Ma quella sera non c'erano fardelli a gravarla.

Si infilarono in una vetrina striminzita che prometteva pizza in stile newyorkese. Ordinarono, Petra gli domandò cosa avesse fatto. «Niente» rispose lui. «Ho cercato di leggere un paio dei tuoi libri».

«Quali?»

«Non riuscivo molto a concentrarmi». Le guardò le rughe sottili intorno agli occhi, e il pensiero di mettersi a letto con lei in un futuro non troppo lontano lo riempì di sollievo. «Ti ha mai raccontato cosa gli è successo nei campi?» domandò.

«Chi?»

«Ziegler».

«No» rispose. «Qualche accenno». Aprì lo zaino e faticosamente tirò fuori un paio di scarpe da ginnastica.

«L'ho visto ieri sera. Mi ha raccontato cosa gli è successo nei campi. Avevi ragione a riguardo di Erich Blumenfeld, avevi assolutamente ragione».

«Dimmi».

Le riferì tutto nei minimi dettagli: le uscite a cavallo con Blumenfeld e Furtwängler, l'arresto a Berlino per presunta condotta omosessuale, l'orchestra di trentotto elementi nel campo. Il racconto era caotico – «Ho dimenticato il nome del campo di concentramento» – però le riportò parola per parola lo scontro col Kommandant su Brahms, le partiture di Felix Weingartner, lo sgabuzzino delle scope, il litigio con Erich. Concluse descrivendo la fine degli orchestrali ebrei.

«Sì» disse lei, dopo aver aspettato un momento per accertarsi che avesse concluso. «È convinto di averli uccisi lui, di essere responsabile della loro morte». Il tono della sua voce lo fece sentire un idiota. «È una storia tremenda» aggiunse lei, «davvero tremenda».

«E tu l'avevi già sentita».

«Ovviamente no» ribatté lei. «Vieni, so dove possiamo fare una passeggiata, ci sono dei negozi aperti anche a quest'ora».

La guardò incredulo. «È tutto quello che hai da dire?»

«Vieni».

Lo condusse, o meglio lo trascinò nella U-Bahn, sull'onda di un'energia che doveva venirle dal concerto appena finito. Salirono sul primo treno in arrivo, Barrow si lasciò cadere su un sedile mentre lei restava in piedi, appesa a una maniglia di fronte a lui.

«D'accordo, scusami. Ammettiamo che il finale fosse diverso».

«*Bitte?*»

«Ammettiamo che in quel momento sul podio, nella mensa, al momento decisivo avesse effettivamente diretto la Seconda di Brahms, e poi molti altri pezzi di Brahms. Nel campo».

«È questo che ti ha raccontato?»

«No, ma se fosse andata così? Ammettiamo che Brahms, ancora per molti mesi, sia di grande conforto per i prigionieri, per tutti gli orchestrali. Poi le cose si mettono male per la Germania, viene il momento di far fuori gli ebrei che sono rimasti nei campi e l'orchestra viene sciolta».

«Non capisco» disse lui.

«In un modo o nell'altro gli ebrei sono morti. Non sarebbe cambiato niente». Stava mischiando le carte, confondeva di proposito le acque.

«Non è questo il punto» disse. «Il punto è il dramma di un uomo che difende qualcosa che finisce per esplodergli in faccia».

«Difendere?» Gli lanciò uno sguardo che sembrava di pietà.

«Ho usato la parola sbagliata?»

«Di storie di sopravvissuti ce n'è una marea. E non esiste un sopravvissuto che non sia convinto di aver condannato gli altri a morte. Per il semplice fatto di essere sopravvissuto. Vieni, scendiamo qui».

Uscirono dalla U-Bahn e riemersero sulla sponda sud del Meno. Il fiume era scuro e si allungava in entrambe le direzioni, con Francoforte che si accucciava sulle due sponde, tinteggiandone delicatamente la superficie con il riflesso delle sue luci. «Che bello» disse lei.

Barrow aveva un freddo tremendo e non desiderava altro che buttarsi a letto. «Dov'è l'appartamento di Messer-Eichen?»

«Possiamo andarci a piedi».

Qualche metro dopo disse: «La coincidenza non ti farà piacere. L'appartamento del mio insegnante è in una zona che si chiama Sachsenhausen».

Eccolo, il nome del campo di concentramento di Ziegler. Se l'era dimenticato. «Te l'ha detto lui?»

«Che cosa?»

«Il nome del campo».

«Quale campo?»

«Sachsenhausen».

«Con me non ha mai parlato dei campi».

«Eppure lo sapevi». Lei si piegò verso il vento duro che sfiorava il fiume, e lo ignorò.

«Hai appena detto... la coincidenza che Messer-Eichen abiti proprio a Sachsenhausen».

Si avvicinavano a una delle serie di ponti che attraversano il Meno, una struttura moderna fatta di tubi e cavi sospesi.

Domandò di nuovo: «Lo sapevi?»

«Credi che ti stia mentendo? Perché dovrei?» Nella sua voce c'era una punta di asprezza. «Pensi che Ziegler mi abbia raccontato di Sachsenhausen? La coincidenza è che abbiamo appena parlato dei campi di concentramento e di sterminio, e poi ti dico: ecco, il mio insegnante abita qui. E salta fuori che la coincidenza è ancora più forte, perché è proprio lo stesso campo... quello in cui hai detto che...» Si fermò. Doveva aver capito di essersi troppo accalorata. «E comunque, anche se me l'avesse raccontato?» domandò.

«Non mi importerebbe. Mi chiederei soltanto perché fingere che non lo avesse fatto».

«Forse per rispetto alla privacy di una persona anziana».

«O forse perché i segreti nascondono altri segreti?»

Lei lo guardò di traverso e ricominciò a camminare. Lui allungò il passo per raggiungerla.

«Che cosa è successo alla sinagoga di Rykestrasse?» Non si sentiva affatto bene: aveva freddo, non aveva dormito e adesso l'aveva sorpresa a mentire.

«Ti ha detto di Rykestrasse?»

«Sì» rispose lui.

«Te ne avrei parlato» disse lei.

«Non c'è problema».

«Ti ha detto tutto?»

Gli bruciava la faccia per lo sforzo di non risponderle.

«Cazzo» disse lei. «Cazzo!»

«Voglio sentirlo da te».

Lei si fermò per guardarlo in faccia, e lui capì che non sarebbe riuscito a sostenere la parte fino in fondo. Disse: «Ziegler mi ha fatto capire che alla sinagoga di Rykestrasse è accaduto qualcosa, e che tu eri coinvolta».

Lo guardò dritto negli occhi. «Ti ha detto tutto o non ti ha detto niente?»

«Vorrei sentirlo da te».

«Che cosa ti ha detto con esattezza?» disse lei, con gli occhi lucidi.

«Forse mi sono spiegato male».

Lei vacillò; sembrava un miraggio, lì sul marciapiede.

«Mi dispiace» disse lui. «Ti chiedo...» cominciò a dire, ma gli si bloccò la mascella e non riuscì a continuare. Anche i suoi occhi si erano annebbiati, e se li sfregò col dorso della mano guantata.

Lei stava correndo su per l'argine del fiume, verso il viale che lo costeggiava. L'erba era irrigidita dal freddo, lui scivolò e sfiorò il terreno con un guanto. La vide attraversare di corsa il viale, verso il giardino di uno dei musei affacciati sul fiume. Scansò le macchine mentre lei tagliava per una stradina che sbucava nel quartiere di Sachsenhausen.

Svoltò anche lui e la vide che camminava di fretta, a lunghi passi; la raggiunse. «Che stai facendo?» disse.

«Noi due abbiamo chiuso».

«No» rispose.

Lei si fermò. «Pensi che per questa faccenda dovrei baciare i piedi a Ziegler, che dovrei venerarlo perché ha scoperto di essere una testa di cazzo? È una testa di cazzo, cosa credeva? Si è stupito quando i nazisti hanno sciolto l'orchestra? Cosa pensi, che non sapesse esattamente cosa avrebbero fatto?»

«Non penso che...»

«Che sapesse *esattamente* cosa avrebbero fatto? Eccome se lo sapeva, comunque ha fatto la sua stupida protesta. Per sentirsi più forte di loro. È così che fate, voi direttori: vi gonfiate di autorità. Pensate di avere tutto sotto controllo ma vi sbagliate, non avete nessun controllo. Il controllo è altrove. Il controllo ce l'hanno loro. Sempre» disse e a lui sembrò di vedere una decisione che le attraversava il volto in un lampo. «Ho ucciso una persona, lo sapevi? L'ho uccisa. Questo non te l'ha detto».

Lui riuscì soltanto a fissarla sconcertato.

«Vaffanculo» gridò lei, colpendogli un gomito con la custodia dell'oboe. Il dolore gli squarciò il braccio. Restò immobile mentre lei indietreggiava fra le sbarre di ferro del cancello alle sue spalle, la custodia stretta in una mano.

«Te l'ho detto che ero un'informatrice. *Inofizielle Mitarbeiterin*. Te l'ho detto, e tu non hai fatto niente. Non mi hai domandato niente».

La fissò, sbalordito dalle sue risorse.

«Non volevo...»

«Ti avrei detto altro, ma tu non me l'hai chiesto».
Lui scuoteva la testa.
«Perché non me l'hai chiesto?»
«Non capisco» disse lui ma in realtà capiva. Quella notte si era spalancata una porta ma lui l'aveva ignorata. «Te lo chiedo adesso».
«Davo informazioni sulla sinagoga di Rykestrasse».
«Perché?»
«Perché era patriottico. Non lo so il perché».
«Spiare una cazzo di sinagoga?»
«No» disse lei, mentre nuove lacrime le si formavano negli occhi.
«In che senso era patriottico?»
Lei abbassò lo sguardo. «Non puoi capire».
«Spiegamelo tu».
«Ti prego» sussurrò, e per la prima volta la sua voce lasciò trasparire una disperazione sincera.
Si incamminò, e non parlò per molto tempo. Rasentarono una zona di bar e ristoranti e giunsero in una via residenziale di condomini moderni, arretrati rispetto al marciapiede, con macchie di sempreverdi dietro le recinzioni di ferro battuto. Mentre passavano sotto un lampione gli lanciò un'occhiata; il mascara risaltava sul pallore delle sue guance. Si infilò nella strada successiva e si fermò.
Lontano dal fiume l'aria era spiacevolmente calma.
«C'era una ragazza, più giovane di me, alla sinagoga. Mi stava simpatica, suonava benissimo il violino. Meglio di Tano. Aveva vinto un posto al conservatorio di Lipsia, che è molto buono, forse il migliore».
Stava tremando e appoggiò la custodia dell'oboe per terra, fra le caviglie, poi si cacciò le mani nelle tasche.
«Si chiamava Kathi. Anche lei mi trovava simpatica. Pensava che avessi successo con la musica e coi ragazzi. Mi confidava i suoi pensieri».
Petra si fermò e alzò lo sguardo. Alla luce del lampione lui vide i muscoli della mascella che le si flettevano. Era così tesa che il respiro le usciva sibilando fra i denti.
«Arrestarono suo padre».
Si fermò di nuovo, abbastanza a lungo da fargli credere che si aspettasse una risposta da lui.

«A causa tua?»

«Sì».

Adesso tremava dalla testa ai piedi, ma continuò, decisa a confessare tutto con una forza che non gli era mai capitato di vedere. «La madre di Kathi era pediatra, le tolsero la licenza. E Kathi perse il posto al conservatorio di Lipsia e fu respinta anche da quello di Berlino. Non c'era una scuola che la volesse».

Petra gemette, tentò di rilassare la mascella serrata.

«Si impiccò. In primavera».

«Come l'hai...»

«Dal balcone del suo ragazzo».

Parlarono poco, e solo di banalità. Quale asciugamano doveva usare, se c'era qualcosa in casa per fare colazione al mattino.

Si coricò sul letto di Messer-Eichen e guardò fuori dalle porte a vetri che davano sul pianerottolo del primo piano, sulla portafinestra buia al di là. Pensava a una sola cosa: prendere la sua roba, vestirsi in cucina e andarsene.

Petra tornò dal bagno e si sedette sul letto.

«L'hai detto a qualcuno?» domandò. «Alla sinagoga?» Le domande erano inesauribili, come i mille segreti del suo delitto.

«No».

«E hai fatto tutto questo per... per avere un visto?»

Lei sembrò calmarsi, le sue spiegazioni si fecero più logiche.

«Ogni tanto andavo al cinema con Victor, il fagottista, te ne ho parlato, quello che poi entrò alla sede di Parigi della Stasi. Sapeva che di tanto in tanto frequentavo la sinagoga, e cominciammo a parlare del visto. Per il concorso. Mi chiese di fare un paio di osservazioni, disse che il KGB era interessato ai movimenti di certi ebrei ex sovietici a Berlino. Osserva quest'uomo e io ti procuro il visto, mi disse».

«E tua madre? Non poteva procurartelo lei?»

«Mia madre non si fidava di me, sapeva che sarei fuggita. Avevo parlato spesso della DDR, di quanto la disprezzavo».

«E invece, per la DDR, ti sei messa a osservare il padre della tua amica. Prendevi appunti, andavi a casa loro». Lei annuì.

«C'è altro?»

«Nient'altro».
Lui aspettò. «Ci andavi a letto?»
«Non c'è altro» disse, e spense la luce.
Lui continuò a fissare la finestra, che adesso, nell'oscurità, rivelava le vaghe sagome degli alberi sull'altro lato della strada.

33

Arrivò all'Alte Oper in anticipo di quaranta minuti, nella speranza di evitare un incontro con Antonio, Berndt o un qualsiasi altro allievo della Hochschule. Appena entrato nell'atrio sentì Petra che lo chiamava. «Ti vuole vedere».

Si muoveva velocemente e Barrow la seguì. Nel corridoio ogni voce lo metteva in allarme, aveva le mani intorpidite.

«Vuole chiederti di dirigere» disse Petra.

«No».

«Quello è il tuo frac?» domandò indicando il suo zaino. Lui annuì. «Devi accettare».

«No» rispose.

«Se te lo chiede».

«Non me lo chiederà».

Fece mentalmente l'inventario: le scarpe eleganti che gli premevano contro le reni, spinte giù dalle partiture e dal vestito, accuratamente piegato. Come avrebbe potuto ammettere di averli portati con sé? Come avrebbe potuto accettare l'incarico? Avrebbe dimostrato la sua malafede, e Ziegler se ne sarebbe accorto.

Seguì Petra attraverso una porta riservata al personale. Superarono gruppetti di due o tre coristi, uomini di mezza età con il violino stretto nella mano, uno stanzone reso azzurrino dal fumo di sigaretta.

Lei lo trascinò in un ascensore, aveva la mano calda. Non si erano parlati per tutto il giorno, al mattino Petra era uscita mentre lui era sotto la doccia.

«Devi farlo» gli disse alzando lo sguardo.

Erano soli in ascensore. Normalmente lui l'avrebbe premuta contro i pannelli di lamiera, le avrebbe schiuso le labbra con le sue. E invece era inebetito. Aveva passato la giornata fuori da una serie di musei, incapace di decidersi a entrare in almeno uno di essi, incapace di liberarsi da una catena di immagini che culminavano con una ragazza ebrea e un balcone.

Arrivarono in un altro corridoio molto più vicino al palcoscenico. Si udivano dei suoni: un corno che suonava, solo; un timpanista che accordava il suo strumento. I timpani della sinfonia di Haydn. La sua mente fece un balzo in avanti, ripensò ai tempi e ai timbri in apertura del brano, si domandò come avrebbe raggiunto il podio, se avrebbe usato le sue partiture, se per Haydn in effetti ne avrebbe avuto bisogno.

Petra si fermò davanti a una porta; una scheda dattiloscritta e incorniciata diceva Maestro K. Ziegler.

«Qui».

Capì che doveva bussare e lo fece. La porta, già socchiusa di un paio di centimetri, si spalancò. All'interno, una donna vestita in abiti civili e un violinista dallo sguardo intenso erano in piedi di fronte a Ziegler, che invece era seduto e rivolto verso la porta, in frac ma ancora senza giacca, dando le spalle allo specchio.

«Bene, bene, speravo proprio che venisse, Herr Barrow» disse Ziegler. «Le presento Fräulein Schiff e Herr Glieb, il primo violino. Se ne stavano giusto andando».

«Scusatemi» disse loro Barrow, voltandosi per seguirli con lo sguardo mentre uscivano, costringendosi a un sorriso di circostanza e lanciando un'occhiata di sfuggita al volto di Petra prima che la porta si chiudesse.

Non fece in tempo a voltarsi che Ziegler parlò.

«Che cos'ha nello zaino? Si è portato il frac?»

«No, maestro».

«Se le chiedessi di dirigere, dato che si è preparato così bene, come farebbe senza frac?»

«Ma lei non ha intenzione di chiedermelo, dunque perché avrei dovuto umiliarmi portandolo?»

«Perché si era fatto delle idee».

«Se si vuole che piova non ci si porta l'ombrello». Un'analogia assurda, ma Barrow sembrava incapace di frenare la lingua.

«E lei vuole che piova?»

«Sì, certo».

«Vuole dirigere?»

«Sì, certo che voglio dirigere».

«E allora che cosa c'è nello zaino?» domandò Ziegler. «Le sue partiture, quantomeno».

«Un cambio d'abito, stanotte dormo fuori».

«Da lei?»

Barrow non rispose.

Il camerino era spartano, i ripiani e tutto il resto erano bianchi. C'era profumo di acqua di colonia; se di Ziegler o di uno dei due visitatori tedeschi, Barrow non poteva dire. Un grosso orologio a muro sovrastava la parete di fronte al lavabo e allo specchio. Mancavano ventotto minuti all'inizio del concerto. «Devo lasciarla».

«Ho bisogno di un gesto per il pezzo di Bernstein».

«Prego?»

«Non mi serve altro. Un gesto per *Fancy Free*, so che può aiutarmi... io ho... sono uno stupido».

«È per questo che mi ha fatto venire?»

«Lo so che non è difficile, eppure...» Si strinse nelle spalle.

«L'orchestra non avrà problemi» disse Barrow, di nuovo in caduta libera. «L'hanno già suonato con Schott».

Ziegler sedeva impalato su una poltroncina in similpelle, col telaio cromato. Avrebbero potuto essere di nuovo nella sauna: con quell'uomo era impossibile dar fondo a una questione, tutto danzava nell'aria, irreale; era sempre una caccia, un attacco e poi una ritirata. «È un'orchestra di cabaret. È la Berlino degli anni Venti, la Berlino di Weimar».

«La ringrazio».

«Kurt Weill».

Non ci aveva pensato mentre preparava il pezzo. Si era concentrato completamente sui tempi e sulla struttura del brano, aveva memorizzato le irregolarità ritmiche. Aveva lavorato sodo. Si risistemò sulle spalle lo zaino – cominciava a dargli fastidio – e spostò sulle punte dei piedi il peso del suo corpo, che adesso vibrava di tutta la sua forza. Era pronto a dirigere.

«Quella del frac è una frottola».

«Mi scusi?»

«Se l'è portato. Se non l'ha fatto è uno stupido. È nel guardaroba dell'atrio? Dov'è?»

«Devo andare».

«È nel suo zaino».

«Guardi che ore sono».

«Ha cambiato idea? Non vuole dirigere il concerto?»
«Herr Ziegler».
«Le sto offrendo il concerto».
«Non capisco».
«Eccome se capisce».
Barrow scorse il proprio riflesso: si vide lì supplicante, con la camicia di flanella, l'assurdo fardello dello zaino che gli sporgeva dalla schiena.
«Devo ripetergielo? Le sto offrendo di dirigere il concerto».
«A nessuno importa niente del pezzo di Bernstein, nessuno è venuto per sentire quello».
«Non è del pezzo di Bernstein che ho paura, Bernstein è uno Stravinskij senza i coglioni. Non è questo che le offro».
«Perché me lo offre?»
«Per vedere se accetta».
La porta del box della doccia era socchiusa, e dal getto veniva un *plink* ripetuto a intervalli di cinque o sei secondi fra una goccia e l'altra. «No» disse.
«Mi dispiace sentirlo».
«Non posso».
«Ho il sospetto che non diventerà mai un direttore».
«È il suo concerto, è giusto che sia lei a dirigerlo».
«Giustizia poetica?»
«Sì» rispose, ma gli ci era voluta tutta la durata di un respiro per essere sicuro della traduzione. «Giustizia poetica».
«Se mi abbandonassi una sola volta a questo sentimento, mi ucciderebbe».
«Questa conversazione non ha senso».
«Lei ha paura».
Era vero. Tanto vero che Barrow non trovò una risposta. Sudava freddo e rimpiangeva di non essersi tolto lo zaino prima di entrare. Nemmeno per un momento aveva considerato l'eventualità di dirigere davvero. Si era portato dietro il frac pensando: 'e se il vecchio si sente male e affida a me il concerto?', ma non aveva mai risposto alla domanda.
«Non sono pronto».
«E allora?»
«È da giovedì che non guardo le partiture».
«Proprio giovedì ha dichiarato di poterle dirigere».

Aveva stirato una camicia e due cravatte, una bianca e una nera, ma per una forma di scaramanzia non aveva più toccato le partiture.

Ziegler sedeva a schiena eretta, gli occhi azzurri fiammeggianti. «Ha notato che non mi sono ancora mosso da qui? È perché non posso farlo». Era vero, non si era ancora spostato. «Vuole una scusa per dirigere al mio posto? Eccola».

«Lei dirigerà. È normale avere paura».

«Non mi venga a dire che cos'è normale».

«Vado a cercare aiuto».

«No».

L'interfono li interruppe. «*Zwanzig Minuten, Herr Maestro Ziegler*». Venti minuti, anche se l'orologio a muro segnava ventidue minuti allo scoccare dell'ora. Dunque ne mancavano venti al momento in cui il direttore avrebbe dovuto presentarsi dietro le quinte.

La sua ansia montava. Voleva quel concerto. Si tolse lo zaino dalle spalle, finse di cercare un posto dove riporlo.

L'interfono aveva cominciato a trasmettere dal palcoscenico: il raschiare delle zampe dei leggi, frammenti di Bernstein dagli ottoni, un paio di corni che accordavano, e soprattutto la solita baraonda degli archi. E Petra, che provava i registri dello strumento, poi una breve sequenza di note al limite più alto dell'estensione.

Inconfondibile.

Anche Ziegler la sentì. «Le ha detto che è *Abschaum*?» domandò, usando una parola che a Barrow giunse nuova.

«Non capisco».

«Rifiuto» spiegò in inglese.

«Mi scusi?»

«Un rifiuto della società, mi pare che diciate. *Ein Stuck Dreck*».

«Siete stati insieme» riuscì a dire Barrow. «Come dicevo».

Ziegler scosse il capo. Il modo di tenere le spalle, di puntellarsi la fronte rivelavano tutta la sua forza. Questo non poteva essere lo stesso uomo che gli stava seduto di fronte in un ristorante di Karlsruhe, curvo su una birra, spezzato.

«So tutto della sinagoga di Berlino Est» disse Barrow.

«Era venuta da me in cerca di assoluzione, gliel'ha detto? Di assoluzione».

Era sempre stato questo il suo gioco: distanziare l'americano con le proprie assurdità.

«Non era venuta da lei di sua spontanea volontà» gli disse Barrow.

«Capisco».

«Era stato lei a invitarla, no?»

Il vecchio sorrise. «Continui».

«Per la sua bravura. Per come suonava l'oboe. Le ricordava Erich».

Ziegler scosse la testa. «Non so cosa le ha detto. Fu lei a venire da me, mi trovai questa profuga sulla porta di casa. E naturalmente le diedi il benvenuto».

Barrow esitò. «In cerca di assoluzione?»

«Sì». Era possibile. «Vogliamo assolverla adesso?» Allungò il braccio lungo verso l'interfono, premette un pulsante, «Herr Klatte» disse.

Barrow tentò di interromperlo. «Herr Ziegler...»

«Devo parlare col primo oboe».

L'interfono rispose: «Ma maestro, sta...»

«Grazie, Herr Klatte».

Barrow guardò l'ora, poi attraversò la stanza e si avvicinò a Ziegler. «È ora di alzarsi. Venga».

«In cerca di assoluzione...»

«La aiuterò a mettersi la giacca».

«... ma io non gliela concessi».

Barrow si mise alle spalle del vecchio, dietro al suo busto lungo ed eretto, alla sua nuca ricoperta da un velo sottile di capelli. «Si alzi» disse.

«Perché mai dovrei assolverla?»

«Si alzi, maestro». Gli cacciò le mani sotto le ascelle.

«Che diavolo...»

«Sto aiutandola ad alzarsi» disse Barrow.

«Non sono in grado...»

Barrow lo tirò su con forza; Ziegler gridò – «No!» – e con una gomitata spinse Barrow contro la porta della doccia. Il telaio metallico sbatté rumorosamente contro le piastrelle. «Che cazzo di direttore è lei?» tuonò Ziegler in inglese. «Deve portarsi il frac! In qualsiasi città, in ogni cazzo di *Spazierfahrt*!»

Barrow si incuneò fra le pareti piastrellate. Si portò la mano alla nuca.

«Lei non ha ambizione. Un direttore non può non avere ambizione. Lo sapeva?»

Barrow si guardò le dita: erano insanguinate.

«Lei è una merda, perché potrebbe benissimo dirigere!»

Barrow restò in piedi nella doccia, cercando di controllare il proprio respiro. «Le ricordo» disse, «che è stato lei a non raccomandarmi a Herr Schott».

«E questo è il patetico motivo per cui non ha ambizione? Esca dalla doccia». Barrow capì che aveva visto il sangue.

«Non è vero che non ho ambizione».

«Lei è terrorizzato».

«Vuole che partecipi al martirio di Karlheinz Ziegler, 'il povero maestro Ziegler, che una volta era così grande...' È questo che vuole».

Ziegler, trionfante, gli lanciò un'occhiataccia. «Lei è veramente terrorizzato» disse. «Aspettiamo il primo oboe». Si sedette sulla sua sedia. Con quei capelli bianchi, quella cravatta bianca luccicante, aveva tutta l'aria di una persona raffinata e compita. Un uomo saggio, di straordinaria intelligenza, e completamente pazzo.

Barrow uscì dalla doccia e si fece strada verso i frac neri e lucenti appesi ordinatamente a un attaccapanni. Aveva le dita della mano destra insaguinate, così usò la sinistra per prendere la giacca.

«La metta giù» disse Ziegler.

«Perché non mi ha raccomandato a Schott, se voleva che dirigessi?»

«Non *voglio* che diriga, Herr Barrow. Non è questione di *volere* che lei diriga».

Bussarono piano alla porta.

«Avanti».

La porta si aprì. Nel corridoio c'era Petra, senza l'oboe.

«Venga dentro» disse Ziegler. «Per favore».

Lei entrò, chiuse la porta. «C'è qualche comunicazione?»

«È meglio se te ne vai» disse Barrow.

Ma nessuno si mosse. Perfino l'orologio pareva a malapena essere andato avanti: segnava le sette e quarantaquattro. Barrow avvertì il filo di sangue tiepido che gli colava lungo la schiena.

«Come si dice 'assoluzione' in inglese?» domandò Ziegler rivolgendosi a Petra.

Lei lanciò un'occhiata a Barrow e disse: «Non capisco».

«Herr Barrow vuole sapere tutto della sinagoga di Rykestrasse».

«Petra mi ha già...»

«Glielo racconti».

«Me lo ha già raccontato».

Petra si tirò giù le maniche e non parlò.

Barrow disse: «Non sono tanto sicuro che possiamo capire in che situazione fosse».

«La assolva, allora» disse Ziegler.

«Non è compito mio».

«Lo farà dirigendo il concerto, con lei come strumentista».

«Non ha senso».

«Vuole o non vuole dirigere stasera?»

«Non voglio dirigere».

«Un'altra bugia di merda. Per di più potendo liberarla dal suo problema».

«È ridicolo».

«Le assicuro che prendendo questa bacchetta potrà assolverla. Ammesso che non abbia portato la sua, naturalmente».

«E come potrei farlo?»

«Non allontanandola dall'orchestra. Condividendo il palcoscenico con lei. Premiandola».

«Non sono Dio».

Ziegler alzò lo sguardo bruscamente. «Ogni volta che sale sul podio, lei è Dio. Lei porta alla luce il cuore pulsante del compositore, aiuta la gente a ricongiungersi con la propria anima; lei è Dio».

«Sono un direttore d'orchestra» disse Barrow. «Dirigo le note scritte su uno spartito».

«Se è questo che pensa, da me non ha imparato niente».

Barrow lanciò un'occhiata a Petra. Il suo corpo sembrava fremere sotto il vestito.

Ziegler continuò. «La musica è energia, e quella che lei dirige è un'energia. E lei questo lo sa, è per questo che adesso ha paura, di prendere posizione oppure di dirigere il concerto. Vuole abbandonare il campo, ma lei è un Dio. Può restituire la libertà». Si alzò e si rivolse a Petra: «Dica al direttore americano quello che vuole esattamente».

Gli occhi di lei erano due incavi vuoti. Sembrava uno strano animale notturno; la luce del sole l'avrebbe uccisa.

«Vuole essere assolta?»

«No» rispose lei, poco più forte di un sussurro.

«Vuole essere punita».

Esitò, guardando Barrow. «No».

«Peccato».

Ziegler si voltò dall'altra parte: una finta, perché subito dopo era di nuovo lì, con una spalla in avanti, il suo braccio destro che oscillava come un pendolo e prendeva la spinta in un semicerchio completo, puntando alla testa di lei. Ma il colpo fu soffocato: la mano tremò, a pochi centimetri dal volto di Petra.

Barrow era senza fiato. Lei lo stava guardando, lo studente di direzione venuto dall'America, così profondamente inutile, incapace di difendere chicchessia, un impostore a tutti gli effetti. Gli occhi di Petra sfavillavano, spalancati. Lui riuscì a leggervi, in misura minima, un'espressione di sfida, ma a chi fosse rivolta, o a che cosa, non capì. Petra uscì dal camerino, lasciando la porta aperta sul corridoio.

Barrow aspettò di sentire il cicalino dell'ascensore che l'avrebbe riportata al livello del palcoscenico.

«Come osa» disse sottovoce.

Ziegler non rispose, si limitò a guardarlo. Dall'interfono uscirono le flebili proteste di qualcuno, prove di trasmissione fra i tecnici della televisione, campioni casuali di violino e clarinetto.

«Dirigerò il concerto» disse Barrow.

Un debole sorriso attraversò il volto del vecchio e sparì.

«Adesso» disse Ziegler a voce calma, «si preoccupi soltanto delle prime battute. Lasci perdere tutto il resto. Solo Haydn, Bernstein, Brahms».

Barrow lo fissò, l'onda di adrenalina già sul punto di spezzarsi, la stanza che girava piano.

«La vita non è la musica» disse Ziegler.

Aveva ragione. E Barrow lo odiò con tutto se stesso.

La ferita fu tamponata e coperta dai capelli, con l'aiuto di molta lacca. Uscirono insieme. Il direttore di scena era fuori di sé:

erano le otto e quattro minuti, disse, e il concerto veniva trasmesso in televisione. Nel corridoio, insieme a lui, c'era Fräulein Schiff, la donna che Barrow aveva visto prima nel camerino di Ziegler. Riconobbe il suo profumo. Doveva lavorare per la Hessischer Rundfunk, forse era il produttore del programma, e certamente era più abile del direttore di scena nel mantenere una parvenza di calma.

Ziegler non spiegò il motivo della presenza di Barrow; li lasciò a immaginare che fosse un assistente, un amante, o chissà chi. Quando superarono l'ingresso alle quinte il primo violino li vide e sgusciò in palcoscenico dalla porta a pannelli. Qualche istante dopo si udì il La di Petra, un La che per tre o quattro secondi restò sospeso, da solo, nella grande sala del teatro: sicuro e affidabile, 443 cicli al secondo. Barrow fu invaso dall'emozione, e da uno strano senso di sollievo quando l'orchestra si unì a lei per accordarsi.

La porta a pannelli lasciava passare uno spiraglio di luce dal palcoscenico.

Barrow aveva mantenuto il proposito di Ziegler, e continuò a farlo fino a quello spiraglio, dove il gruppetto si fermò. Soltanto Ziegler era calmo. Avevano parlato poco in camerino, dopo che Petra se n'era andata. Barrow si era reso conto di aver dimenticato le calze elasticizzate, e Ziegler gliene porse un paio. «Due di tutto» disse. «Sempre».

Si strinsero sulla porta – Ziegler, Barrow, la donna e il direttore di scena, che in preda all'ansia aveva incominciato ad allargare l'apertura sul palcoscenico.

«Si dà il caso, Fräulein Schiff, che io mi senta male» disse Ziegler. «Sul podio salirà il mio collega». La porta del palcoscenico era stata aperta di trenta centimetri – giusto lo spazio sufficiente per passare – e chiunque nella sala la poteva vedere: uno sfregio nero nella pannellatura. Fräulein Schiff non tentò manovre di accerchiamento. Restò senza parole. Sconcertata. Ziegler si rivolse a Barrow, il volto illuminato dalla fessura, le mascelle che si sforzavano di dominare l'emozione. Teneva la bacchetta. «Si ricordi» disse premendo goffamente la mano contro il petto di Barrow, «che il ritmo è qui». Poi, mettendogli in mano la bacchetta: «Non qui».

«Sì, maestro».

Nella cuffia del direttore di scena le voci sfrecciavano avanti e indietro.

«Un'altra cosa».

Barrow annuì. Le mani di Ziegler tremavano.

«Uccida i suoi maestri».

Gli occhi del vecchio e il suo breve inchino quasi cerimonioso furono le ultime cose che Barrow vide prima che l'applauso lo accogliesse; poi lo stretto passaggio fra i primi e i secondi violini, l'espressione sbalordita sul volto del primo violino, la luce intensa dei riflettori e il ticchettio del tempo iniziale della sinfonia di Brahms, già cominciato nella sua mente. Barrow vi si aggrappò come a un oggetto concreto, messo lì molto tempo prima da Ziegler, in camerino.

Dimenticò di ringraziare il pubblico per l'applauso e solo più tardi, diverse battute dopo l'attacco dell'Allegro iniziale, si rese fugacemente conto che la maggioranza del pubblico e buona parte dell'orchestra lo credevano Karlheinz Ziegler, chiamato all'ultimo momento per sostituire Werner Schott.

Uccida i suoi maestri.

Contrariamente a quanto aveva immaginato di fare, non salì sul podio alzando immediatamente le braccia, per inondare la sala di suono prima che l'applauso scemasse. Tenne le mani sui fianchi e aspettò che il rumore alle sue spalle si spegnesse. Guardò intenzionalmente Petra, tentò di lanciarle un messaggio con lo sguardo: *ti prego, superiamo questa prova.* Lei restituì lo sguardo, sollevò l'ancia per inumidirsela fra le labbra.

Il primo violino doveva essere suo coetaneo. Non vedeva bene i suoi occhi per via degli occhiali spessi che portava, eppure con il più schietto e istintivo dei gesti – alzando le mani delicatamente chiuse in un pugno, come per prendere le redini – gli disse: *Questo è un duetto, Herr Primo violino: siamo tu e io.*

Diede un'occhiata alla partitura e capì all'istante che il tempo indicato da Ziegler non gli piaceva; era troppo lento. Aveva destato l'attenzione dell'orchestra, forse più di quanto gli sarebbe riuscito di fare in seguito: dovevano essere sulle spine, e questo era un grosso vantaggio. Il nuovo tempo gli si presentò nell'attimo stesso in cui alzò la bacchetta. Lo segnalò all'orchestra con un solo gesto in levare e loro lo seguirono, ognuno di loro, un gruppo sorprendentemente reattivo, com'era prevedibile nel caso di professionisti preparati da Werner Schott.

La memoria, e l'abilità del primo violino, lo aiutarono molto durante il pezzo di Haydn.

Per Bernstein si ritrovò, con sua sorpresa, a recitare: danzò come pensava che Bernstein avrebbe danzato, voltò le pagine della partitura con disinvoltura, quasi infischiandosene dell'orchestra, tentò di sporcare gli ottoni con le sue pagliacciate. Alla fine erano tutti sbronzi, da tutte e due le parti del proscenio. L'applauso lo colpì alla schiena, un muro compatto. Con un gesto delle mani chiese alla sezione degli ottoni di alzarsi in piedi, e lo stesso fece poi col resto dell'orchestra. Si voltò sorridendo al pubblico e si inchinò profondamente, lasciò il palcoscenico prima che l'ovazione arrivasse al culmine e poi tornò, insistendo per far alzare l'orchestra prima che lui si inchinasse di nuovo.

Nell'intervallo corse in camerino. Ziegler se n'era andato; i suoi effetti personali erano scomparsi dall'attaccapanni nel guardaroba. Non aveva lasciato messaggi.

Vomitò nella toilette.

Dall'interfono il direttore di scena gli domandò se intendesse incontrare il coro in sala prove prima di uscire in palcoscenico. Scusandosi, Barrow rispose che avrebbe preferito evitarlo. Bussarono alla porta, delicatamente, e il suo cuore sussultò: doveva essere Petra, pensò. Invece era il contralto solista della *Rapsodia*, una cantante berlinese che lo salutò con la cordialità eccessiva tipica delle persone famose. Barrow le disse che apprezzava molto la sua visita, e che una volta sul podio sarebbe stato tutto per lei. Lei se ne andò piuttosto bruscamente, e Barrow temette di essere stato sgarbato, forse ignorando qualche rituale obbligatorio.

Due o tre orchestrali erano già tornati in palcoscenico, e dall'interfono sentì il coro che sfilava fuori, il cigolio dei rialzi sul pavimento.

Pensava che gli restasse tempo per svignarsela e cercare Petra, ma di nuovo bussarono alla porta, stavolta con forza, e Fräulein Schiff entrò in camerino. Con fare amichevole gli disse: «Il maestro Ziegler ci aveva assicurato che lei è un ottimo direttore, e naturalmente lo abbiamo appurato durante il brano di Bernstein».

Di Haydn non parlò.

«Grazie» le disse, «ma dov'è il maestro?»

«Voleva una poltrona in un palco, così lo abbiamo sistemato in cabina di regia. Aveva una brutta cera». Aveva dei documenti da far firmare a Barrow, un contratto. «Mi perdoni, ma il maestro Ziegler mi ha detto che lei non ha un agente».

«È vero».

«Le va bene se manteniamo gli stessi accordi che avevamo preso col maestro?»

«Si riferisce al mio compenso?»

«Sì» confermò lei, «al compenso, alle spese di trasferta, ai diritti, eccetera».

Barrow accettò e saltò subito alla pagina in cui doveva firmare, senza fermarsi a leggere l'importo, sapendo che lo avrebbe soltanto spaventato di più. «Le dispiace lasciarmi solo per un momento?» disse.

«Ma certo, ma certo» rispose lei, e se ne andò.

Era una donna in gamba, considerato che non avrebbe potuto essere più nervosa.

Barrow si guardò attorno. Vide l'attaccapanni vuoto, lo specchio, la piastrella su cui Petra si era fermata.

La sentì dal monitor; o almeno gli parve, fra gli altri strumenti, di distinguere il breve assolo d'oboe della *Nenia*. La riconobbe e capì che doveva averlo fatto apposta, sapendo che Barrow non si sarebbe aspettato di sentirle suonare un assolo, una lirica così semplice, per scaldarsi.

Gli tremavano le mani. Si slacciò i polsini e camminò avanti e indietro evitando di guardare lo specchio. *Lasci perdere tutto il resto*, aveva detto Ziegler. Ziegler, che nello stesso calice mescolava la disciplina con la follia. L'intelligenza con l'emozione.

Qual è il mio punto debole?

Il punto dove si incontrano.

Esiste una soluzione?

Non esiste.

E nemmeno per Ziegler esisteva.

Barrow notò il suo zaino appeso allo schienale di una sedia, con le tasche aperte.

Ziegler non aveva mai dubitato che Barrow avesse con sé il frac. Conosceva il suo allievo, sapeva come sarebbe andata. Ma aveva previsto anche il resto? Che avrebbe mandato a chiamare Petra? Che l'avrebbe umiliata? Oppure l'aveva fatto sull'onda dell'emozione?

Il vecchio sembrava perfettamente in sé, anche nel momento dello schiaffo mancato, ma non poteva essersi trattato di un'illusione?

Le domande non finivano mai.

Aprì il rubinetto dell'acqua fredda e si bagnò i polsi, il collo e la faccia.

L'interfono gracchiò: «*Herr Maestro Barrow*».

«*Ja*».

Lascia perdere tutto il resto.

Il coro era pronto in palcoscenico. Dall'interfono ne avvertì la pura e semplice grandezza, sentì il suo peso che si spostava sui rialzi e i colpi di tosse per schiarirsi la gola, smorzati. Aveva fatto un errore gravissimo: avrebbe dovuto presentarsi al coro, stringere le mani pubblicamente al direttore. Si era allontanato troppo dalla musica. Cercò con lo sguardo la partitura di Brahms, che naturalmente era sul podio.

Un'assistente lo scortò fino alle quinte. Era ossequiosa, riservata e troppo lenta. Davanti alla porta del palcoscenico Barrow si fermò per allacciarsi le scarpe, con le mani che gli tremavano.

A un cenno del direttore di scena entrò nella luce; l'applauso gli sembrò distante, come pioggia su un tetto di lamiera. Non pensava ad altro che alle battute di apertura, le desiderava ardentemente, ne aveva bisogno, perché solo eseguendole con precisione si sarebbe sentito meglio. Salì sul podio e alzò gli occhi. Il coro era grandioso e sterminato. Spalla contro spalla si estendeva dietro l'orchestra: un intero popolo, la razza umana. Tutti gli occhi erano puntati su di lui, e la tensione lo soverchiò. Posò la bacchetta, giunse le mani e le alzò verso il coro come a dire, sinceramente: sto dalla parte della musica, del suono, per come può portare in alto le parole, convincerle a staccarsi dalla pagina. Con un'ampia occhiata sostenne ognuno di quegli sguardi, compreso quello di Petra, il riflesso di luce dei suoi occhiali.

La partitura era aperta. Un colpo d'occhio lo riportò coi piedi per terra. Dei quattro brani di Brahms, Schott – Dio lo benedica – aveva programmato *Il canto delle Parche* per primo, col suo fortissimo di apertura, un brutale accordo di Re minore cui partecipavano tutti gli strumenti, maestoso, sicuro, quasi furioso. Levò le braccia e al suo gesto seguirono la fretta di cento strumenti alzati, il fruscio dei vestiti. Udì il respiro collettivo che i direttori si aspettano – l'incanto – e capì di essere all'altezza della situazione. Al momento giusto l'orchestra esplose, obbediente, terrificante.

Poi il coro.

Paventi l'umana progenie
l'imperio dei Numi
che reggono, eterni, nel pugno
lo scettro del mondo;
e a loro talento
*ne guidan le misere sorti.**

* Da Goethe, *Opere*, vol. II, a cura di Lavinia Mazzucchetti, Sansoni, 1956, pp. 71-73.

34

Capì che era sveglia. Il giorno non era ancora spuntato e Barrow non poteva vedere il suo volto, ma sentì la mano di lei che gli scendeva sulla fronte. Con la punta delle dita Petra gli sfiorò la tempia. Avrebbe potuto essere un sogno.

Era rimasto con lei per una questione di comodità, o almeno così si era detto. Ma al mattino – guardandola dormire, sentendo il lieve movimento d'aria delle sue narici – capì che il motivo non era solo quello.

Su suggerimento di Petra uscirono dalla casa di Messer-Eichen, presero un treno per Mainz e da lì un battello a vapore per una gita sul Reno. Prenotarono una visita in giornata a Coblenza. Lei non gli chiese nulla, e all'inizio parlarono poco, ma poi lo spettacolo dell'acqua e delle rupi altissime li convinse a uscire dai loro nascondigli. Lei gli appoggiò un opuscolo sulle ginocchia, chiese che le leggesse la poesia che era stampata sul retro, e lui lo fece.

Era *Lorelei* di Heinrich Heine.

Erano giunti al punto in cui il fiume scorreva più veloce, e Barrow gigioneggiò con la ballata della sirena bionda che ammaliava i barcaioli conducendoli a una fine sicura tra le sponde rocciose del Reno. Ridendo Petra spezzò la resistenza di lui. Gli cantò qualche frammento dell'*Oro del Reno*. Sembravano due idioti. E, in effetti, tutti e due si dimostrarono perfettamente in grado di comportarsi da idioti, sul ponte gelido di quel battello per turisti scoppiettante.

Trovarono un altro battello, che risalendo il fiume li avrebbe riportati a una cittadina poco distante da Karlsruhe. Telefonarono ad Alexandra, si assicurarono che potesse andare a prenderli in macchina, comprarono due biglietti in cabina e si coricarono sul materasso stretto e sottile. Lei lo baciò esitante, e anche lui la baciò. Sulle prime lei sembrò accontentarsi delle labbra di Barrow, e lui di quelle di Petra. Poi, senza provarci, senza saperlo, senza pensare, fecero l'amore.

A mezzanotte uscirono al freddo sul ponte e restarono appoggiati alla balaustra, con la cabina di comando che li riparava dal vento, avvolti in una coperta. Guardarono la muta corsa delle luci sulla riva, la bellezza sonnecchiante di una città che non aveva niente di speciale come Mannheim. Da poppa il vento risucchiava i fumi del motore, spingendoli per tutta la lunghezza del battello.

«Che freddo» disse lui.

«Tu il freddo non sai nemmeno cosa sia».

«E invece lo so».

«Ma figurati».

«A Rochester fa freddo».

«E a Berlino fa un freddo fottuto».

Malgrado tutto, nel pezzo di Brahms aveva suonato benissimo, brillando dove avrebbe dovuto, confondendosi negli altri punti. Poteva fare qualsiasi cosa: se l'orchestra fosse stata un fiume avrebbe potuto volare, toccare l'acqua sulla pancia, immergersi per nuotare sul fondo, tornare in superficie, sfidare la corrente, tuffarsi ancora. Durante il concerto, quando non lo guardava, era tornato più e più volte al suo volto, come ad appurare l'entità del danno. Lei aveva aspettato nella sala verde che tutti si fossero congratulati con lui; poi, senza una parola, si erano incamminati insieme lungo Hochstrasse e avevano fermato un taxi.

Il pezzo di Brahms, si rese conto in seguito, aveva dato loro un'altra occasione.

Gridando per coprire il rumore delle macchine, lei disse: «Potrebbero amputarmi una gamba e non me ne accorgerei nemmeno».

«Cosa?»

«Ho perso la sensibilità dappertutto».

Barrow non trovava la chiave della cabina; venne fuori che se l'era messa in tasca Petra, che aprì.

Si lasciò cadere sul bordo della cuccetta, sulla quale, poco prima, aveva sospirato e fremuto sotto il corpo di lui. Di fronte a lei, seduto sul pavimento, Barrow le tolse i guanti e provò a scaldarle le mani nelle sue, ma lei le ritrasse e si guardò i palmi, socchiuse le dita corte da bambina.

In cabina faceva caldo, Barrow si levò strati di vestiti e restò in maglietta.

«Potremmo andare a Berlino Est» disse. «Potresti mostrarmi tutto. Potremmo prendere i biglietti per uno dei concerti di Bernstein, e potresti portarmi alla sinagoga di Rykestrasse. Potresti parlare col rabbino».

«Sai chi può perdonarti, secondo l'ebraismo?»

Lui scosse il capo.

«Soltanto la vittima» disse lei, esitando. «Con l'omicidio c'è questo inconveniente».

«Tu non hai ucciso nessuno».

«Forse che il tuo sangue è più rosso del suo?» disse con voce roca.

«Cosa?»

«È un modo di dire, in giurisprudenza. L'omicidio è inammissibile, anche se può salvarti la vita».

«Non si è trattato di omicidio».

«È stata una conseguenza».

«Che non potevi prevedere».

«Che *chiunque* poteva prevedere».

Si fecero silenziosi. Arrivavano i rumori delle navi: il rombo dei motori, un unico colpo di sirena profondo. Voleva toccarla, passarle le nocche delle dita sulla guancia, ma questo era al di fuori della sua giurisdizione. Continuò a guardarla negli occhi, finché le palpebre di Petra si fecero pesanti e lei si voltò dalla sua parte.

«Ti avrei detto tutto» gli disse con la voce stanca, smorzata dal cuscino.

Lui aspettò, si alzò sulle ginocchia e la contemplò: era lì distesa, ancora in attesa di un'assoluzione o di una pena, con un ciuffo di capelli un po' arruffati dal sudore sulla fronte. La baciò delicatamente, e il profumo familiare di lei si mescolò all'odore dei gas di scarico delle navi. Era così bella, tutto quanto la riguardava era così bello. Capì che il proprio amore poteva salire fino a scomparire oltre le nuvole, poi, crepitando salire ancora, scansare le vette. Forse, pensò, questo lo rendeva complice del suo delitto.

Aspettò a lungo, ascoltandola respirare.

Si tolse le scarpe bagnate e le calze, spense la luce e tornò a tastoni alla cuccetta; si infilò strisciando nello stretto spazio fra lei e la paratia.

Lunedì rispose ad alcuni dei messaggi che avevano cominciato ad arrivare alla segreteria della scuola di musica: due agenti, uno tedesco e uno inglese; la proposta di dirigere un'orchestra radiofonica in Olanda. Era d'accordo per pranzare con Antonio e Berndt; nel primo pomeriggio provò *Hänsel und Gretel* col coro.

Quando fece ritorno a Schutzenstrasse lei se n'era andata. Erano spariti l'oboe, il morsetto che usava per fare le ance, alcuni vestiti e, a giudicare dagli spazi vuoti, una decina di libri dalla fila di tascabili sul pavimento. Non aveva nemmeno alzato la tapparella, ma era la scomparsa del morsetto a preoccuparlo più di tutto. Restò seduto sul futon con la schiena al muro finché alla sera tornarono Alexandra e Wolf. Dissero di non sapere niente, e lui si fidò.

35

Attraversò il muro alla Porta di Brandeburgo. Il suo primo incontro nel versante Est fu con un uomo che portava guanti di lana senza dita e suonava il concerto per clarinetto di Mozart accompagnato da un registratore a cassette. Indossava una giacca nera su un pullover grigio leggero, e aveva le orecchie rosse e lucide per il freddo. Barrow non riuscì a stabilire se fosse un Ossi o un Wessi, e buttò tutta la moneta che aveva in tasca nella custodia del clarinetto.

Si era documentato, e adesso voleva trovare Scheuenviertel, l'antico quartiere ebraico. La guerra era ovunque: sfregi di proiettile sui muri di arenaria, interi isolati vuoti, edifici in rovina. Visitò un prato ben tenuto dove un tempo era sorta una casa di riposo ebraica: la Gestapo l'aveva trasformata in un punto di smistamento per decine di migliaia di ebrei destinati ai campi di sterminio. Fu lì che per la prima volta s'imbatté in una sosia di Petra Vogel.

Ebbe un tuffo al cuore. Gli bastarono pochi secondi per capire che la ragazza bruna nel montgomery blu non era Petra, eppure la seguì lo stesso. Un'altra Petra era ferma sotto le colonne militanti del Volksbühne, il Libero teatro popolare. Barrow inseguì il suo profumo lungo Kollwitzstrasse e si ritrovò nei pressi di un immenso cimitero ebraico.

Quando giunse in Rykestrasse, una via di caseggiati popolari in rovina, ormai era buio. Trovò l'insegna che cercava accanto a un cancello di ferro battuto. Oltre l'arcata dell'ingresso si apriva un piccolo cortile. Il cancello era aperto.

La sinagoga era una costruzione splendida, con la sua successione di volte romaniche sovrapposte. Da quanto aveva letto, era uno dei pochi edifici non ricostruiti, in una città in cui l'apparenza antica degli stabili si rivelava quasi sempre ingannevole, una città in cui passato, presente e futuro sorgevano tutti dalle stesse macerie.

Al piano terra c'era una luce accesa. Si fermò in mezzo al cortile, posò in terra lo zaino e si sciolse i muscoli delle spalle. Non era riuscito a stabilire cosa avrebbe detto, pensando che una volta sul posto le parole gli sarebbero venute spontanee.

«*Kann ich Ihnen behilflich sein?*»

La voce era uscita dall'oscurità, e Barrow alzò le mani istintivamente. «*Bitte, entschuldigen Sie*».

«Posso aiutarla?» domandò l'uomo in inglese. Era in pantofole, e portava un cappotto abbondante.

Barrow non trovò niente da dire.

«Cosa sta facendo qui?»

«Mi scusi».

«È americano?»

«Sì».

«Ne ha fatta di strada, per mettersi a guardare dentro la finestra del mio ufficio».

«Perdoni l'intrusione» disse Barrow, voltandosi per andarsene.

Era arrivato al cancello quando l'uomo domandò: «Da che città viene?»

Barrow si girò. L'uomo non si era mosso.

«Da che città degli Stati Uniti viene?»

«Da Fishkill» rispose, pentendosi di non aver detto New York. «Vicino a New York».

Un'altra pausa. «Sul fiume Hudson, giusto?»

Barrow si schiarì la voce. «Conosce Fishkill?»

«È di fronte a Newburgh».

La finestra alle sue spalle illuminava l'uomo, ancora immobile, in controluce.

«Certo, conosco Newburgh».

«Ho una nipote a Newburgh, è rabbina».

Barrow fece un paio di passi verso di lui. «Non sono ebreo» disse.

«Da quando è caduto il muro arrivano delle bestie strane». Dall'edificio adiacente si udì il fracasso di una tapparella che scendeva. «Le va di bere un caffè?»

In fondo a un passaggio che costeggiava tutto l'edificio, l'uomo aprì la porta di una stanza stipata di libri. La scrivania era ingombra di pile di riviste bordate di rosso, copie di *Stern*, *Der Spiegel* e *Time*. C'erano due o tre titoli russi. Una delle pareti era ricoperta di fotografie, tutte di persone: molte erano foto di gruppo scattate in cortile negli anni Cinquanta e Sessanta, pensò Barrow, gruppi di famiglia raccolti intorno a un neonato o magari a un ragazzino di tredici anni.

«Mi scusi, non ho capito il suo nome» disse Barrow.

«Josef Broder. Sono il segretario di questa *shul*. Sono anche il fotografo, ed è per questo che non compaio in nessuna delle foto». Stava versando il caffè da un bricco di alluminio in una tazza da tè in porcellana. Era sulla cinquantina. «Mi fermo spesso qui, perché nelle ultime settimane abbiamo avuto molti visitatori. Lei come si chiama?»

«Cooper Barrow».

«Naturalmente non è normale che io la inviti a entrare. Ma di questi tempi niente è normale».

«Capisco».

«Dunque per lei è una questione di... come potrei dire, curiosità?»

«No».

Una foto appesa in fondo alla parete e completamente diversa dalle altre aveva attirato l'attenzione di Barrow: due uomini in calzoni alla zuava e stivali al ginocchio, in un cortile, forse quello da cui erano passati. Erano in piedi accanto ai loro cavalli e sorridevano sfrontatamente. Uno dei due aveva il braccio alzato nel gesto del saluto romano, entrambi avevano l'uniforme slacciata.

«Come memento» disse Josef Broder. «La nostra sinagoga fu usata come stalla, durante la guerra. Si accomodi pure».

Barrow si sedette su una delle sedie di fronte alla scrivania e Broder gli passò il caffè. Il suo profumo gli ricordò che nel corso di una settimana bastano poche ore di sonno per tirare avanti.

«Mi dica cosa fa da queste parti».

«Non lo so».

Il fotografo si versò una tazza di caffè, si lasciò cadere sulla sedia girevole dall'altra parte della scrivania e guardò Barrow.

«Conosco una persona che veniva qui» disse Barrow, «più o meno due anni fa».

«Come si chiama?»

«È una donna, una musicista».

«Il nome, per favore?»
Glielo avrebbe detto. Gli avrebbe detto il nome di lei e avrebbe capito subito, dall'espressione di Broder, quanto sapeva.
«Petra Vogel».
«Non mi dice niente».
Barrow lo fissò incredulo. Faticò per scansare l'ondata di sollievo, la sorprendente entità del sollievo che all'improvviso stava per invaderlo. E malgrado fosse lì, tranquillamente seduto davanti alla scrivania di Broder, si ritrovò a pensare: *un'altra storia di sopravvissuti, una delle tante.*
«Com'era fisicamente?»
Barrow si scoprì incapace di parlare.
«Ha detto che era una musicista?»
«Un'oboista» disse Barrow.
Fu allora che notò lo sguardo interessato dell'altro.
«Della Musikhochschule?» domandò Broder.
«Sì».
«Marta Streibel».
«Chi?»
«Deve trattarsi di Marta Streibel. Piuttosto carina? Capelli castani?» Barrow annuì. «Sua coetanea, o forse appena più giovane?»
«Sì».
Broder frugò in un cassetto sul fondo della scrivania e tirò fuori una busta grigia. Aprì le due alette del fermaglio e la scosse, facendo uscire quattro fotografie in bianco e nero. Si posarono sul cumulo di riviste bordate di rosso. Con una riverenza degna di un collezionista Broder prese con attenzione la prima e la passò a Barrow.
Era Petra.
Era in piedi nel cortile, accanto a un uomo anziano con le *yarmulke*, vestito di nero. Teneva le mani davanti a sé, intimidita dalla macchina fotografica. E ne aveva motivo: era un miscuglio ingannevole di mondanità e reticenza.
«Posso chiederle perché le interessa?»
«C'era un'altra giovane donna» chiese Barrow, «una violinista?»
Il fotografo lo scrutò. «Gliene ha parlato Marta?»
Barrow annuì, e Broder lo guardò intensamente. La sua ri-

servatezza pareva intenzionale, come se volesse dare a Barrow la possibilità di continuare a far domande, e allo stesso tempo gli consigliasse di non farlo.

«Come stanno i suoi genitori?»

«Hanno lasciato la DDR con la prima o la seconda ondata. Da Praga, mi pare».

«Ma erano stati in prigione?»

«Soltanto lui, per un certo tempo».

Un altro silenzio. Broder sostenne il suo sguardo. «Perché mi fa queste domande?»

Barrow lo guardò in faccia. «È al corrente» domandò, «del... coinvolgimento di Marta?»

Broder lo sbirciò da dietro la tazza. «Anche lei è musicista?»

«Sono violinista, e dirigo».

«Insomma, che interesse ha in questa faccenda?»

Barrow abbassò lo sguardo sul suo caffè. La verità doveva essere così ovvia, per quest'uomo che fotografava matrimoni, funerali e *bar mitzvah*: i riti fondamentali e le emozioni che li accompagnavano.

«Non si lasci ingannare dalle dimensioni dell'edificio, signor Barrow. La nostra è una piccola comunità».

Barrow guardò di nuovo la fotografia. Riconobbe il pullover indossato da Petra. Doveva esserselo portato a Parigi, forse l'aveva addirittura indossato per andare all'ambasciata della Germania Ovest.

«Chi è l'uomo al suo fianco?»

«Blumenfeld, il cantore. Morì poco dopo che lei era scappata. Magari ha sentito parlare di suo fratello Erich. Anche lui era un oboista, prima della guerra. Molto bravo. Forse Marta gliene ha parlato».

«Erich Blumenfeld?»

«Suo nonno».

«Come?»

«Non glielo ha detto?»

Barrow rimase stordito. «No».

Fissò l'immagine di Petra, fermamente deciso a farle alzare lo sguardo verso l'obiettivo. Possibile che Ziegler non lo sapesse? No, era impossibile. Pensò al corpo di lei disteso accanto a quello del vecchio. Ma forse a quel punto ne era già al corrente. Dal momento in cui l'aveva sentita suonare.

Fu Broder a parlare. «Si nasce ebrei per via materna, e la madre di Petra non è ebrea, se è questo che sta pensando».

Barrow strinse la tazza fra le mani.

«Se n'è andata?»

Barrow annuì, incapace di staccare gli occhi dalla foto.

«Non venga a cercarla qui, signor Barrow».

Parlarono di Newburgh. Venne a sapere che la sorella di Broder aveva lasciato la Germania Est alla fine degli anni Cinquanta, quando era ancora possibile attraversare a piedi il confine. Era emigrata in America e si era stabilita nella vecchia città industriale sul fiume Hudson, dove Barrow aveva suonato a qualche matrimonio ebraico.

Broder fece da guida a Barrow e gli mostrò l'imponente sala del tempio. «Le lampade verranno sostituite durante il restauro» disse, «ma almeno può farsene un'idea». Indicò gli ampi corridoi che i nazisti avevano usato come stalla per i cavalli; gli spiegò che la sinagoga era stata risparmiata durante la Kristallnacht perché condivideva i muri di cinta con le abitazioni civili che la affiancavano. «Tuttavia ci furono casi di complicità coi nazisti, ovunque, da ogni parte».

«Però... mi scusi, ma siete qui. I vostri genitori sono tornati».

«Sì» disse Broder, sistemandosi gli occhiali. «È casa nostra».

Barrow annuì. Alzò lo sguardo sulle alte arcate che rappresentavano la principale peculiarità architettonica del tempio.

«Cerchi di capire» aggiunse Broder, «io parlo per me». Anche lui fissò il soffitto. «Ma se non perdoniamo i soldati semplici, come possiamo convivere con i nostri vicini?»

Tornarono verso l'ufficio in silenzio.

Barrow aveva due biglietti per il concerto sinfonico di quella sera – per il festival che celebrava la caduta del Muro – e li offrì a Broder. Se li portava appresso da una settimana, nella vana speranza di potersi imbattere in Petra, mescolando ancora una volta, scioccamente, la vita con la forma sonata, una convenzione così classica e incrollabile da far pensare di essere universale, secondo la quale ogni tema viene rivisitato un'ultima volta prima della coda. Broder declinò educatamente l'offerta, spiegando che amava Beethoven e Bernstein, ma che la Nona lo emozionava troppo. E che quello non era il momento più opportuno per abbandonarsi alle emozioni.

Accompagnò Barrow fino al cancello. Una pioggia sottile aveva inumidito ogni superficie, le colonne e l'alto muro di pietra. Il ferro battuto luccicava.

Broder si alzò il colletto. «Fa freddo» disse, «devo rientrare».

Si strinsero le mani, ma Broder non si mosse.

«Una sola cosa, per favore» disse.

«Certamente».

La strada era silenziosa, e la bruma dei loro respiri era l'unica cosa in movimento.

«Quando la troverà...»

«Sì?»

«Le dica dei soldati semplici».

In fondo a Rykestrasse, Barrow piegò indietro la testa e chiuse gli occhi, abbandonandosi alla notte. La pioggerella che gli bagnava il naso e le guance, il traffico lontano, il debole lamento della città lo facevano sentire piccolo, rattrappito, troppo giovane per un mondo così antico, eppure con la mente vagò in alto sulla città, sopra le sue due metà e sul muro spaccato che le divideva. Pensò ai due profughi che avevano fatto breccia nel suo animo. Che strana sensazione provava, col vento che lo sosteneva, le braccia spalancate, due intelligenze balbuzienti a portata di mano – una a est; un'altra, quasi certamente, a ovest – e lui, in ginocchio su un marciapiede crepato, in una città rinata, in un paese risorto.

Ringraziamenti

Le prime fasi della lavorazione di questo libro sono state generosamente finanziate da una borsa di studio «James A. Michener» del Michener Center for Writers, della University of Texas di Austin, e da una borsa di studio «James» della Heekin Group Foundation. I miei più sentiti ringraziamenti a William Hauptmann per avermi guidato nelle prime fasi del lavoro; a James Magnuson, mentore di pazienza e saggezza non comuni, ai lettori che hanno contribuito alla forma definitiva del manoscritto con innumerevoli suggerimenti, e in particolare a Rick Ehrstin, Molly Giles, Joseph Skibell, Steven Thomas e John Walch; agli espatriati americani Laura Paulu, Karen Adams-Rischmann e Rachel Tucker; ai due editor che hanno migliorato in modo evidente questo libro e la mia concezione della scrittura, Fred Ramey e Aimee Taub; alla mia agente e alleata Amy Williams, per il suo instancabile entusiasmo.

E infine a mia moglie, Amy Herzberg: grazie per la tua bontà, la tua pazienza, e il tuo infallibile istinto per la verità.

Finito di stampare
nel mese di agosto 2004
per conto della Casa Editrice Ponte alle Grazie s.r.l.
da Grafica Veneta S.p.A., Trebaseleghe (PD)
Printed in Italy